U0534847

本书为教育部人文社会科学研究"现代道德哲学的文学化：艾丽丝·默多克文学哲学思想研究"（19YJA752021）项目成果

# 现代道德哲学的文学化

## 艾丽丝·默多克的创作思想研究

徐明莺 著

中国社会科学出版社

# 图书在版编目（CIP）数据

现代道德哲学的文学化：艾丽丝·默多克的创作思想研究 / 徐明莺著. —北京：中国社会科学出版社，2022.10
ISBN 978-7-5227-0875-1

Ⅰ.①现… Ⅱ.①徐… Ⅲ.①艾丽丝·默多克—小说研究 Ⅳ.①I561.074

中国版本图书馆 CIP 数据核字（2022）第 171834 号

| | |
|---|---|
| 出 版 人 | 赵剑英 |
| 责任编辑 | 安　芳 |
| 责任校对 | 张爱华 |
| 责任印制 | 李寡寡 |

| | |
|---|---|
| 出　版 | 中国社会科学出版社 |
| 社　址 | 北京鼓楼西大街甲 158 号 |
| 邮　编 | 100720 |
| 网　址 | http://www.csspw.cn |
| 发行部 | 010-84083685 |
| 门市部 | 010-84029450 |
| 经　销 | 新华书店及其他书店 |
| 印　刷 | 北京明恒达印务有限公司 |
| 装　订 | 廊坊市广阳区广增装订厂 |
| 版　次 | 2022 年 10 月第 1 版 |
| 印　次 | 2022 年 10 月第 1 次印刷 |
| 开　本 | 710×1000　1/16 |
| 印　张 | 16.75 |
| 插　页 | 2 |
| 字　数 | 220 千字 |
| 定　价 | 89.00 元 |

凡购买中国社会科学出版社图书，如有质量问题请与本社营销中心联系调换
电话：010-84083683
**版权所有　侵权必究**

# 目　　录

绪　论 …………………………………………………………（1）
　　第一节　作为哲学家和小说家的艾丽丝·默多克 ……………（1）
　　第二节　艾丽丝·默多克译介与研究综述 ……………………（14）

## 第一部分
## 文学的叙事伦理：默多克小说创作中的哲学思想

**第一章　现代自我的危机：默多克文学创作思想的出发点** ……（37）
　　引言 …………………………………………………………（37）
　　第一节　"内外失衡"：自我危机的现代哲学根源 …………（38）
　　第二节　"远离真实"：自我危机的现代艺术表征 …………（42）
　　第三节　"重塑自我"：默多克文学和哲学思想的要旨 ……（45）
　　结语 …………………………………………………………（48）

**第二章　善的双重性：默多克文学创作思想中的核心概念** ……（50）
　　引言 …………………………………………………………（50）
　　第一节　超验与现实：善的存在方式的双重性 ……………（52）
　　第二节　形而上学与经验主义：善的感知方式的双重性 …（56）
　　第三节　自我与他者：向善之路的双重性 …………………（60）
　　结语 …………………………………………………………（65）

## 第三章　艺术家的自我重构：默多克文学创作思想中的叙事伦理 (67)

引言 (67)

第一节　自我浪漫化的作者：重构写作主体之由 (69)

第二节　自我非人格化的作者：重构写作主体之误 (74)

第三节　消除自我的作者：重构写作主体之策 (79)

结语 (83)

## 第四章　读者的自我重构：默多克文学创作思想中的阅读伦理 (84)

引言 (84)

第一节　自我主义的读者：重构理解主体之由 (86)

第二节　自我中性化的读者：重构理解主体之误 (90)

第三节　消除自我的读者：重构理解主体之路 (95)

结语 (100)

# 第二部分
# 文学实践的道德性：默多克哲学思想的文学演绎

## 第五章　逃离洞穴：《黑王子》中的创伤书写 (105)

引言 (105)

第一节　遮蔽：创伤的起源 (110)

第二节　歧途：创伤的表征 (124)

第三节　解蔽：创伤的消解 (133)

结语 (142)

## 第六章　面对他者：《大海啊，大海》中自我的伦理重构 (144)

引言 (144)

第一节　自我主义中的伦理困境 (146)

第二节　他者的伦理召唤 …………………………（152）
　　第三节　自我的伦理觉醒与回应 …………………（159）
　　结语 …………………………………………………（161）

第七章　直面现实：《独角兽》中的流动性 ……………（163）
　　引言 …………………………………………………（163）
　　第一节　具身流动：对偶合无序现实世界的呈现 …（166）
　　第二节　景观流动：对流动主体臆想世界的建构 …（179）
　　结语 …………………………………………………（192）

第八章　向善之路：《善的学徒》中的女性主体性建构 …（194）
　　引言 …………………………………………………（194）
　　第一节　打破藩篱：父权家庭的去中心化 …………（205）
　　第二节　关注现实：与真实世界的和解 ……………（220）
　　第三节　去自我：向善之路上的自我实现 …………（228）
　　结语 …………………………………………………（232）

结　语 ………………………………………………………（234）
参考文献 ……………………………………………………（245）
致　谢 ………………………………………………………（261）

# 绪　　论

　　创造性想象力也许是所有思想的最佳模式。……小说家……必须不断地发明传达思想状态的方法，或者在不同的风格之间进行选择。此外，小说还表现出意识中固有的道德品质无处不在。我们可以正确地批评小说中人物的思想（以及行为）表现出缺乏故事所要求的道德敏感性。这是一种重要的文学批评。事实上，对艺术家道德情感的判断是一种主要的审美判断。……一些艺术家可以谈论他们是如何工作的，而另一些则不能或不愿谈论，伟大与否在于艺术对象，而不在于"它是如何完成的"。……小说家的问题（传统小说家的问题），无论凭直觉或以其他方式解决，恰恰是事实和价值的统一，是个人道德以一种非抽象的方式作为意识的基本内容的展现。

——摘自《作为道德指南的形而上学》[①]

## 第一节　作为哲学家和小说家的艾丽丝·默多克

艾丽丝·默多克（Iris Murdoch，1919—1999）是英国著名小说

---

[①] Iris Murdoch, *Metaphysics as a Guide to Morals*, New York: Penguin Books, 1993, p. 169.

家、文学批评家、道德哲学家，在英美文学和哲学领域享有较高的声誉，是继狄更斯以后英国最高产的作家之一。梅耶斯认为默多克是"最有希望的诺贝尔文学奖候选人"[1]。自 20 世纪 50 年代至世纪末，默多克出版了 26 部小说、5 部哲学著作、6 部戏剧、2 部诗集、1 篇短篇小说以及 30 多篇评论文章。默多克凭借小说《大海啊，大海》（The Sea, the Sea, 1978）获得布克奖（Booker Prize），此外，她还因出色的写作技巧和独特的写作风格获得了其他一些文学奖项，其中包括以《黑王子》（The Black Prince, 1973）获得的詹姆斯·泰特·布莱克纪念奖（James Tait Black Memorial Prize）和以《神圣与亵渎的爱情机器》（The Sacred and Profane Love Machine, 1974）获得的惠特布莱德文学奖（Whitbread Literary Award）。她是"英国小说史上第一个把叙事艺术与专业水准的哲学思考结合起来的人"[2]，她的"小说艺术体现了伟大的哲学和文学传统"[3]。在默多克于 1999 年 2 月去世时，彼得·康拉迪在《卫报》的讣告中写道："艾丽丝·默多克是二十世纪最优秀、最有影响力的作家之一。最重要的是，她保持了传统小说的活力，并以此改变了它的能力……她不惧时代的风浪，没有将善与对真实身份的寻求联系在一起，更是将善与放缓寻求后所带来的幸福联系在一起。我们很幸运能和她一起度过这个令人震惊的世纪。"默多克的文字和道德理念一直继续影响着世界，在 2008 年《泰晤士报》评选的"自 1945 年后英国最优秀的 50 位英国作家"中，默多克名列第十二位。

1947 年，尚未成名的默多克在给雷蒙德·昆诺的信中写道："我

---

[1] Jeffrey Meyers, *Remembering Iris Murdoch: Letters and Interviews*, New York: Macmillan, 2013, p.55.

[2] 阮炜、徐文博、曹亚军：《20 世纪英国文学史》，青岛出版社 2004 年版，第 234 页。

[3] 李维屏、宋建福等：《英国女性小说史》，上海外语教育出版社 2011 年版，第 377 页。

真的可以利用哲学、文学和政治的交织着的思维作为优势（这迄今为止一直是劣势）吗？"[1] 在接下来的半个世纪，默多克用漫长而高产的职业生涯和辉煌的职业成就给予这个问题肯定的回答。一个处于哲学、文学和政治边界的思维的优势在于，它能够将思维方式和思维主体联系在一起。文学可以展示个人体验世界、形成关系、正确或错误认识道德和政治需求的方式。哲学可以审视文学如何设想个体以及个体之间的互动，还可以反映个体发展的一般特征、道德问题和与个体思维密切相关的政治环境。默多克在她所关注的思维方式和思维主体之间取得了微妙的平衡。她认为哲学和文学之间的边界是开放互通的。

默多克的文学作品在西方有着可观的销量，她既是严肃文学界的宠儿，更是大众读者追捧的对象。默多克的小说通常都有错综复杂的情节和不同哲学立场的人物之间盘根错节的关系，描绘了20世纪中产阶级的真实生活画面。在她绝大多数的小说中，默多克都描绘了人类如何相信行动掌握在自己手中，相信自己可以自由地做出选择，但现实却并非如此。在她看来，所有人都屈服于潜意识的力量，以及其他各种远远超出人类控制的社会力量。默多克的小说涉及滑稽、怪诞和恐怖，巧妙地处理了柏拉图式的"善"的观点，通过人物展示了不同程度的道德和美德。作为小说家，默多克继承现实主义传统，借鉴现代主义、后现代主义技巧，形成道德性的现实主义风格，开启当代文学的伦理叙事；作为文学批评家，她关注文学的真理性，主张文学作为世俗社会的道德话语；作为道德哲学家，默多克重新阐释个体、内在经验、意识等重要道德概念，以挽救被当代道德哲学简化的个体，并致力于为人的道德生活提供真实性的描述，形成以"善"为核心的哲学体系。

---

[1] Iris Murdoch, *Living on Paper: Letters from Iris Murdoch 1934 – 1995*, Avril Horner and Anne Rowe, eds., London: Chatto and Windus, 2015, p. 99.

默多克在道德哲学、艺术和宗教哲学方面形成了一个完全独特的立场。与同时代的其他哲学家不同的是，她既吸收那个时期的英美道德哲学及其历史先驱（如霍布斯和休谟）的思想，又受到19世纪和20世纪大陆哲学（特别是叔本华、黑格尔、海德格尔、萨特、阿多诺、布伯和德里达）、基督教思想以及印度教和佛教哲学的强烈影响。同时，她的道德哲学观点也有柏拉图、康德、西蒙娜·韦尔和维特根斯坦思想的印痕。默多克在1968年宣布自己是"一种柏拉图主义者"①，她独树一帜发展的柏拉图式的道德现实主义甚至可以与20世纪英美哲学中的任何主流伦理学方法相提并论。她借鉴柏拉图的观念，重构了道德、宗教和艺术生活的哲学概念。她的道德哲学预见了当代伦理学的诸多核心议题，包括道德理性中视域和想象力的重要性、道德心理学的复兴、叙事伦理的转向等；受其影响的哲学家包括玛莎·纳斯鲍姆、查尔斯·泰勒等人。②

默多克倡导人的经验是一个整体，主张"艺术与道德同一"。她主张文学是探讨道德问题的最佳形式，能弥补现代道德哲学对内在经验、意识的非真实性表述，为道德生活提供经验的、真实的描述。默多克视道德哲学为内在生活的导引和出发点，认为"行为""选择""意志""命令"等道德概念，应该通过文学这个载体所呈现的日常生活经验具体化，为现代人提供道德指南。默多克在柏拉图、尼采、海德格尔、萨特、维特根斯坦著作中的文学意象中获取索引，同时也在莎士比亚、加缪、波伏娃等人的文学作品中发掘文学的哲学性，并将自己的小说创作作为探索文学与哲学结合及艺术与道德同一的实验。在这个主导思想的作用下，她的书写跨越文学与哲学的边界，保

---

① Gillian Dooley, ed., *From a Tiny Corner in the House of Fiction: Conversations with Iris Murdoch*, Columbia: University of South Carolina Press, 2003, pp. 16 – 29.

② Maria Antonaccio, "The Virtue of Metaphysics: A Review of Iris Murdoch's Philosophical Writings", *Journal of Religious Ethics*, Vol. 29, No. 2, 2001.

持"诗"与"思"、艺术与道德的一致性。默多克强调尽管哲学与文学的目的、形式、语言风格、问题本质有所不同,但都是对人类经验的认知和解释,是对真理的揭示。哈德指出,默多克的道德哲学"预示了20世纪80年代和90年代的'后现代伦理学'"(postmodern ethics)[1]。总体而言,默多克以对现代道德哲学的反思为进路,以批判现代哲学和文学对意识、内在经验的非真实性表述为出发点,以克服文学的非反思性倾向和哲学的非日常性倾向为目标,用自己的文学作品、哲学论著和文学评论构建了一个完善的文学与哲学相结合的思想体系。默多克的文学哲学思想的核心是现代道德哲学的文学化,包括五个方面的内容:文学语言化、文学想象化、文学经验化、文学崇高化和文学真理化。这五方面的内容贯穿默多克文学生涯和哲学学术研究的始终。

第一,现代道德哲学的文学语言化。针对抽象且僵化的现代道德哲学无力表述真实的道德经验和生活现实的问题,默多克提出现代道德哲学的文学语言化。她认为文学语言是讨论道德问题的最佳载体,文学语言最切合道德经验和日常生活,能弥补现代哲学语言和科学语言表述内在经验和意识时的缺陷。默多克主张:一是艺术与道德同一,文学语言是重新把握道德概念、重构道德主体的主要形式;二是认为文学语言具有道德价值,反对分析哲学的语言中性论;[2] 三是文学语言能够真实地反映伦理经验和生活现实,不是无意义的游戏;四是文学语言在描述人的伦理关系和内在经验等方面能对哲学语言进行修正与补充:文学为人类的道德生活提供具体、经验的描述;哲学探讨道德生活的抽象、形而上的特征。[3] 默多克的小说探讨了与现代人

---

[1] Dominic Head, *The Cambridge Introduction to Modern British Fiction*, 1950 – 2000, Cambridge: Cambridge University Press, 2002, p. 258.

[2] Iris Murdoch, "Thinking and Language", in Peter Conradi, ed., *Existentialists and Mystics: Writings on Philosophy and Literature*, London: Chatto & Windus, 1997, pp. 33 – 42.

[3] Iris Murdoch, "Literature and Philosophy: A Conversation with Bryan Magee", in Peter Conradi, ed., *Existentialists and Mystics: Writings on Philosophy and Literature*, London: Chatto and Windus, 1997, pp. 3 – 30.

生存困惑密切相关的道德伦理问题：生态伦理秩序混乱、家庭伦理关系错位、女性伦理身份嬗变和成长伦理意识缺失，呈现复杂的伦理景观。默多克的文学哲学思想重新把握"自由""个体""内在经验"等被现代道德哲学忽略的伦理概念，凸显了文学语言探讨道德问题的优势。

第二，现代道德哲学的文学想象化。针对现代文学无力刻画现代人的道德生活和内在经验的问题，默多克提出现代道德哲学的文学想象化，即基于非个人化的文学创作观：作者去除自我、澄清视域，意识到语言的超越性和现实的偶然性以后，用一种谦逊的姿态运用文学语言表征生活现实。默多克主张：其一，作家基于想象而非自我臆想进行创作以反映真实的道德生活，想象力的本质是爱、道德和去除自我，而臆想的本质是唯我主义;[1] 其二，因为文学语言超越它的使用者，所以作家基于想象的非个人化创作构成但不决定文本意义（《存在主义与神秘主义》）;[2] 其三，只有基于想象的非个人化创作才能保持形式与偶然性之间的张力，保证文学表述的真实性和虚构人物的自由；其四，文学不仅真实地表征道德生活，而且反思道德存在模式和生活经验，进而重新把握道德存在，重构道德主体和道德关系；其五，默多克基于想象的文学创作观反对以哲学的形式进行文学创作，反对以先在的哲学理念作为文学创作依据。她在《黑王子》和《大海啊，大海》两部小说中探讨了文本想象对道德哲学的呈现与反思。默多克提倡的现代道德哲学的文学化旨在忠实地刻画道德生活，特别是意识、内心经验与外在境遇之间的辩证关系，是对现实主义和现代主义文学现实观的补充与矫正，是对存在主义和语言分析哲学探讨道

---

[1] Iris Murdoch, "Against Dryness", in Peter Conradi, ed., *Existentialists and Mystics: Writings on Philosophy and Literature*, London: Chatto & Windus, 1997, pp. 287–296.

[2] Iris Murdoch, "Existentialists and Mystics", in Peter Conradi, ed., *Existentialists and Mystics: Writings on Philosophy and Literature*, London: Chatto & Windus, 1997, pp. 221–234.

德问题的补充。

第三，现代道德哲学的文学经验化。针对文学与哲学、小说与诗歌等体裁在反映日常生活经验和表征道德上存在的差异，默多克提出现代道德哲学的文学经验化，即把是否能够真实地再现内心经验和道德生活作为评价各种文学体裁的标准。默多克认为：一是文学语言在描述人的伦理关系和内在经验等方面可以对哲学语言进行补充，甚至可以替代后者成为世俗社会的道德话语；二是悲剧是最高的文学体裁，既拥有完美的形式又真实地模仿人的生活经验和道德存在模式。悲剧式自由的本质是爱，是运用想象力去正视不同存在之间无法调和的差异性和冲突。相比之下，宗教传说、道德剧、理念小说、寓言故事、现实主义和现代主义小说都略逊一筹；[①] 三是悲剧和喜剧并不是相互对立的两种文学体裁：悲剧是完美的艺术形式，喜剧是非艺术的生活现实；悲剧是道德经验的艺术化，喜剧本身就是道德存在模式；[②] 四是因为小说散文化和日常化的语言比诗歌象征化的语言更贴近生活经验，小说碎片化和不完美的形式更能表现现代人的内心经验，所以在伟大悲剧不复存在的20世纪，小说是表述现代人道德生活和内心经验的最佳体裁。默多克区分了文学发展的两大对立模式：浪漫主义传统文学和自由人文主义传统文学，并认为后者比前者更真实地表征了人的道德经验和生存模式。默多克强调文学的经验性对现代道德哲学的补充。

第四，现代道德哲学的文学崇高化。针对现代文学批评的过度和强制阐释无法揭示文学语言的道德价值，并难以为读者提供道德指引的问题，默多克提出文学的崇高性。她将康德的崇高概念引入美学领域，强调审美体验的道德性，形成了跨越道德、艺术、自然边界的美

---

[①] Iris Murdoch, "The Sublime and the Good", in Peter Conradi, ed., *Existentialists and Mystics: Writings on Philosophy and Literature*, London: Chatto & Windus, 1997, pp. 205–220.

[②] Iris Murdoch, *Metaphysics as a Guide to Morals*, New York: Penguin Books, 1993.

学观。审美体验类似于崇高性，即面对文本这个绝对他者，读者的想象力和理性产生激烈冲突。审美体验既包含理性面对绝对他者的失效引起的沮丧，也包含认识文本他者性的欣喜。① 默多克主张：其一，文学作为世俗社会道德话语，为读者提供道德训练的场所，引导人摆脱现实的束缚、构建理想的道德图景和趋向超验的善的理念；② 其二，作为审美对象的文学文本超越读者的自我臆想和理性建构。文学语言的崇高性、开放性与对话性使文学作品独立于读者而存在，又召唤读者参与其中；其三，文学的审美判断产生于读者和他异性的文本的对话。读者需破除自我、澄清视域，运用想象力而非臆想，在重构文本语境的基础上与之对话；其四，默多克反对以读者为中心的过度阐释，反对以某种批评理论或预设立场为中心的强制阐释。③ 她在小说《黑王子》《在网下》（Under the Net, 1954）和《哲学家的学生》（The Philosopher's Pupil, 1983）中都探讨了审美经验的崇高性。默多克化康德的崇高概念为审美理论，旨在强调审美判断的公正性和伦理性，并强化艺术审美的道德意味。

第五，现代道德哲学的文学真理化。默多克主张文学作为真理显现的形式，具有本体性质。日常化的文学语言具有道德性、开放性、对话性和超验性，因此文学语言对于生活现实表述和对道德哲学问题的探讨超越了经验的和历史的语境，通达普遍的和形而上的真理性。文学是对日常生活和道德经验的模仿与再现，是对现实的想象性创造也是对现实的忠实记录。④ 文学语言融合了人类认识和理解世界的两

---

① Iris Murdoch, "The Sublime and the Beautiful Revisited", in Peter Conradi, ed., *Existentialists and Mystics: Writings on Philosophy and Literature*, London: Chatto & Windus, 1997, pp. 261–286.

② Iris Murdoch, *Metaphysics as a Guide to Morals*, New York: Penguin Books, 1993.

③ Iris Murdoch, "Existentialists and Mystics", in Peter Conradi, ed., *Existentialists and Mystics: Writings on Philosophy and Literature*, London: Chatto & Windus, 1997, pp. 221–234.

④ Iris Murdoch, "Art is the Imitation of Nature", in Peter Conradi, ed., *Existentialists and Mystics: Writings on Philosophy and Literature*, London: Chatto & Windus, 1997, pp. 243–258.

种基本形式——形而上学和经验主义，具有认识论性质。① 人们通过日常经验把握真理，日常化的文学语言为人类认识和把握真理提供有效途径。作家用文学语言内化生活经验，引发读者哲学地思考，进而揭示文学语言所内化的真理，实现对个体道德存在模式的重构。文学艺术与道德同一，道德性的文学语言为读者提供道德训练场所，从而引导读者认识个体的局限、摆脱现实的束缚，然后想象理想的道德存在模式、趋向善的理念。② 文学为人类提供道德慰藉的同时，也提供趋向超验真理的可能。③ 默多克的小说通过道德生活经验揭示真理问题：婚姻关系、两性问题、宗教问题和艺术与道德，等等。默多克将文学与哲学结合，为"善"的存在和向善的可能性提供本体论证明，形成基于道德哲学的文学本体论思想。

默多克致力于解读自己所处的现代社会环境的特殊性，对她所处的时代有着深刻的关切和多层次的理解。"作为一位作家，默多克的小说和哲学给20世纪和冷战结束后的时代留下了深深的烙印。"④在默多克的整个学术生涯中，她一直在深入思考过往的思维方式如何造成了当下的社会问题。她的文学和哲学作品都存在一个共同特征，就是对当下与过往之间差异性的感知，而对当下的反思需要明晰这种差异性的本质。默多克在向金斯顿大学人文学科毕业生发表的演讲中，反思了20世纪后期特定文化背景的意义：

> 所有这些事物（政治、理性和文明）在20世纪都以一种对

---

① Iris Murdoch, "Existentialists and Mystics", in Peter Conradi, ed., *Existentialists and Mystics: Writings on Philosophy and Literature*, London: Chatto & Windus, 1997, pp. 221–234.
② Iris Murdoch, "The Fire and the Sun: Why Plato Banished the Artists", in Peter Conradi, ed., *Existentialists and Mystics: Writings on Philosophy and Literature*, London: Chatto & Windus, 1997, pp. 386–463.
③ Iris Murdoch, *Metaphysics as a Guide to Morals*, New York: Penguin Books, 1993.
④ Maria Antonaccio, *A Philosophy to Live By: Engaging Iris Murdoch*, New York: Oxford University Press, 2012, p. 4.

我们的生活构成威胁的方式发生了改变。希特勒和大屠杀的罪孽仍然是政治狂热主义对安全和普遍美德存在威胁的有力警告，而对基督教教义的怀疑侵蚀了人们对基督教的信仰，进而破坏了以往人们的美德和爱的来源。技术的持续发展是一种对人类理性的致敬，但也危及美德和爱的持续生长，因为它附带的环境退化和致命武器的发明有可能摧毁理性的生活方式。即使是艺术家个人的创造力也会受到标准化技术（如文字处理器）发展的威胁。[1]

在默多克看来，现代社会存在着自由和理性的发展和传统的精神纽带的丧失之间的矛盾关系。技术发明将工具性的进步凌驾于对内在价值的反思之上，加剧了现代性的危险。超验和超自然信仰的消失让人类的理性脱颖而出，然而理性的进步有可能压倒人类的创造力和精神反思。默多克意识到，现代世界提出的问题与以往不同。哲学和文学在与真理和现实的联系上是永恒的，因为其特定形式来自特定的历史文化，哲学和文学也是历史的。现代哲学面对的当今世界认为过去的教条不可接受，现代小说无法再现19世纪伟大作家充满自信的现实主义，因为这些小说背后是当时社会力量的激增和西方民族国家的稳固。[2] 默多克敏锐地意识到在后康德时代，形而上学不再是教条式的运作，而是对经验的回应和反思。如果形而上学要成为道德的指南，它必须能够处理当下的历史情况。在这样的情形下，默多克肯定了形而上学的作用，为道德构建了更广泛的经验背景，指出道德生活不仅仅局限于调节那些主观性选择之间的冲突。默多克的形而上学是道德生活的指南，因为它将道德生活置放在更广阔的环境中，包括对

---

[1] Yozo Moroya and Paul Hullah eds., *Occasional Essays by Iris Murdoch*, Okayama: University Education Press, 1998, pp. 49–53.

[2] Iris Murdoch, "Against Dryness", in Peter Conradi, ed., *Existentialists and Mystics: Writings on Philosophy and Literature*, London: Chatto&Windus, 1997, p. 291.

空虚、死亡的现实感以及与他人之间爱和真诚的关系。她所主张的经验的形而上学使人能够将道德置于更广阔的视域之中。此外，默多克有效地利用柏拉图的思想来批判现代理论和实践形式中的问题，这非常具有现实意义。对默多克来说，道德生活既不是单纯地考量利益，也不是操控那些降低关注具体情况的抽象程序。虽然经验常常是混乱的，但这种混乱并不妨碍对道德完美的柏拉图式追求。现代人常认为不加批判地接受自己的偏好会导致走向错误的目标，完美主义对这种现代人的不安情绪是一剂解药。追求完美可以避免人们仅仅通过自己扭曲的臆想来观察世界，进而破坏道德反思的倾向。

默多克的所有作品都聚焦于对现当代理论和实践提出的问题进行定义和诠释。正如默多克的哲学反思旨在理解她所在的时代一样，她的小说力求真实地反映她所在的时代。然而，文学评论家们对于默多克哲学和她的小说之间有何关联存在分歧。有一些评论家认为她将自己的哲学融入小说中，另一些人则否认这种联系。默多克本人如何看待哲学和小说之间的关系对于完整理解她的整体思想至关重要。虽然默多克的哲学和小说都是她表达对世界理解的方式，二者彼此关联，但她并不是简单地把自己的哲学思想平移到小说中，她甚至反复否认自己的小说带有哲学色彩。在接受斯蒂芬·格洛弗的采访时，她对建议她把自己的哲学理论引入小说的说法做出了回应："我希望不是这样。我认为这是一件非常危险的事情，我当然不想把哲学和小说混为一谈——它们是完全不同的学科，不同的思维方法，不同的写作方式，不同的目标。"[1]此后，在布莱恩·麦基的电视访谈节目《思想者》中，默多克承认对于把"哲学思想本身放进自己的小说"感到恐惧。[2] 此外，默

---

[1] Gillian Dooley, ed., *From a Tiny Corner in the House of Fiction: Conversations with Iris Murdoch*, Columbia: University of South Carolina Press, 2003, p. 36.

[2] Iris Murdoch, "Literature and Philosophy: A Conversation with Bryan Magee", in Peter Conradi, ed., *Existentialists and Mystics: Writings on Philosophy and Literature*, London: Chatto and Windus, 1997, p. 19.

多克认为小说是独立的，明确地反对那些以传递哲学思想为目的的小说。她将小说划分为报刊体式小说和水晶体式小说，认为这两类小说都倾向于将想象力丰富的文学简化为抽象的理论、意识形态或社会学。她反对报刊体式小说，认为这些小说依赖于对叙事情节发展惯例的详尽描述。她也猛烈抨击水晶体式小说，认为这类小说是通过规定人物和情节的相互作用来表达作者的立场或观点。[1]

默多克对小说的自主性以及哲学与小说艺术的内在联系进行了哲学上的思考。小说艺术并不能被简化为哲学，艺术的独立性是由哲学确立的。[2] 她认为哲学关注的是概念上的相似性和经验形式之间的差异性，例如，区分公共道德和个人道德，并认识到艺术、宗教和哲学是如何以不同但相关的方式理解经验的。哲学解释的是人类经验的普遍性，尊重现实的偶然性和随机性，以及其中暗含的统一性和善。在她的哲学著作中，默多克认为道德发展所需要的是对他人和他们所处环境的一种善良和爱的关注。[3] 经验中的善是哲学中的魅力所在，然而对道德完美的追求不能被浓缩在任何特定的经验中。因此，默多克认为哲学要避免给道德行为做一般意义上的界定，因为这样就忽视了个体对其他个体和他们所处的特定环境的密切关注。在这一点上，小说可以和哲学互为补充。小说关注生活中的特殊性，捕捉杂乱无章、无休止的特定和偶然的经验，讲述复杂交织的情节，描写形形色色的人物和他们之间相互重叠的关系。默多克的小说展示出不同的人物之间的互动，他们要么关心、要么忽视他人的需求和关注。这说明在特定情境下，小说可以用充满想象力的方式表现出个体对他人、对环境

---

[1] Iris Murdoch, "Against Dryness", in Peter Conradi, ed., *Existentialists and Mystics: Writings on Philosophy and Literature*, London: Chatto and Windus, 1997, p. 291.

[2] Iris Murdoch, *Metaphysics as a Guide to Morals*, New York: Penguin Books, 1993, pp. 1-25.

[3] Iris Murdoch, "On 'God' and 'Good'", in Peter Conradi, ed., *Existentialists and Mystics: Writings on Philosophy and Literature*, London: Chatto and Windus, 1997, pp. 348-349.

的关注或不关注。默多克在她的小说中所表达的哲学性既不是附和或者反驳某些哲学思想，更不是仅仅传达她自己的哲学主张和观点。相反，默多克笔下的角色在探索自由的过程中认清了社会现实，因此选择打破传统的宗教和道德思想，去追求一条新的不确定的道德之路，而过度的自我专注往往成为这条向善之路上的阻碍。这些小说忠实于经验的本质，邀请读者去思考现代世界中道德进步或自我欺骗的可能性。从这种意义上说，默多克的哲学和文学都立足于特定的历史文化，在与真理和现实的联系上既是永恒的，也同样是历史的。

默多克哲学所要解决的问题来自西方世界的战后文化。这种文化的核心是对宗教、道德、哲学和政治的去神话化，其中传统价值观正在失去影响力，以往的安全原则正在被武断的主观主义瓦解。宗教信仰和超验的上帝消失了，道德主观主义取而代之，工具自由主义（instrumental liberalism）大行其道。默多克的小说也以传统的生活方式和原则正在被侵蚀的社会为背景。这些作品展示了她哲学的核心主题，展示了在一个由特定个体组成的世界，处于现代文化中道德、政治和宗教都在失去方向的时间点。正如她的哲学涉及去神话化、走出当代世界的主观主义的困顿、踏上向善朝圣之路的理想一样，她的小说也描绘了在独特境况下与现代文化的混乱抗争的人物。默多克小说文本中的内容中并没有包含她的哲学，正如她笔下的人物对话所宣扬的教义中也没有宣扬她的哲学观点。然而，她的小说通过具体地想象个体的生活以及个体在混乱世界中的道德困境展示她对道德完美主义的哲学思考。正如福斯伯格所言，默多克在她的哲学和小说中致力于捕捉当代文化中已经失去或正在失去的东西[1]，在这一层面上，她的小说和她的哲学是互补的。

---

[1] Niklas Forsberg, *Language Lost and Found: On Iris Murdoch and the Limits of Philosophical Discourse*, London: Bloomsbury, 2013, pp. 113 – 151.

## 第二节 艾丽丝·默多克译介与研究综述

国外默多克研究始于 20 世纪 60 年代，目前已颇具规模：系统出版了默多克哲学著述、文学作品、相关研究著作和大量评论性文章；专门成立了默多克研究协会，定期举办国际性学术会议和讲座；建立了默多克资料图书馆以便研究者查阅；国外默多克研究覆盖默多克全部著作，研究视角和批评方法呈跨领域、跨学科、多样化的特点。在国内，默多克的文学和哲学声誉与国外相比有较大差距。国内默多克译介和研究始于 20 世纪 80 年代，截至 2021 年年末，学界翻译了默多克的 8 部小说，出版了 7 部研究性专著，发表了相关文献 370 篇（CNKI 收录）。通过对比和分析发现，国内研究在研究领域、研究主题和研究方法等方面还有较大的局限性。国内译介对文本体裁和作品内容的选择具有明显的倾向性。研究文章呈现出年代分布由少到多、研究领域由窄及宽、研究主题由浅入深、研究方法由单一到多元的特征。此外，学界集中关注对默多克小说的主题批评、道德哲学思想研究、形式批评和伦理批评等领域。对比国外研究，国内研究可以深化已有的研究板块，开拓新的研究领域；丰富研究方法，构建带有中国特色的批评话语；结合 20 世纪的哲学和文学语境，将默多克置放在西方哲学和文学传统中开展比较研究。因此，有必要对国内默多克译介与研究的历史趋势和现状做总结和分析，对比国外研究，明确国内默多克研究的不足和空白之处，为未来国内默多克研究的发展提供借鉴，同时也为 20 世纪后半叶英国女性小说的国内译介和研究提供借鉴。

### 一 国外默多克研究现状及其特征

（一）默多克哲学思想和道德观念的阐释性研究

默多克的道德哲学思想既成体系地存在于她的哲学著作，也分散

绪 论 * 15

在她的文学作品中，因此对她的道德哲学思想的阐释性研究也就成了经典视角，不仅成果丰富，且颇具深度和广度。无论是她的哲学还是文学都在探讨能够替代上帝成为形而上信仰的东西。拜厄特的著作 *Degree of Freedom*: *The Early Novels of Iris Murdoch*[1] 探讨了默多克对于自由的观点，提出默多克的自由是接受生活的不完整性，放弃整体性的幻想。维多斯的著作 *The Moral Vision of Iris Murdoch*[2] 探究默多克视野下艺术、宗教与道德生活的关系。论文集 *Iris Murdoch and Morality*[3] 从"道德与小说"，"哲学与小说的道德结合"，"上帝缺席的道德"三部分论述默多克的伦理思想。安东妮西亚的著作 *A Philosophy to Live by*: *Engaging Iris Murdoch*[4] 探讨默多克伦理思想三个核心议题，提出默多克伦理学范畴的扩展必然要求一种理论化、形而上学的形式。帕尼扎的著作 *The Ethics of Attention*: *Engaging the Real with Iris Murdoch and Simone Weil*[5] 主要分析了默多克道德哲学中关注这一概念，通过对爱、去自我中心等方面的论述，得出了关注是道德的根本，它关涉人类走向道德滑坡还是道德成就的选择。德赖弗的文章"Love and Unselfing in Iris Murdoch"[6] 研究了默多克道德哲学中的爱与无我。哈梅莱伊宁的文章"What is Metaphysics in Murdoch's Metaphysics as a Guide to Morals?"[7] 从"传统形而上学的理论或系统""形而上学作为

---

[1] A. S. Byatt, *Degrees of Freedom*: *The Early Novels of Iris Murdoch*, New York: Random House, 1994.

[2] Heather Widdows, *The Moral Vision of Iris Murdoch*, London: Ashgate Publishing, 2005.

[3] Anne Rowe and Avril Horner, eds., *Iris Murdoch and Morality*, London: Palgrave Macmillan, 2010.

[4] Maria Antonaccio, *A Philosophy to Live by*: *Engaging Iris Murdoch*, New York: Oxford University Press, 2012.

[5] Silvia Caprioglio Panizza, *The Ethics of Attention*: *Engaging the Real with Iris Murdoch and Simone Weil*, London: Routledge, 2022.

[6] Julia Driver, "Love and Unselfing in Iris Murdoch", *Royal Institute of Philosophy Supplement*, Vol. 87, 2020, pp. 169–180.

[7] Nora Hämäläinen, "What is Metaphysics in Murdoch's *Metaphysics as a Guide to Morals*?", *SATS*, Vol. 14, No. 1, 2013, pp. 1–20.

潜在世界观""形而上学作为我们理解世界的'启发性形象'"阐释了默多克笔下何为形而上学。到了2014年，哈梅莱伊宁再次在文章"What is a Wittgensteinian Neo-Platonist? —Iris Murdoch, Metaphor"[①]中阐释了默多克形而上学的内涵。

（二）默多克作品中哲学概念的解读性研究

如果说形而上学是默多克对哲学的严肃讨论，那么以善为中心的体系则是默多克为人们提出的浅显易懂的新信仰。默多克对善的理解受到柏拉图的影响，关涉了爱、厄洛斯、自我和关注等不同主题。善作为默多克哲学思想和道德观念上重要的组成部分，为正在经历信仰危机的西方社会提供了"在没有上帝的情况下依然能持续下去的神学"[②]，也为研究者提供了源源不断的灵感。戈登的著作 *Iris Murdoch's Fable of Unselfing*[③] 分析默多克"去自我"的主张。维采的文章"The Ethics of Self-Concern"[④] 研究默多克的"无我"概念，提出禁止关注内在生活在生理上既无法保证也不真实，只有善的崇高性可以赋予这种禁令以合理性。莫尔的文章"Attention, Self and the Sovereignty of Good"[⑤] 提出默多克的某些伦理概念与朝向自我的关注不兼容。哈梅莱伊宁的文章"Iris Murdoch and the Descriptive Aspect of Moral Philosophy"[⑥] 分析了默多克在道德哲学中的描述性维度。莱利的文章"Lacan, Jouissance, and the Sublimation of Self in Iris Murdoch's *The*

---

[①] Nora Hämäläinen, "What is a Wittgensteinian Neo-Platonist? —Iris Murdoch, Metaphysics and Metaphor", *Philosophical Papers*, Vol. 43, No. 2, 2014, pp. 191–225.

[②] Iris Murdoch, *Metaphysics as a Guide to Morals*, New York: Penguin, 1993, p. 511.

[③] David J. Gordon, *Iris Murdoch's Fable of Unselfing*, Missouri: University of Missouri Press, 1995.

[④] Samantha Vice, "The Ethics of Self-Concern", in Anne Rowe, ed., *Iris Murdoch: A Reassessment*, London: Palgrave Macmillan, 2007, pp. 60–71.

[⑤] Christopher Mole, "Attention, Self and the Sovereignty of Good", in Anne Rowe, ed., *Iris Murdoch: A Reassessment*, London: Palgrave Macmillan, 2007, pp. 72–84.

[⑥] Nora Hämäläinen, "Iris Murdoch and the Descriptive Aspect of Moral Philosophy", *Iris Murdoch Review*, No. 9, 2018, pp. 23–30.

*Black Prince*"① 从拉康的"欢愉"理论分析了默多克对厄洛斯的批判性态度。对厄洛斯的研究还包括娜斯鲍姆的文章"Faint with Secret Knowledge: Love and Vision in Murdoch's *The Black Prince*"②；沙库里的文章"What Plato and Murdoch Think About Love"③；卡尔的文章"Love, Truth and Moral Judgement"④。

（三）默多克文学作品中叙事与修辞策略的阐释性研究

在默多克看来，好的艺术能道出真理，具有拯救作用，但同时她也认为艺术应当是纯洁且独立的，不论形式还是内容都不应具有系统性。语言危机的语境下，默多克为了真实地构建具有偶在性的现实世界和"自由人"，她从书写语言和书写方式上做出各种尝试，她的文风和叙述方法也呈现出多变和实验性特征，因此她的叙事与修辞策略也为学界的研究提供了充足的素材。尼科尔的文章"The Curse of *The Bell*: The Ethics and Aesthetics of Narrative"⑤ 将默多克及其笔下艺术家形象联系起来，阐释艺术家的创作伦理和读者的阅读伦理。尼克尔的文章"Murdoch's Mannered Realism: Metafiction, Morality and the Post-War Novel"⑥ 研究默多克文本叙事的伦理意味，指出默多克认同后现代主义的现实观。尼克尔的著作 *Iris Murdoch: The Retrospective Fiction*⑦

---

① James Antony Riley, "Lacan, Jouissance, and the Sublimation of Self in Iris Murdoch's *The Black Prince*", *Iris Murdoch Review*, 2018, pp. 31 – 38.

② Martha Nussbaum, "Faint with Secret Knowledge: Love and Vision in Murdoch's *The Black Prince*", *Poetics Today*, Vol. 25, No. 4, 2004, pp. 689 – 710.

③ Shadi Shakouri and Rosli Talif, "What Plato and Murdoch Think About Love", *International Journal of Applied Linguistics and English Literature*, Vol. 1, No. 3, 2012, pp. 58 – 62.

④ David Carr, "Love, Truth and Moral Judgement", *Philosophy*, Vol. 94, No. 4, 2019, pp. 529 – 545.

⑤ Bran Nicol, "The Curse of *The Bell*: The Ethics and Aesthetics of Narrative", in Anne Rowe, ed., *Iris Murdoch: A Reassessment*, London: Palgrave Macmillan, 2007, pp. 100 – 111.

⑥ Bran Nicol, "Murdoch's Mannered Realism: Metafiction, Morality and the Post-War Novel", in Anne Rowe and Avril Horner, eds., *Iris Murdoch and morality*, London: Palgrave Macmillan, 2010, pp. 17 – 30.

⑦ Bran Nicol, *Iris Murdoch: The Retrospective Fiction*, London: Palgrave Macmillan, 2004.

分析并总结了默多克回溯性小说的叙述技巧和特点。杜利的文章"Iris Murdoch's Use of First-person Narrative in *The Black Prince*"[1] 探讨了《黑王子》中第一人称可靠性叙述的方式。乔丹的文章"Thick Ethical Concepts in the Philosophy and Literature of Iris Murdoch"[2] 认为把后伦理概念作为阐释默多克文本的切入点，可以弥合默多克哲学和文学之间的裂隙。此类成果还包括：马丁和罗维的 *Iris Murdoch*：*A Literary Life*[3]，卡巴拉伊的"Iris Murdoch's *The Black Prince*：A Valorization of Metafiction as a Virtuous Aesthetic Practice"[4]。

（四）默多克文学作品中的性别研究

作为为数不多的、兼具哲学家和小说家双重身份的女性学者，默多克势必会引起女性主义者的关注。然而她的作品在较长时间内都没能引起女性主义批评家的关注，默多克本人也拒绝被归入女性主义作家的行列。默多克关注的是整个人类的问题，而不是某个特殊群体的不公。但是随着越来越多的资料被披露，女性主义也成为一个研究默多克作品的新视角。格里姆肖的著作 *Sexuality*, *Gender*, *and Power in Iris Murdoch's Fiction*[5] 探讨了默多克代表性作品中的同性恋和女性主义。拉维邦德的著作 *Iris Murdoch*, *Gender and Philosophy*[6] 从默多克的小说和道德哲学中探究了她对性别与女性主义的观点，反思了哲学应该是什么样的，作为公共知识分子的女性是什么样的。阿尔托夫的文

---

[1] Gillian Dooley, "Iris Murdoch's Use of First-person Narrative in *The Black Prince*", *English Studies*: *A Journal of English Language and Literature*, Vol. 85, No. 2, 2004, pp. 134–146.

[2] Jessy E. G. Jordan, "Thick Ethical Concepts in the Philosophy and Literature of Iris Murdoch", *The Southern Journal of Philosophy*, Vol. 51, No. 3, 2013, pp. 402–417.

[3] Priscilla Martin and Anne Rowe, *Iris Murdoch*: *A Literary Life*, London: Palgrave Macmillan, 2010.

[4] Sara Soleimani Karbalaei, "Iris Murdoch's *The Black Prince*: A Valorization of Metafiction as a Virtuous Aesthetic Practice", *Brno studies in English*, Vol. 40, No. 2, 2014, pp. 91–107.

[5] Tammy Grimshaw, *Sexuality*, *Gender*, *and Power in Iris Murdoch's Fiction*, Madison: Fairleigh Dickinson University Press, 2005.

[6] Sabina Lovibond, *Iris Murdoch*, *Gender and Philosophy*, London and New York: Routledge, 2011.

章 "Iris Murdoch and Common Sense or, What Is It Like to Be a Woman in Philosophy"[1] 研究了默多克作为一个女性是如何改变哲学这一学科的。类似的解读角度还包括加西亚-阿维罗的文章 "Re/Examining Gender Matters in Iris Murdoch's *The Black Prince*"[2]。海里耶的文章 "Combat of Voices: Female Voices in Iris Murdoch's *Nuns and Soldiers*"[3]。霍格尔的著作 *The Integration of the Self: Women in the Fiction of Iris Murdoch and Margaret Drabble*[4]。国外对于女性主义角度的解读通常关注默多克的女性身份是如何影响她的创作和视角的，以及她对性别与权力，性少数群体的关切。

（五）默多克哲学思想与文学实践之间的关系研究

在默多克的哲学与文学之间存在一条界线，她承认文学涉及价值倾向，但同时也拒绝让文学成为哲学的宣传手册。默多克道德哲学思想与小说创作实践之间的共性与差异性成为交叉性研究，揭示了默多克哲学主张与其文学创作的不协调和不一致，探讨造成默多克哲学主张与文学实践之间差异性的社会、文化、哲学背景和前提。主要的研究成果有：利森的著作 *Iris Murdoch: Philosophical Novelist*[5]，米利根的文章 "Iris Murdoch and the Borders of Analytic Philosophy"[6]，乔丹的文章 "Thick Ethical Concepts in the Philosophy and Litera-

---

[1] Hannah Marije Altorf, "Iris Murdoch and Common Sense or, What Is It Like to Be a Woman in Philosophy", *Royal Institute of Philosophy Supplement*, Vol. 87, 2020, pp. 201–220.

[2] Macarena García-Avello, "Re/Examining Gender Matters in Iris Murdoch's *The Black Prince*", *Critique: Studies in Contemporary Fiction*, Vol. 60, No. 5, 2019, pp. 551–562.

[3] Hayriye Avara, "Combat of Voices: Female Voices in Iris Murdoch's *Nuns and Soldiers*", *Moment Dergi*, Vol. 4, No. 2, 2017, pp. 451–475.

[4] Afaf Jamil Khogeer, *The Integration of the Self: Women in the Fiction of Iris Murdoch and Margaret Drabble*, Lanham: University Press of America, 2006.

[5] Miles Leeson, *Iris Murdoch: Philosophical Novelist*, London and New York: Continuum International Publishing Group, 2010.

[6] Tony Milligan, "Iris Murdoch and the Borders of Analytic Philosophy", *Ratio*, Vol. 25, No. 2, 2012, pp. 164–176.

ture of Iris Murdoch"[①], 福斯伯格的著作 *Language Lost and Found: On Iris Murdoch and the Limits of Philosophical Discourse*[②]。

## 二 国内默多克研究现状及其特征

（一）国内默多克译介及其特征

20 世纪 80 年代初默多克进入中国读者的视野。1985 年，国内出版第一部默多克的作品译本，即由王家湘翻译、外国文学出版社出版的小说《沙堡》。1988 年，春风文艺出版社出版了由荣毅、杨月翻译的小说《意大利女郎》。21 世纪以来，译林出版社在 2000 年出版了邱益鸿翻译的小说《独角兽》，在 2004 年出版了由孟军等人翻译的《大海啊，大海》，在 2008 年出版了由萧安溥、李郊翻译的小说《黑王子》。2015—2016 年，上海译文出版社再版《黑王子》和《独角兽》，并重新出版了由梁永安翻译的《大海，大海》。2018 年，北京燕山出版社出版了贾文浩翻译的《在网下》。2020 年，人民文学出版社出版了丁骏、程佳唯翻译的小说《完美伴侣》和短篇小说《特别的东西》。

国内译介呈现出译本稀少、体裁单一、出版年代分布不均、出版密度低等特征。首先，译本数量少。默多克的 40 部作品（26 部小说、5 部哲学著作、6 部戏剧、2 部诗集、1 部短篇小说集）[③] 中，只有 7 部长篇小说和 1 部短篇小说出版了中译本，占默多克作品总量的 20%。其次，译本体裁单一。8 部译本均为小说和短篇小说，默多克的哲学著作、戏剧和诗集均没有中译本。将默多克译介与同时代的英国女性小说家在国内的译介做比较，能更加直观地呈现其特征。表中

---

① Jessy E. G. Jordan, "Thick Ethical Concepts in the Philosophy and Literature of Iris Murdoch", *The Southern Journal of Philosophy*, Vol. 51, No. 3, 2013, pp. 402–417.

② Niklas Forsberg, *Language Lost and Found: On Iris Murdoch and the Limits of Philosophical Discourse*, New York: Bloomsbury, 2013.

③ Peter Conradi and John Bayley, *The Saint and the Artist: A Study of the Fiction of Iris Murdoch*, London: HarperCollins Publishers Press, 2001.

统计了英国四位女性小说家的小说总量以及中译本数量。

表1　　　　　　　　英国女性小说国内译介情况　　　　　　单位：部

|  | 多丽丝·莱辛 | A.S.拜厄特 | 安吉拉·卡特 | 艾丽丝·默多克 |
|---|---|---|---|---|
| 小说 | 28 | 9 | 9 | 26 |
| 中译本 | 18 | 6 | 8 | 7 |

由此可以，莱辛、拜厄特和卡特的小说大部分都有中译本，而默多克小说的中译本所占其小说的比重明显不足。此外，国内对莱辛、拜厄特和卡特的译介不仅有小说，还包括莱辛的自传及许多短篇小说，拜厄特的短篇故事集、文艺评论集和卡特的短篇故事集。这说明国内默多克译介在译本数量和体裁上都有待充实。最后，默多克小说译作出版年代分布不均。1985年至2017年共有8部中译本出版，1985年至1989年出版2部，2000年至2010年出版3部，2015年至2016年再版3部，2017年至2020年出版了2部小说和1部短篇小说。以上三点说明国内译者和读者对默多克作品的关注度仍需提高。

形成上述特征的原因在于国内译介在文本体裁和作品内容上具有明显的倾向性。首先，在文本体裁上，译者倾向于选择小说，回避哲学著述、戏剧和诗集。默多克最初从事的是哲学教学，发表的第一部作品是哲学著作《萨特：浪漫的理性主义者》（*Sartre*：*Romantic Rationalist*，1967）。之后她又发表了3部哲学专著和2部文论集。现有的译本体裁均为小说。究其原因，一是译者的学术水平有待提升。默多克的哲学思想涉猎甚广，她重新阐释柏拉图"善"的概念，在与经典哲学家、当代"牛桥"语言哲学家、存在主义者、神秘主义者和马克思主义者的不断对话中形成独特的道德哲学思想体系[①]，因此翻译她的哲学著作要求译者具备较高的学术功底。二是国内译介受到了20

---

① George Steiner, "Forward", in Peter Conradi, ed., *Existentialists and Mystics*：*Writings on Philosophy and Literature*, London：Chatto & Windus, 1997, pp. ix – xix.

世纪 80 年代国外默多克研究的影响。默多克的作品和哲学思想在西方理论盛行的时代备受冷落,因为她坚持认为小说是剖析道德问题的场域,理论应该讨论和分析道德问题[①];此外,她高度关注西方神学以及其他宗教传统,与当时西方主流的文学批评和哲学思想难以融合[②]。三是 1963 年以后,默多克离开哲学教职,专门从事小说创作,所以研究者更关注她的小说,而不是其哲学思想。另外,译介忽略默多克的戏剧、诗集的原因可能是这些作品乏善可陈。默多克在 20 世纪 60 年代尝试戏剧创作,把小说改编成剧本,但结果差强人意;同样,她早期在诗歌领域也是浅尝辄止,影响不大。

其次,国内译介对默多克小说文本的选择有三个明显特征:第一,译介倾向于默多克 20 世纪六七十年代的小说,对她早期和晚期的小说重视度不足。[③] 除了小说《在网下》,在已有中译本的小说中,《沙堡》(*The Sandcastle*, 1957)、《独角兽》(*The Unicorn*, 1963)和《意大利女郎》(*The Italian Girl*, 1964)发表于 20 世纪 60 年代[④],《黑王子》和《大海啊,大海》发表于 20 世纪 70 年代。第二,译者喜欢形式新颖的实验主义小说,避开了形式传统的现实主义小说。《黑王子》和《大海啊,大海》采用艺术家写回忆录的形式,既呈现了人物性

---

① Anne Rowe and Avril Horner, "Introduction: Art, Morals and 'The Discovery of Reality'", in Anne Rowe and Avril Horner, eds., *Iris Murdoch and Morality*, London: Palgrave Macmillan, 2010, pp. 1 – 13.

② Maria Antonaccio, "The Virtue of Metaphysics: A Review of Iris Murdoch's Philosophical Writings", *Journal of Religious Ethics*, Vol. 29, No. 2, 2001, pp. 309 – 335.

③ 关于默多克作品的分期,按照出版时间和作品主题,研究者们有不同的划分:Robert Welch 编辑的 *The Oxford Companion to Irish literature*(London: Oxford University Press, 1996)将默多克的创作分为四个时期;Peter Conradi 在 *The Saint and the Artist: A Study of the Fiction of Iris Murdoch*(London: Harper Collins Publishers, 2001)中也将默多克创作大致分为四个阶段,但与 Welch 的划分略有不同;Priscilla Martin 和 Anne Rowe 的著作 *Iris Murdoch: A Literary Life*(London: Palgrave Macmillan, 2010)将默多克的创作细化为七个阶段。现有几种划分的共同特点是,他们都认为 50 年代是默多克创作的早期,她师从萨特和加缪等存在主义者;60 年代是探索和实验阶段,她尝试各种文体和小说形式;70 年代是成熟时期,她形成独特的小说风格;80 年代以后是创作的晚期,她在既成风格基础上,重新探讨早期的主题。

④ 虽然《沙堡》发表于 1957 年,但学界普遍将它归入默多克 60 年代初期的作品中。

格与道德选择的关系,又探讨了艺术的伦理意味和艺术家的道德责任,具有后现代的叙事特征。而《相当体面的失败》(*A Fairly Honourable Defeat*,1970)、《修女与士兵》(*Nuns and Soldiers*,1980)等小说被认为是对经典现实主义的回归。第三,译者选择故事性和趣味性强的小说,回避带有宗教信仰和哲学探讨等晦涩主题的小说。《独角兽》、《意大利女郎》和《沙堡》等小说在叙事中糅进了怪诞意象、神话传说和哲学思考,既有哲理又有趣味性。相比之下,《语言的孩子》(*A Word Child*,1975)和《相当体面的失败》等小说讨论作者对存在主义、语言哲学和伦理道德的思考,翻译难度大;《钟》(*The Bell*,1958)和《天使的时光》(*The Time of the Angels*,1969)等小说直接再现了在宗教衰落的时代里,西方人做出的各种伦理选择,书中常有大段的文字讨论宗教信仰问题。此外,部分默多克的小说未被译介,恐怕也与这些作品的文学水平有关系,部分作品为默多克早期的摸索之作,文学水准不如其他作品。出版社选择其趣味性较强的小说译介自然包含了对读者接受程度和商业销量方面的考量。

(二)国内默多克研究及其特征

国内首篇评介默多克作品的文章《当代英国作家艾利丝·默多克》发表于 1983 年。经过 30 多年的发展,国内默多克研究取得了一定进展:截至 2021 年年末,中国知网收录的相关文献有 370 篇(包括期刊文章 172 篇,博士论文 10 篇,硕士论文 132 篇,会议论文 3 篇),共出版了 7 部[①]研究专著。国内研究大致分为两个阶段:第一阶

---

[①] 马惠琴:《重建策略下的小说创作:爱丽斯·默多克小说的伦理学研究》,对外经贸大学出版社 2008 年版。岳国法:《类型修辞与伦理叙事:艾丽丝·默多克小说研究》,黑龙江人民出版社 2008 年版。范岭梅:《善之路:艾丽丝·默多克小说伦理学阐释》,中国社会科学出版社 2010 年版。许健:《自由的存在 存在的信念:艾丽丝·默多克哲学思想的类存在主义研究》,暨南大学出版社 2010 年版。何伟文:《默多克小说研究》,上海外语教育出版社 2012 年版。刘晓华:《失落与回归:人本质视域下的默多克小说研究》,南开大学出版社 2014 版。徐明莺:《艾丽丝·默多克小说中女性自我的嬗变研究》,厦门大学出版社 2016 年版。

段从 1983 年到 2000 年，是国内研究的萌芽期，文献数量少，共 20 篇文献，多为介绍性文章；没有博士论文发表，也没有研究专著出版；作品局限于默多克早期的小说；批评方法局限于传统的文学要素分析；接受态度带有明显的政治意识形态特征。第二阶段从 2001 年到 2021 年，是国内研究的快速发展期，发文数量快速增长，发表文章 350 篇，以研究性文章为主；发表博士论文 10 篇，出版研究性专著 7 部；研究的文本扩展到默多克各个阶段的小说，初步涉及了她的哲学著作；研究整体上呈现出年代分布由少到多、研究领域由窄及宽、研究主题由浅入深、研究方法由单一到多元的特征。30 多年来，国内研究出现了一些较为集中的研究板块和论点相对集中的研究方向，主要包括主题批评、道德哲学思想研究、形式批评和伦理批评。

1. 主题批评

主题批评是国内研究开展最早、持续时间最长的研究板块。默多克的作品围绕着"善"的理念揭示了丰富的主题，包括真理、爱欲、艺术、权力、神秘主义、禁欲主义与享乐主义等等。早期综述类文章以分析默多克创作的基本母题为主。例如何伟文的《论艾丽丝·默多克小说世界的理论框架》（2000）指出默多克小说的普遍框架是人物从"臆想"和"迷惑"状态，经过"关注"，达到"善的真实"。文章论述紧扣小说内容，结合作家的创作背景和哲学思想，在主题研究领域具有代表性。向善之旅以及善与恶的对立这两个主题遍及默多克小说创作的各个阶段，是国内主题研究的主要内容。范岭梅的《善之路：艾丽丝·默多克小说伦理学阐释》（2010）认为默多克小说的向善之旅是人物对"自我"和"他者"由无知到有知的认知过程。何伟文的《默多克小说研究》（2012）将向善概括为包含三个阶段（迷惑阶段、关注阶段、善的真实）的精神朝圣之旅。刘晓华的《失落与回归》（2014）指出默多克作品的核心问题是，在上帝已死的时代，西方人如何结束精神流浪，重新找到本质归属，所以向善即是朝向本质的回归。岳剑锋、何伟文的《从宗教危机到道德危机——论艾丽斯·默多克〈天使的时光〉的"空虚"主题》（2020）探讨了默多克小说中的"空虚"主题，指出默多克通过宗教危机警示个体一旦失去道德主体性的危险性，展示了人性的复杂性以及道德对人性的必要性。这类研究中有大量的硕士论文，以某种现成的文学理论为视角对作品基本的文学要素做出自圆其说的解读，却未能发掘出由作者的独特存在状态和特定的社会语境所决定的文本内涵。

2. 道德哲学思想研究

自20世纪末"伦理学转向"以来，默多克的道德哲学思想成为研究的热点。默多克道德哲学的核心议题是：在上帝缺席的时代里，人性在道德上如何变得更好。她主张拓展道德的范畴使其突破道德义务和选择的局限，丰富道德概念使其囊括人类生活的方方面面；提倡"没有上帝的善"的道德哲学，强调在人类存在中道德的绝对性。在当代哲学强调语言优先于意识之时，默多克却主张语言和意识之间存在反思性的关系。[①] 她自称是"维特根斯坦式的柏拉图主义者"，所以分析默多克文本蕴含的语言哲学是国内研究的重要内容。尹铁超、范岭梅的《论默多克小说与维特根斯坦语言哲学的关系》（2012）认为默多克从三个层面批判继承了维特根斯坦语言思想，"为读者描绘了一个具有形而上意味的道德存在世界"[②]。寇世忠的《默多克的〈网下〉与维特根斯坦哲学》（2005）从语言之"网"和"语言游戏"两个维度探讨小说对维特根斯坦语言思想的演绎，指出默多克把"维氏难下定义、难定规则、一切意义都归于特定生活形式的'语言

---

[①] Maria Antonaccio, "The Virtue of Metaphysics: A Review of Iris Murdoch's Philosophical Writings", *Journal of Religious Ethics*, Vol. 29, No. 2, 2001, pp. 309–335.

[②] 范岭梅、尹铁超：《时间、女性和死亡——〈大海啊，大海〉的列维纳斯式解读》，《外国文学研究》2012年第1期，第106页。

游戏'推向了极致"①。

存在主义哲学是默多克思想形成的基石。默多克的处女作即是探讨萨特思想的《萨特：浪漫的理性主义者》；她的首部小说《在网下》也体现了萨特等人的主张。② 许健的《艾丽丝·默多克哲学思想的类存在主义研究》（2010）以萨特思想为参照，从存在、意识、自由和道德四个维度，辨析其道德哲学的核心概念，提出她的道德哲学是类存在主义。陈连丰的《艾丽丝·默多克哲理小说中的萨特存在主义思想研究》（2012）从无神论、自由观、"善"与"责任"等方面分析默多克与萨特思想的一致性。海德格尔也是默多克对话的重要对象，她在著作《善的崇高》（*The Sovereignty of Good*）中批判海德格尔思想是过于浪漫的乐观主义，对于当代的道德哲学问题难以发挥作用；在未完成的手稿《海德格尔：追寻存在》（*Heidegger：The Pursuit of Being*）中，她却肯定了海德格尔的真理观。段道余在《"批评"之后的对话与和解——论艾丽丝·默多克的创作与海德格尔的真理思想》（2017）中提出默多克的小说创作呼应了海德格尔的真理思想，她的"臆想""濒死经历"和"关注"概念分别对应了海德格尔的"迷误""向死存在"和"让存在"等概念。这类研究重在揭示默多克道德哲学的某个概念或主张，整体性的研究还有待充实。除了语言哲学和存在主义，默多克哲学的对话对象还包括柏拉图、亚里士多德、康德、神秘主义者等。③

3. 形式批评

国内默多克研究的形式批评视角主要围绕两个核心问题。第一，

---

① 寇世忠：《默多克的〈网下〉与维特根斯坦哲学》，《郑州大学学报》（社会科学版）2005年第6期，第56页。

② Priscilla Martin and Anne Rowe, *Iris Murdoch：A Literary Life*, London：Palgrave Macmillan Press, 2010.

③ George Steiner, "Forward", in Peter Conradi, ed., *Existentialists and Mystics：Writings on Philosophy and Literature*, London：Chatto & Windus, 1997, pp. ix - xix.

默多克哲学思想和文学实践之间的一致性与差异性问题。默多克希望在文学和哲学之间保持适当的距离。她曾表示文学和哲学的目的不同、形式不同、风格迥异、性质相异，但两种书写方式都追寻真理。[1] 哲学上，她力主挽救岌岌可危的形而上学，为人类经验提供普遍性的描述，同时强调正视道德概念的多样性以及多种道德要求之间的冲突性和独特性。[2] 文学上，她力求保持艺术的形式和现实的偶然之间的张力以便更有效地表现真实。何伟文的《论默多克小说〈黑王子〉中的形式与偶合无序问题》指出艺术形式与偶然性现实之间的张力的本质乃是人类认知模式的两种运动方向，默多克不打算解决这种张力，而是为这一问题提供一种"小说样式的思考"。[3] 默多克期望在哲学和文学之间保持一种适当的距离，二者如果趋向同一，则文学成为哲学的宣传工具，失去深层的意义；二者如果完全分离，那么哲学就会显得呆板枯燥。[4] 保持这种适当距离，小说才能在上帝缺席的时代，取代哲学和宗教，成为世俗社会中的道德话语。

第二，默多克小说的现实主义和后现代主义之争。国内学界通过分析《黑王子》和《大海啊，大海》两本小说的叙事策略来探讨这一问题。默多克认为最高的小说艺术必须保持形式与偶然的张力，尊重现实。[5] 她高度赞扬19世纪经典现实主义作家，认为他们尊重个体的差异性、独特性，忠实刻画偶然世界中的人；但她的小说表现出语

---

[1] Bryan Magee, "Literature and Philosophy: A Conversation with Bran Magee", in Peter Conradi, ed., *Existentialists and Mystics: Writings on Philosophy and Literature*, London: Chatto & Windus, 1997, pp. 3 – 42.

[2] Maria Antonaccio, "The Virtue of Metaphysics: A Review of Iris Murdoch's Philosophical Writings", *Journal of Religious Ethics*, Vol. 29, No. 2, 2001, pp. 309 – 335.

[3] 何伟文：《论默多克小说〈黑王子〉中的形式与偶合无序问题》，《外国文学评论》2006年第1期，第130页。

[4] Anne Rowe, "Introduction: 'A Large Hall of Reflection'", in Anne Rowe, ed., *Iris Murdoch: A Reassessment*, London: Palgrave Macmillan, 2007, pp. 1 – 11.

[5] Iris Murdoch, *Existentialists and Mystics: Writings on Philosophy and Literature*, London: Chatto & Windus, 1997.

言指涉危机、语言游戏、戏仿和反讽、不可靠叙事等后现代特征。她并没有完全回归到传统现实主义，而是借鉴现代主义和后现代主义的文学技巧，对理性主体和唯我论提出质疑。刘晓华在《自我叙述与自我实现：默多克的新艺术家小说〈大海啊，大海〉》（2011）中指出，通过反讽、自我叙述的悖反、自我叙述的有限性，作者将主人公建构成不可靠叙述者，揭示他试图借助不可靠叙述来达成自我实现的悖谬性。马惠琴的《虚构事实——小说〈大海啊，大海〉的不可靠叙事策略分析》（2011）认为默多克的不可靠叙事模式"有效地质疑理性话语对他者进行的粗暴的客体化界定"[1]。默多克的小说主张是反后现代主义的人文主义。在后现代的哲学语境中语言范式取代了意识范式，语言系统限制人的主体性；默多克从人的道德性出发，以意识作为人的道德存在模式，承认个体的价值，希望个体免遭语言系统或其他系统的同化。[2] 刘晓华的《艾丽丝·默多克小说的神秘主义诗学》（2014）提出默多克的诗学是神秘主义的，后现代语境中书写语言具有含混性和局限性，无法再现现实，所以现实的本质是神秘主义。马惠琴的《艾丽斯·默多克与后现代叙事语境》（2015）提出默多克的现实主义与传统现实主义有很大差异，她对同时期主流文化的借鉴，更倾向审美性而非单纯叙事性，其作品也更具超现实主义的色彩。

4. 伦理批评

20世纪90年代以来，"伦理学转向"成为西方批评界的热点。纳斯鲍姆1990年提出文学理论中伦理的缺席，并注意到文学研究开始转向伦理问题。大卫·帕克（David Parker）1998年提出理论批评需要伦理词汇，文学研究必须把伦理问题前置化。默多克的小说讨论

---

[1] 马惠琴：《虚构事实——小说〈大海啊，大海〉的不可靠叙事策略分析》，《当代外国文学》2011年第3期，第75页。

[2] Maria Antonaccio, "The Virtue of Metaphysics: A Review of Iris Murdoch's Philosophical Writings", *Journal of Religious Ethics*, Vol. 29, No. 2, 2001, pp. 309 – 335.

了与当代西方人的生存困惑密切相关的伦理和哲学问题，描写了西方人伦理秩序的混乱、伦理关系的错位、伦理身份的嬗变和伦理意识的缺失，呈现出丰富而复杂的伦理景观。国内此类研究具有代表性的研究成果有：马惠琴的《重建策略下的小说创作》（2008）以人物的道德意识为切入点，分析人物与作者、小说文本与读者、作者与西方当代主流文艺理论的对话关系（2008）；范岭梅、尹轶超的《时间、女性和死亡——〈大海啊，大海〉的列维纳斯式解读》（2012）从列维纳斯与默多克对待死亡问题观点的一致性出发，指出默多克"爱欲"概念是对他者的反应与负责。何宁、段道余的《向善的旅程——〈大海啊，大海〉的文学伦理学解读》（2017）借用文学伦理学批评方法，分析小说的故事层面和叙事层面，认为小说讲述了一次伦理选择和伦理化过程，体现文学的伦理教诲功能。国内伦理批评起步较晚，研究多是硕士学位论文，深度和广度略显不足，且理论趋于松散，难成体系，尚未全面发掘出默多克作品蕴含的伦理意味。

### 三　默多克译介与研究展望

国内默多克译介与研究在过去的 30 多年取得了不少重要研究成果，基本形成了与时俱进、不断发展的态势。根据目前的译介和研究状况，对比国外默多克研究，国内的译介与研究仍然有许多值得继续深化和开拓的领域。未来的译介可以从以下三个方面深入开展：第一，翻译默多克的哲学著述以及早期和晚期的小说作品，以弥补相关领域的巨大空白，促进国内研究进一步发展。第二，翻译国外研究的优秀成果，促进国内研究与国际前沿接轨，以避免重复性的学术研究。第三，加大对默多克作品的媒体宣传力度。国内各大报纸杂志对默多克及其作品的介绍力度不足。目前只见《中华读书报》刊登黄梅的《默多克与 unselfing》一文，而包括《文艺报》《文学报》《外国文艺》《书城》等报纸杂志都尚未刊登对默多克及其作品的评论性文字。文学史类的著作中,《英国小说批评史》(上海外语教育出版社2001年版)、《20世纪英国文学史》(青岛出版社2004年版)和《英国女性文学史》(上海外语教育出版社2011年版)对默多克的部分作品进行了评介。但是国内外国文学译介与研究领域两部重要著作《英国文学研究在中国:英国作家研究》(上海外语教育出版社2015年版)和《新中国60年外国文学研究(第一卷下)外国小说研究》(北京大学出版社2015年版)都未对默多克的译介与研究情况进行梳理。这客观上减少了国内读者了解默多克及其作品的渠道,使得默多克的读者群体仅限于外国文学的研究者。

展望默多克研究的未来,国内学界可以强化道德哲学的思想研究,加强对作品的伦理批评,深化形式研究和女性主义批评研究,开展比较研究。一方面,学界可以开拓新的研究领域;另一方面,可以完善现有的批评理论,建构中国特色的批评话语。第二次世界大战之后,默多克所面对的问题是,在上帝缺席的时代里,人性如何在道德上变得更好而不是更坏。她提倡"没有上帝的善"的道德哲学,坚持"善"的超越地位,强调在人类存在中道德的绝对性。国外默多克道德哲学研究的代表成果是安东妮西亚的 *Picturing the Human—the Moral Thought of Iris Murdoch*(2001)和 *A Philosophy to Live by*:*Engaging Iris Murdoch*(2012)。她在书中系统地研究了默多克的哲学思想,通过将默多克与西方经典哲学家和当代哲学流派对照,确立了默多克在西方哲学中的地位,指出默多克关于道德哲学、文学艺术和政治的书写预见了当代伦理学的重要议题,提出默多克对当代哲学的主要贡献有三点:拓展伦理学的范畴,使之超越道德义务的局限;强调意识是道德存在生存的最基本形式;主张意识和语言之间具有反思性的关系。[①] 国内研究需要在历史语境中梳理各种哲学思想对默多克

---

① Maria Antonaccio, "The Virtue of Metaphysics: A Review of Iris Murdoch's Philosophical Writings", *Journal of Religious Ethics*, Vol. 29, No. 2, 2001, pp. 309 – 335.

哲学和文学发生的立基作用，勾勒完整的默多克哲学思想源流，析出其哲学品性的基本形态，明确默多克道德哲学的起源、路径、方法和意义。

默多克的思想预见了西方批评界的伦理学转向。伦理学批评强调文学叙事本身即是一种具有多维度伦理的社会行为。目前国内伦理批评的理论松散、不成体系，未能阐释出默多克作品蕴含的伦理内涵。20世纪末，东西方批评界都发生过伦理学转向。美国学者亚当·纽顿在著作《叙事伦理学》提出建构叙事伦理学，因为叙事活动与伦理价值问题存在着长期的内在纠缠与相互生成关系，二者难以分割，叙事活动本身即具有伦理性质。[1] 无独有偶，国内学者刘小枫1999年出版的《沉重的肉身》把伦理学分为理性伦理学和叙事伦理学。此后该书经过多次再版。刘小枫认为叙事伦理学是"讲述个人经历的生命故事，通过个人经历的叙事提出关于生命感觉的问题，营构具体的道德意识和伦理诉求"[2]。21世纪以来，国内学者努力建构自己的文学伦理学批评，并进行了许多批评实践。国外对默多克的伦理学批评已走过从单一到多元，从零散到系统的过程，代表性成果有 *The Moral Vision of Iris Murdoch*[3] 和 *Iris Murdoch's Ethics*：*A Consideration of Her Romantic Vision*[4]。国内学界可依托国内研究提出的叙事伦理和文学伦理学批评，建构和完善带有中国特色的批评话语，更好地诠释默多克文本的伦理景观，这将具有重要的学术价值。

深入开展默多克作品的形式批评也颇有研究意义。默多克基于对人的本质思考，形成独特的小说观。她批判由康德和黑格尔思想演绎出的浪漫主义和象征主义过分强调形式，远离真实、远离人的本质；

---

[1] Adam Z. Newton, *Narrative Ethics*, Cambridge：Harvard University Press, 1995.
[2] 刘小枫：《沉重的肉身：现代性伦理的叙事娓语》，华夏出版社2004年版，第7页。
[3] Heather Widdows, *The Moral Vision of Iris Murdoch*, New York：Routledge, 2005.
[4] Megan Laverty, *Iris Murdoch's Ethics：A Consideration of Her Romantic Vision*, London and New York：Continuum, 2007.

抨击英美分析哲学形成的"普通语言者"和存在主义哲学形成的"极权主义者"不是真的自由。[①] 她希望小说取代哲学和宗教,成为世俗社会中的道德话语,因此小说必须具备道德判断功能、慰藉功能和解释人类共同秘密的功能。然而默多克的理论和实践之间存在一定的距离,即小说追求完美的形式与反映偶然的现实之间的张力问题。这一问题继承了柏拉图关于哲学与文学的争论,即艺术的非本真表现形式有可能遮蔽真理的问题。国外此类研究已经呈现出批评视角多元、研究领域广泛、研究问题深刻的态势,代表性成果有 *A Mystical Philosophy: Transcendence and Immanence in the Works of Virginia Woolf and Iris Murdoch*[②],*Iris Murdoch: Philosophical Novelist*[③]。国内研究关注《黑王子》和《大海啊,大海》两部小说的叙事策略,取得了不少研究成果,但主要集中在人物、后现代技巧、不可靠叙事等层面,近年来又出现在空间、伦理、结构等层面的探讨。研究领域略窄,研究质量良莠不齐,未能就默多克的哲学与文学之间的一致性和差异性问题给出可信服的阐释。进一步研究可以关注默多克各个创作阶段的文学形式,探究小说形式的自传性特征、超验主义色彩和精神分析内涵等方面,分析作品形式和默多克哲学主张的内在联系。

将默多克与其他作家进行比较研究具有重要的学术价值。目前国内比较研究只有零星的几篇文章,许多重要的研究领域仍有待研究。首先,将默多克同欧美作家比较能更直观地确定默多克在英国文学乃至世界文学的位置。默多克早期的创作受到存在主义的影响,创作了首部小说《在网下》。默多克与萨特同时身着作家与哲学家两重身份,

---

[①] Iris Murdoch, *Existentialists and Mystics: Writings on Philosophy and Literature*, London: Chatto & Windus, 1997.

[②] Donna J. Lazenby, *A Mystical Philosophy: Transcendence and Immanence in the Works of Virginia Woolf and Iris Murdoch*, London: A&C Black, 2014.

[③] Miles Leeson, *Iris Murdoch: Philosophical Novelist*, London and New York: Continuum, 2010.

且哲学主张类似。因此将他们进行比较具有重要的学术意义。默多克推崇19世纪经典现实主义作家,如托尔斯泰、乔治·艾略特等,并模仿莎士比亚创作戏剧;她批判继承了现代主义作家的风格,刻画现代人精神颓废的一面;她还影响了许多同时代的英国小说家,比如A. S. 拜厄特、麦克尤恩等,将默多克与上述作家进行比较也不乏学术价值。国外学界已经在这方面做了不少工作,代表性成果有 *Fielding, Dickens, Gosse, Iris Murdoch and Oedipal Hamlet*[①], *Fairy Tales and the Fiction of Iris Murdoch, Margaret Drabble, and A. S. Byatt*[②] 和 *A Mystical Philosophy：Transcendence and Immanence in the Works of Virginia Woolf and Iris Murdoch*[③],等等。其次,将默多克与国内作家比较,进行中英当代文学的对话和中西文化的交流,意义不容小觑。因此,比较文学视域下的默多克研究值得期待。

此外,女性主义批评也值得进一步开拓。学界对默多克作品的女性主义批评重视程度不足,因为她一度拒绝女性主义,公开承认自己更倾向男性思维,写作多采用男性叙事视角。尽管如此,她依旧塑造了丰富的女性形象。第二次世界大战后,传统的道德价值观念被彻底摧毁,女性作为男女二元对立系统的弱势群体,面临着如何在新语境下重塑自我身份的困境,默多克对此有着深切的思考。除了在《独角兽》中塑造了汉娜这一具有神秘色彩的女性形象之外,默多克在多数小说里刻画了西方中产阶级女性的"群像",比如《黑王子》讲述了蕾切尔、普丽西娜、克里斯提安和朱利斯四位女性为追求自由和幸福所承受的挣扎与痛苦。目前国外默多克作品女性主义研究的代表成果

---

① Douglas Brooks – Davies, *Fielding, Dickens, Gosse, Iris Murdoch and Oedipal Hamlet*, Basingstoke and London：Macmillan, 1989.

② Lisa M. Fiander, *Fairy Tales and the Fiction of Iris Murdoch, Margaret Drabble, and A. S. Byatt*, New York：Peter Lang, 2004.

③ Donna J. Lazenby, *A Mystical Philosophy：Transcendence and Immanence in the Works of Virginia Woolf and Iris Murdoch*, London：A&C Black, 2014.

有 Sexuality, Gender and Power in Iris Murdoch's Fiction[①] 和 Iris Murdoch, Gender and Philosophy[②]。国内此类研究仅有一部专著[③]和几篇零散文章。默多克并非传统意义上的女权主义作家，她的人文关怀超越二元对立模式，关注人类整体的境遇。秉着对人性的认识，为真实客观地再现人类的生存处境，她塑造了大量鲜活的女性形象。但碍于默多克对女权主义的批评，国内外对默多克的女性主义研究一直没有新突破。因此，对默多克作品的女性主义批评同样具有重要的研究意义。

  国内外学界致力于厘清默多克的道德哲学的主要概念、基本要素和基础逻辑，并对她的小说文本进行了多角度、多层次、多领域的解析，研究主要包括默多克道德哲学概念的阐释、文学作品母题的揭示以及叙事策略探究等。未来国内默多克译介与研究可以围绕三个方面展开：第一，拓展研究领域、丰富研究方法，形成跨学科、跨领域的批评范式，建构中国文学批评话语，增加默多克研究的理论厚度；第二，结合 20 世纪的哲学和文学语境，将默多克放置在西方哲学和文学的当下与传统中进行比较研究，拓展默多克研究的维度；第三，文本分析适当结合默多克的哲学思想和文学观念，发掘文本中由作家独特的生存状态和时代特征所决定的深层内涵。需要指出的是，尽管默多克在道德哲学、文学创作和文学批评等领域的地位日益重要，但她基于道德哲学的创作思想体系在当代文学话语体系里却非常鲜见，她的创作思想有待系统的建构，她的创作思想与小说实践之间存在的共性与差异性需要被进一步充分论证。

---

  ① Tammy Grimshaw, *Sexuality, Gender, and Power in Iris Murdoch's Fiction*, Madison: Fairleigh Dickinson University Press, 2005.
  ② Sabina Lovibond, *Iris Murdoch, Gender and Philosophy*, London and New York: Routledge, 2011.
  ③ 徐明莺：《艾丽丝·默多克小说中女性自我的嬗变研究》，厦门大学出版社 2016 年版。

# 第一部分

## 文学的叙事伦理:
## 默多克小说创作中的哲学思想

第一章

# 现代自我的危机：
# 默多克文学创作思想的出发点

## 引　言

艾丽丝·默多克（Iris Murdoch，1919—1999）是英国著名的小说家和哲学家，其文学和哲学思想的出发点和落脚点是反思现代自我的危机，为世俗社会中的人类生活提供道德指引。默多克在一系列批评文章中关注现代小说[①]中的自我危机，诊断现代小说在人物塑造方面的问题，探查引起现代自我危机的哲学背景，提倡以善和爱为核心的道德哲学以及以塑造真实人物为要旨的文学理念。现代人的自我危机是默多克文学和哲学思想中的首要关切，从20世纪50年代末的《崇高与善》（"The Sublime and the Good"，1959）、《再论崇高与美》（"Sublime and Beauty Revisited"，1959）、《反对干枯》（"Against Dryness"，1961），到70年代的《存在主义者与神秘主义者》（"Existentialists and Mystics"，1970）和《火与太阳》（"Fire and Sun"，1976），再

---

① 默多克评论过的现代小说作品包括19世纪末以来的象征主义、英美现代主义、存在主义以及部分20世纪50年代后的小说，因此她所说的"现代小说"是宽泛概念，涵盖19世纪末至二战前后的欧美小说。

到 90 年代的《作为道德指南的形而上学》("Metaphysics as the Guide to Morals", 1992),对现代自我的考察涵盖了默多克的整个学术生涯。

自我概念是现代哲学和文学理论探讨的重要问题,也是艾丽丝·默多克的哲学思想与文学实践的出发点和落脚点。在考察现代自我的一系列文章中,默多克首先就西方现代哲学流派对于实体性自我的解构作了历史性梳理,建构出自我概念的现代谱系,然后分析现代哲学上的自我危机在现代小说中的艺术表现,即现代小说中展现出的人物塑造困境,最后从文学和哲学两个方面提出挽救现代自我的主张。[①] 默多克考察现代哲学对实体性自我的解构及其后果,分析现代小说再现自我的困境,尝试挽救现代自我的危机,形成了独特的道德哲学思想。结合默多克考察现代哲学和现代小说中自我危机的系列论述,本章探讨她对现代自我危机的哲学反思、对现代小说之再现困境的文学诊断,凝练默多克挽救现代自我的文学和哲学努力。通过批判现代哲学提供的还原性的自我概念、挑战现代文学刻画的不真实的自我形象、重塑自我、语言和世界的关联,默多克重构了实体性自我,强调了文学艺术的道德性。依循默多克的批评路径,结合默多克评论现代哲学和现代小说的系列论文,本书通过梳理默多克对现代哲学中自我危机的论述来考察默多克对现代小说中自我再现危机的诊断,进而提出默多克以"重塑自我"作为挽救现代自我的文学和哲学主张,以此来重构个体、语言和世界之间的内在联系。

## 第一节 "内外失衡":自我危机的现代哲学根源

现代哲学解构了"实体性自我"(substantial self)概念,导致了

---

[①] Iris Murdoch, *Existentialists and Mystics: Writings on Philosophy and Literature*, Peter Conradi, ed., London: Chatto & Windus, 1997, pp. 261–262.

## 第一章　现代自我的危机：默多克文学创作思想的出发点

个体的主体性危机。默多克认为传统宗教世界观的失落，是现代哲学开始消解实体性自我的根源。她指出，随着神学和宗教威势的衰落，对内在精神的描绘和实体性自我的信念逐渐失势。[1] 自我的解构，象征着"社会变革中意识的改变、传统个体和道德概念的消弭"[2]。伴随宗教世界观的衰落，为实体性自我提供支持的诸如个体、内在经验和意识等基础性概念失去了合理性，挑战了实体性自我存在的合法性。默多克认为，现代技术的力量和科学的高速发展极具迷惑性，导致现代哲学未能充分意识到自我的衰落及其附带的严峻问题。[3] 现代哲学正在经历着萦绕心头的"自我缺失感"[4]。现代哲学对实体性自我的解构引起了个体的认知、再现和道德感受力的消解。

在默多克看来，现代哲学的还原主义路径导致了传统自我概念的衰落。她认为休谟和康德对笛卡尔的"统一自我"（unified self）的质疑开启了现代人的自我危机。"统一自我"强调内在精神的完整、连续与明晰，确保了个体认知的可能。休谟揭示了"统一自我"的虚假性，将内在经验还原为外在的行动和选择，使自我成为"由强大的想象力的惯性所组织的碎片化的经验"[5]。而康德将自我还原为普遍理性，使自我成为"空洞的意识"，成为每个理性生物都有的"直觉、知性和理性结构"[6]。按默多克的说法，康德式的现代人只"考虑自

---

[1] Iris Murdoch, *Metaphysics as a Guide to Morals*, New York: Penguin Books, 1993, p. 166.

[2] Iris Murdoch, *Metaphysics as a Guide to Morals*, New York: Penguin Books, 1993, p. 426.

[3] Iris Murdoch, *Metaphysics as a Guide to Morals*, New York: Penguin Books, 1993, p. 426.

[4] Iris Murdoch, *Existentialists and Mystics: Writings on Philosophy and Literature*, Peter Conradi, ed., London: Chatto & Windus, 1997, p. 43.

[5] Iris Murdoch, *Metaphysics as a Guide to Morals*, New York: Penguin Books, 1993, p. 164.

[6] Iris Murdoch, *Existentialists and Mystics: Writings on Philosophy and Literature*, Peter Conradi, ed., London: Chatto & Windus, 1997, p. 134.

己良知的判断、倾听自己理性的声音"①;康德式现代人是一种抽象理性,是"拥有特权的……孤立的意志",追求"普遍的秩序理念",避免历史性、境遇和偶然事件。② 康德式现代人将他人视为"普遍理性的共同承担者,而不是独特的、异质的、现象的个体"③。换言之,只要自我是理性的,那么所有个体都是同质的,都在某种神秘意义上超越了历史性。康德的美学思想同样遵循着还原主义路径,将自我还原为具有浪漫气质的空洞理性。默多克指出,康德美学思想的缺陷正如康德伦理学思想的缺陷,都畏惧"复杂的历史性、特殊性和他者性"④。康德式现代人无视他人和世界的真实,无法做出公正的道德判断,在后康德时代的哲学和文学话语中以各种变体的形式存在着。

现代人的自我危机随着法国存在主义和英美语言经验主义(linguistic empiricism)思潮的盛行愈加严峻。默多克讨论的存在主义哲学家以萨特为代表,语言经验主义哲学家以 G. E. 摩尔和维特根斯坦为代表。存在主义和语言经验主义将自我还原为孤立的意志,否定个体的内在经验,强调外在的选择,强化了现代自我的浪漫气质。在默多克看来,存在主义和语言经验主义对自我的探讨与康德一脉相承——"许多现代哲学(存在主义和语言经验主义)追随康德,为了使得价值在经验和科学世界中占据一席之地,不得不将自我的内在价值和外在价值依附于个体的意志"⑤。因此,默多克认为"我们依然生活在康德式现代人或者康德式'人—上帝'的时代"⑥。"存在主义者"与

---

① Iris Murdoch, *Existentialists and Mystics*: *Writings on Philosophy and Literature*, Peter Conradi, ed., London: Chatto & Windus, 1997, p. 365.
② Iris Murdoch, *The Sovereignty of Good*, London: Routledge, 1989, p. 49.
③ Iris Murdoch, *The Sovereignty of Good*, London: Routledge, 1989, p. 49.
④ Iris Murdoch, *Existentialists and Mystics*: *Writings on Philosophy and Literature*, Peter Conradi, ed., London: Chatto & Windus, 1997, p. 214.
⑤ Iris Murdoch, *Existentialists and Mystics*: *Writings on Philosophy and Literature*, Peter Conradi, ed., London: Chatto & Windus, 1997, p. 195.
⑥ Iris Murdoch, *The Sovereignty of Good*, London: Routledge, 1989, p. 80.

"语言分析者"结合,构成了"现代哲学人",将内在经验还原为外在选择,使内在精神世界不可避免地寄生于外在的可见世界。由此,个体的内在经验被抽象的意志取代,而现代人只能经由自己的意志实现自我认同了。

存在主义哲学和语言经验主义哲学未能合理处理内在经验与外在世界的关系,因此提供了虚假的自我意象,导致了现代自我的"内外失衡"。在默多克看来,这两类哲学都加剧了现代人的自我危机。尽管这两类哲学看似观点相左,但对自我的论述却有着四个共同点:都反对传统的形而上学、否认实体性的自我和智性理论;都带有浓厚的清教主义特征;都将德性与个人意志相连、将知识排除在德性之外;都表达了自由主义政治观点。[①] 存在主义将自我视为纯粹的自由,将他人和世界的现实同化为个体的意志,刻画出不具有内在经验、无法对他人和世界做出准确道德判断的"极权主义者"。默多克认为萨特论述的现代人(即"极权主义者")屈从于神经官能症,试图通过展示自我神话来治愈自我的孤独,因此是不真实的现代人的意象。[②] 语言经验主义将个体的内在经验还原为外在行为,将自我消融在庞大的社会制度和日常话语实践中,形成了屈从于社会习俗的"普通语言者"。"普通语言者"被中性的语言网络束缚,以日常语言替代传统的宗教道德,其内在经验只有通过外在的行为才能被观察到,因此"普通语言者"的内在精神世界被可见的外在行为定义。通过还原内在经验,自我变成了"孤独的无实体的意志",其个性"逐渐退化为纯粹的意志"。[③]

现代哲学对传统自我概念的解构导致了现代人的自我危机。现代

---

[①] Iris Murdoch, *Existentialists and Mystics: Writings on Philosophy and Literature*, Peter Conradi, ed., London: Chatto & Windus, 1997, p. 267.

[②] Iris Murdoch, *Existentialists and Mystics: Writings on Philosophy and Literature*, Peter Conradi, ed., London: Chatto & Windus, 1997, p. 269.

[③] Iris Murdoch, *The Sovereignty of Good*, London: Routledge, 1989, p. 6.

哲学质疑实体性自我的合理性，将自我的内在经验表述为碎片化的意象，将自我再现为抽象的理性或者意志，形成以"极权主义者"和"普通语言者"为代表的自我意象。这两类现代自我的共同问题是"内外失衡"，"极权主义者"以空洞的自我意志赋予外在现实意义，而"普通语言者"的自我迷失在日常语言的网络中。现代哲学消解掉传统自我之后，提供了虚假的现代自我意象。默多克认为这种虚假自我意象反映到现代小说中，表现为现代小说中人物的自我危机。

## 第二节 "远离真实"：自我危机的现代艺术表征

作为哲学家和小说家，默多克关注哲学思想对文学创作的影响，以及文学对哲学的能动反映。在《反对干枯》一文开篇，默多克指出现代小说塑造的人物形象远离了真实[①]，她接着梳理了两类哲学传统对自我概念的论述，以人物塑造为依据将现代小说划分为"浪漫主义传统"和"自由人文主义传统"两大类。尽管默多克主观上希望文学和哲学保持距离，但是在实践中，默多克的哲学文本中充满着文学隐喻，而小说文本中遍布着哲学观点。默多克的批评文章中也表现出哲学与文学交汇的迹象，这一点尤其表现在她对现代小说中人物的自我危机的讨论中。在她看来，现代哲学消解传统自我、提供虚假意象的做法，反映在现代小说对人物的塑造上。

依据虚构人物的塑造差异，默多克将现代小说粗略划分为带有现实主义传统特征的19世纪小说和带有浪漫主义传统特征的20世纪小说。现实主义传统小说主要指经典批判现实主义小说；浪漫主义传统

---

[①] Iris Murdoch, *Existentialists and Mystics: Writings on Philosophy and Literature*, Peter Conradi, ed., London: Chatto & Windus, 1997, p. 287.

小说包括象征主义、英美现代主义和二战前后的欧美小说。首先，默多克认为这两类小说背后起支撑作用的是不同的人格理论（theory of personality）：19 世纪小说呈现出"自由主义的人格理论"；20 世纪小说呈现出"浪漫主义人格理论"。19 世纪小说中的人物能够自由地在私人领域和公共领域、道德领域和政治领域穿梭，而 20 世纪小说中的人物的私人和公共领域，道德和政治领域存在着明显的交叉和渗透现象，因此前者比后者享有更大的"自由"。其次，默多克指出这两类小说家观照社会的态度不同：19 世纪的小说家理所当然地描写社会，因为"社会是真实的，人的灵魂也非常坚实的，心灵、人格是连续的、不言而喻的现实"①；20 世纪的小说家则缺乏那种理所当然的自信，不再把自己当作社会的一部分。最后，默多克认为 19 世纪小说家笔下的人物更为多样且更为真实，而 20 世纪小说中的人物多为作家自我的有意识或无意识的投射。尽管如此，默多克将这两类小说所依据的人格理论都追溯到了康德对现代自我的论述，认为浪漫主义传统小说更为忠实地继承了康德的美学思想，更为注重艺术作品的形式美。②

在浪漫主义传统特征的小说（即现代小说）中，默多克依据虚构人物自我的不同表征，又细分为"存在主义小说"和"神秘主义小说"两大类。"存在主义小说"以存在主义者萨特、加缪等人的作品为代表；而"神秘主义小说"默多克却没有给出具体的作家和作品。③ 在默多克看来，这两类小说对自我的刻画折射出各自的哲学理

---

① Iris Murdoch, *Existentialists and Mystics*: *Writings on Philosophy and Literature*, Peter Conradi, ed., London: Chatto & Windus, 1997, p. 221.
② Iris Murdoch, *Existentialists and Mystics*: *Writings on Philosophy and Literature*, Peter Conradi, ed., London: Chatto & Windus, 1997, p. 262.
③ 有学者指出，默多克论述的"神秘主义者"和"神秘主义小说"是指她自己，即像她那样在上帝缺席的时代里，坚信世俗道德的作家及其创作的作品，因此默多克的诗学特征又被冠以"世俗神秘主义"。参见 Perter Conradi and John Bayley, *The Saint and the Artist*: *A Study of the Fiction of Iris Murdoch*, London: HarperCollins Publishers, 2001, pp. 3 - 33；刘晓华：《世俗神秘主义——艾丽丝·默多克小说的神秘主义诗学》，《国外文学》2014 年第 1 期，第 41—46 页。

念。存在主义哲学将自我的意志确立为新的上帝,以回应20世纪上帝之缺席;神秘主义者虽然保持了上帝概念,但是赋予它崭新的内涵,换言之,神秘主义者并不是以自我的意志作为上帝,而是选择为旧有的上帝概念注入新内容。因此,存在主义者不是信仰者,而神秘主义者仍然保持了信仰。按默多克的说法,"存在主义小说"与"神秘主义小说"都是对上帝缺席时代的回应,前者以自我的意志取代上帝,后者对此深表迟疑。[①] 不同的哲学理念体现在小说的人物塑造上,因此这两类小说刻画了不同类型的现代人形象。"存在主义(反)英雄"具有孤独、冒险、真诚和勇敢等品质,以自我的意志和欲望为准则,普遍缺乏他者意识,是现代人焦虑意识的产物,是作者意志的直接投射,也是作者确认自我存在的方式;"神秘主义"主人公虽然放弃了传统宗教,但仍然被某种精神领域包围着,试图以此减少自我意志。前者以真诚和勇敢为美德;后者以谦虚和压抑自我为美德;前者是利己主义者,后者是精神受虐狂。这两类小说对人物自我的刻画反射了存在主义哲学刻画的"极权主义者"和语言经验主义描绘的"普通语言者"的影子。

在默多克对现代小说再次进行的"水晶体式小说"和"报刊体式小说"的划分中,现代自我的"内外失衡"现象表现得更加突出。"水晶体式小说"指那些"描绘人类存在状况的、类寓言式的篇幅短小的作品;按照19世纪的标准来看,这类作品中没有'人物'","报刊体式小说"指"不像样的、类文献式的篇幅过长的作品,由19世纪小说退化而来,平铺直叙讲故事,一味从直接经验和事实中提取素材,以至于刻画的人物落入窠臼、不够鲜活"。[②] 默多克将存在主义

---

[①] Iris Murdoch, *Existentialists and Mystics*: *Writings on Philosophy and Literature*, Peter Conradi, ed., London: Chatto & Windus, 1997, p. 223.

[②] Iris Murdoch, *Existentialists and Mystics*: *Writings on Philosophy and Literature*, Peter Conradi, ed., London: Chatto & Windus, 1997, p. 278.

小说和通常意义上的英美现代派小说归入前者，将二战前后回归现实主义传统的英国小说归入后者。首先，默多克指出，两类小说的形式与人物自我的关系都存在问题。"水晶体式小说"的形式过于完整和严密，以至于人物湮没其间毫无自由可言，形式与自我的偶然性之间存在巨大的张力；"报刊体式小说"的结构过于松散，以至于人物湮没在大量的事实和经验碎片之中。其次，默多克认为两类小说形式与自我的张力源于两类哲学对自我的不同理解。"水晶体式小说"的形式受康德美学的直接影响，也展现了存在主义哲学对个人意志的强调，它的形式本身即是作者自我意志的投射；"报刊体式小说"则反映了语言经验主义对于日常语言和公共行为的过度强调。最后，默多克认为两类小说所提供的自我意象都远离了客观真实的人。"水晶体式小说"的人物是形式的傀儡，服务于作者的主观意志；而"报刊体式小说"的人物则毫无内在经验可言。因此，这两类现代小说所刻画的人物本质上是"干枯的"（dryness）、空洞的。

现代哲学对自我的解构，表现在现代小说中的人物塑造上。现代小说中的人物或是过于强调个人意志的"极权主义者"，或是消逝于日常语言中的"普通语言者"，并不能合理地处理自我的内在精神和外在现实的关系。在默多克看来，生活在20世纪上半叶的人，"发现自己的宗教和形而上学背景是如此贫乏，以至于他可能除了意志力本身之外，没有任何内在价值"[①]。

## 第三节 "重塑自我"：默多克文学和哲学思想的要旨

消除现代哲学提供的虚假自我意象、重塑实体性自我是默多克为

---

① Iris Murdoch, *Existentialists and Mystics: Writings on Philosophy and Literature*, Peter Conradi, ed., London: Chatto & Windus, 1997, p. 224.

现代人的自我危机开出的"药方"。默多克认为，必须要建立一种以爱为中心的道德哲学，确立崭新的关于人的哲学论述，确保在上帝缺席的时代，人的道德生活能够得以继续。默多克的"现代自我谱系"试图颠覆存在主义、语言经验主义和结构主义等现代哲学表述的自我概念，回归柏拉图伦理学思想，重塑带有深厚的内在价值的实体性自我，为新构建的自我概念提供坚实的哲学基础。[1]

针对过于膨胀的现代自我，默多克提出"消除自我"（Unselfing）概念，强调只有不断抵制和消除现代哲学提供的虚假自我，才能够实现实体性自我的重塑。消除自我指主体的"意识经由关注外在世界与他者的现实，而非耽于自我幻想，最终摆脱自我主义的渐进过程"[2]，涉及意识在自我和他者之间的双向运动：意识从自我转向新的对象，同时旧有的自我被压制和消除；意识返回自我，自我此前的关切由被置于更大的感知场域中，显得不再那样重要了。[3] 具体而言，消除自我通过"自我反省、自我限定、自我批判，以求对虚假孤独自我的超越"[4]，在自我与他者的天平上，降低自我的分量，尊重和重现他人的价值[5]。

默多克为个体消除虚假自我提供了四种不同的方案：第一，发现外在于个体的自然事物之美；第二，进行智性思考活动，如学习外语或演算数学公式；第三，艺术家在创作过程中对创作对象的艺术观照或者观众（读者）对艺术作品的鉴赏活动；第四，人际关系交往活

---

[1] Jessy E. G. Jordan, *Iris Murdoch's Genealogy of the Modern Self：Retrieving Consciousness Beyond the Linguistic Turn*, Waco：Baylor University Press, 2008, pp. 7 – 12.

[2] Maria Antonaccio, *Picturing the Human：The Moral Thought of Iris Murdoch*, New York：Oxford University Press, 2000, p. 191.

[3] Maria Antonaccio, *Picturing the Human：The Moral Thought of Iris Murdoch*, New York：Oxford University Press, 2000, pp. 135 – 136.

[4] 黄梅：《序言：默多克与 Unselfing》，载范岭梅《善之路：艾丽斯·默多克小说的伦理学阐释》，中国社会科学出版社 2010 年版，第 3 页。

[5] 刘晓华：《失落与回归：人的本质视域下的默多克小说研究》，南开大学出版社 2014 年版，第 107 页。

动。在艺术创作过程中，作者面对着独立于自我的他人和世界，作者的意识不断在自我和他人、世界之间往返运动，对自我、他人和世界之关系的认知逐渐清晰。创作过程本身是作者消除自我的旅程。"严肃的艺术家有一种距离感，他和一些令他感到谦逊的东西间有距离感。"[1] 消除自我的作者具有内在经验，生活在外在道德现实中，与他人和世界保持一定的距离，无法将它们同化为自我意志的一部分，也不会被语言系统所消解，因此对事物的认知得以实现。"伟大的艺术因其独立性具有启发意义，它毫无目的、自我持存。"[2] 在审美过程中，艺术呈现的他人和世界作为读者关注的新对象，替代了虚假的自我，使读者的意识发生转向、踏上消除自我的旅途。通过恢复实体性自我，个体的认知能力、再现能力、道德感受力和判断力得以重塑。消除自我的个体具有他者意识和认知能力，逐步理解自我、他人和世界之间的关系。

默多克以古希腊"阿波罗—玛尔叙阿斯"的神话阐释消除自我的过程。在神话传说中，天才的音乐家玛尔叙阿斯自信自己的音乐才能超越艺术之神阿波罗，因此向阿波罗发起挑战，但是在失败之后，他被阿波罗活生生地剥掉了皮。中世纪画家提香根据该故事创作了画作《被剥皮的玛尔叙阿斯》。默多克从提香的画作中得到了启示，将"剥皮"与"自我的死亡"联系起来，引入了艺术创作和审美领域。在艺术创作和审美过程中，艺术家和读者的"自我消失了，你以一种绝对清晰和真实的方式看到世界……你在痛苦和狂喜中失去了唯我主义"[3]。在提香的画作中，被剥皮的音乐家在痛苦中"面带狂喜"，行刑者阿波罗则虔诚地"跪着，非常亲切地移除这副皮囊"，"到处是

---

[1] Iris Murdoch, *Existentialists and Mystics: Writings on Philosophy and Literature*, Peter Conradi, ed., London: Chatto & Windus, 1997, p. 26.
[2] Iris Murdoch, *Metaphysics as a Guide to Morals*, New York: Penguin Books, 1993, p. 8.
[3] Jeffrey Meyers, "Iris Murdoch's 'Maysyas'", *The New Criterion*, January 2013, p. 33.

惊悚、恐怖、痛苦，同时又是愉悦与美"。① 玛尔叙阿斯在痛苦中高喊"你为何将我拉出我自身？"② "剥皮"即消除音乐家虚假的自我意识（那个胆敢挑战艺术之神阿波罗的傲慢的人类），使音乐家真正的自我得以绽放（虔诚的乐师）；剥皮者阿波罗在"剥皮"过程中，见证了真实自我的绽放过程，因此虔诚地"跪着""非常亲切地"移除这副皮囊，可见剥皮者在其中也消除了虚假的自我（傲慢的艺术之神阿波罗）、绽放了真实的自我（谦虚且虔诚的阿波罗）。

默多克重塑的自我概念"不仅作为一种选择主体，同时也是被道德世界包围的、带有神秘的内在性的存在"③。这种自我概念具备坚实的内在经验，区别于存在主义、经验主义和结构主义的自我概念；这种自我概念被外在的道德现实围绕，不同于笛卡尔的"统一自我"，即那种"思绪清晰可辨、能揭示真实情况的孤独的求索者"④。神秘且丰富的内在经验确保自我不被还原为孤立的意志，不被中性的语言符号消解，为个体的认知能力、再现能力、道德感知力和判断力提供坚实的基础。偶然的外在现实作为内在意识的关注对象，为自我提供了认知对象和自我反思的平台。尽管默多克赞同自我的碎片化、不可预测性和神秘本质，但她依然坚持个体意识的实体性存在是必要的。

## 结　　语

默多克诊断现代小说中的自我危机，将现代小说的再现困境追溯到现代哲学对实体性自我的消解。"哲学致力于瓦解旧有的实体性自

---

① Jeffrey Meyers, "Iris Murdoch's 'Maysyas'", *The New Criterion*, January 2013, p. 33.
② Dippie Elizabeth, *Iris Murdoch: Work for the Spirit*, London: Methuen, 1982, p. 107.
③ Maria Antonaccio, *Picturing the Human: The Moral Thought of Iris Murdoch*, New York: Oxford University Press, 2000, p. 45.
④ Heather Widdows, *The Moral Vision of Iris Murdoch*, Aldershot: Ashgate, 2005, p. 21.

我，但是伦理学尚未证明有足够的能力重新思考这一概念的道德目的。"[1] 现代哲学提供的虚假自我意象，催生了"极权主义者"和"普通语言者"这两类"内外失衡"的现代哲学人，进而反映在现代小说的人物塑造上，形成了"存在主义者"和"神秘主义者"两类"远离真实"的现代小说人物。现代小说刻画的人物要么是存在主义式的个人意志，要么是语言经验主义视域下被日常语言湮没的个体。通过重塑自我，默多克试图在文学和哲学上重构个体、语言和世界之间的内在联系，进而突出文学艺术在世俗社会中道说真理、为人类生活提供道德指引的积极意义。

---

[1] Iris Murdoch, *The Sovereignty of Good*, London: Routledge, 1989, p. 47.

# 第二章

# 善的双重性：默多克文学创作思想中的核心概念

## 引　言

　　默多克的文学哲学思想以善为核心，围绕善的存在、善的经验方式、善对道德生活的指引等问题展开。她批判地继承西方传统哲学思想，通过与六类哲学家的对话，建构独特的道德哲学体系：这六类哲学家包括经典哲学家如柏拉图（Plato，428—348BC）和康德（Immanuel Kant，1724—1804）等，"牛桥"道德哲学家、逻辑学家、语言分析者、欧陆存在主义哲学家、神秘主义哲学家、精神分析学家和马克思主义者[1]。默多克在她的小说中呈现善恶冲突的基本结构，通过文学作品来展示和检验哲学在探讨道德经验上的不足。默多克对当代伦理学的贡献，除了拓展伦理学范畴使其摆脱狭隘的道德义务论的局限、将意识确立为道德存在的根本形式、强调语言与意识间的反思性关系外[2]，还包括尝试以文学形式来探讨道德问题。她对善的哲学

---

[1] Iris Murdoch, *Existentialists and Mystics: Writings on Philosophy and Literature*, Peter Conradi, ed., London: Chatto & Windus, 1997, pp. xii – xiii.

[2] Maria Antonaccio, "The Virtue of Metaphysics: A Review of Iris Murdoch's Philosophical Writings", *Journal of Religious Ethics*, Vol. 29, No. 2, 2001, p. 313.

## 第二章 善的双重性：默多克文学创作思想中的核心概念

论述和文学演绎不仅互证，而且互补、互质。

默多克对善的论述贯穿其学术生涯。20 世纪 50 年代，她从存在主义角度论述善/恶二元对立；而后，她与维特根斯坦（Ludwig Josef Johann Wittgenstein，1889—1951）等"牛桥"哲学家对话，从事实与价值、语言与道德等角度区分善的概念和善的行为；70 年代，她以柏拉图"善的理念"为蓝本，融入神秘主义、精神分析、存在主义和佛教思想，构建以善为核心的道德哲学体系；90 年代，她探究善的本体论意义。[1] 然而，她对善的论述表面上存在不可调和的矛盾：直接的、实践的经验主义元素和抽象的、晦涩的形而上学元素不断地构成张力[2]，也就是说，善具有超验性，但在日常生活中却无处不在；善作为个体的认知对象却超越个体的认知范畴；善是永恒的彼岸，但个体向善并非毫无意义。这些矛盾特征构成了善的双重性，在默多克的小说中表现为形式和偶然的张力[3]，以及人物类型化等多个方面。小说《相当体面的失败》（A Fairly Honourable Defeat，1970）（以下简称《失败》）标志着默多克的哲学思考和小说创作进入成熟阶段[4]，小说叙事中融入宗教、神话、心理学因素[5]，对善的演绎普遍具有浓厚的思辨性质，被视为讨论善的概念的"范例"和"出发点"[6]。本章以

---

[1] 默多克探讨善的概念的文章，参见由康拉迪编辑的默多克哲学论文集 Existentialists and Mystics: Writings on Philosophy and Literature，康拉迪在论文集中按照时间顺序和主题，编辑默多克 50 年代到 70 年代末的哲学论文。90 年代，默多克出版的最后一本道德哲学著作 Metaphysics As A Guide To Morals，讨论善是否具有本体论意义。

[2] Maria Antonaccio, "The Virtue of Metaphysics: A Review of Iris Murdoch's Philosophical Writings", Journal of Religious Ethics, Vol. 29, No. 2, 2001, p. 320.

[3] Maria Antonaccio, A Philosophy to Live by: Engaging Iris Murdoch, New York: Oxford University Press, 2012, pp. 56–59.

[4] Peter Conradi and John Bayley, The Saint and the Artist: A Study of the Fiction of Iris Murdoch, London: HarperCollins Publishers, 2001, p. xiv.

[5] Peter Conradi and John Bayley, The Saint and the Artist: A Study of the Fiction of Iris Murdoch, London: HarperCollins Publishers, 2001, p. 201.

[6] Suguna Ramanathan, Iris Murdoch: Figures of Good, London: Palgrave Macmillan, 1990, p. 1.

默多克对善的哲学论述为进路，以《失败》对善的文学化演绎为例证，从善的存在、善的经验方式、个体向善的路径三个维度展开讨论，阐释默多克对善的矛盾性论述。善的存在具有超验和现实的双重性。两者相辅相成，展现出默多克对至善和一般意义的善的区分。善的经验方式带有形而上学和经验主义双重特征。善是个体的主观认知对象，也是超越个体的认知的、不可定义的真实。意识参与个体道德判断的形成、确保道德行为的开展，形成以"去除自我"和"关注他者"特征的向善之路的双重性。

## 第一节　超验与现实：善的存在方式的双重性

默多克强调善具有超验与现实双重特征，二者看似矛盾实则相辅相成，确保善的存在。善的超验是亚里士多德（Aristotle，384—322BC）意义上的，即"超越一切范畴和一切具体境遇的限制，不属于那些可被描述为善的任何对象和行为"[①]。"如果我们说善是超验的，我们是在说更为复杂的、超出我们经验的东西。"[②] 善的现实指个体"感知现实的一种能力或者感知何为真实的知性能力"[③]，意味着善在日常生活中以各种具体的形式普遍存在，构成个体的感知对象。日常生活中善的对象和行为包含着善的一部分，因此每一次对善的事物的经验都引向更大的善。[④]

---

[①] Heather Widdows, *The Moral Vision of Iris Murdoch*, Aldershot: Ashgate, 2005, p. 72.
[②] Iris Murdoch, *Existentialists and Mystics: Writings on Philosophy and Literature*, Peter Conradi, ed., London: Chatto & Windus, 1997, pp. 348–349.
[③] Iris Murdoch, *Existentialists and Mystics: Writings on Philosophy and Literature*, Peter Conradi, ed., London: Chatto & Windus, 1997, p. 353.
[④] Heather Widdows, *The Moral Vision of Iris Murdoch*, Aldershot: Ashgate, 2005, p. 73.

## 第二章　善的双重性：默多克文学创作思想中的核心概念

默多克以善之存在的双重性批判现代哲学"缺乏雄心壮志而又盲目乐观"的现象。① 她认为现代哲学对道德问题的探讨不充分，它"充满信心地瓦解了传统形而上学和道德体系"，却无力为现代人的"道德生活提供有效的指引"②。现代哲学对道德问题的讨论至少存在以下问题：第一，虚无主义弥漫、将道德虚无化，否定真理和价值的存在；第二，还原主义色彩强烈，将道德问题还原为行为选择、将意识还原为自由等抽象概念；第三，实证主义特征明显，忽视道德动机和道德行为的互动关系。③ 上述问题导致现代哲学无力为上帝缺席时代的生活提供指引。

《失败》中几类人物的刻画佐证了默多克对现代道德哲学的批判。她曾指出小说存在一个宗教寓言结构：塔利斯（基督）和朱利斯（撒旦）争夺摩根（人类灵魂），塔利斯病入膏肓的父亲莱纳德和死去的妹妹代表了"圣父"和"圣灵"。④ 小说背景设置为20世纪60年代末，象征着造物主的莱纳德整日抱怨"一切从开始就错了"⑤，以大段独白揭露道德沦丧境况中人之爱欲与社会秩序的紊乱。以彼得为代表的青年一代是"在上帝完全缺席中成长起来的一代"⑥，摒弃一切道德准则，走向虚无主义。朱利斯是典型的还原主义者和实证主义者，将所有道德概念视作语言游戏，把所有人作为道德试验的"傀儡"。鲁伯特是典型的世俗柏拉图主义者，是"维持社会运转，以自我为中心、固守生活习俗的正义享乐主义者"⑦、期望通过语言和哲学

---

① Iris Murdoch, *Existentialists and Mystics: Writings on Philosophy and Literature*, Peter Conradi, ed., London: Chatto & Windus, 1997, p. 340.
② Iris Murdoch, *Existentialists and Mystics: Writings on Philosophy and Literature*, Peter Conradi, ed., London: Chatto & Windus, 1997, p. 340.
③ Jessy E. G. Jordan, *Iris Murdoch's Genealogy of the Modem Self: Retrieving Consciousness Beyond the Linguistic Turn*, Diss, Barlor University Press, 2008, pp. 4 – 12.
④ Dippie Elizabeth, *Iris Murdoch: Work for the Spirit*, London: Methuen, 1982, p. 18.
⑤ Iris Murdoch, *A Fairly Honourable Defeat*, New York: Penguin Books, 2001, p. 56.
⑥ Iris Murdoch, *A Fairly Honourable Defeat*, New York: Penguin Books, 2001, p. 11.
⑦ Iris Murdoch, *A Fairly Honourable Defeat*, New York: Penguin Books, 2001, p. 131.

思辨挽救他人的道德危机，为他人"捡起碎片"①。

　　善之存在的双重性批判现代哲学对事实与价值的分离。默多克认为事实与价值的分离是现代哲学最根本的论点②，她指出以德里达（Jacques Derrida，1930—2004）为代表的结构主义哲学，以中性的语言符号为工具，消解"自我""意识""真理"等重要道德概念，造成了事实与价值的分离。分离的初衷旨在维护价值的纯粹性不被科学主义和实证主义侵蚀，但过于强调分离导致相对主义和价值消弭，威胁真理的存在，还引起个体"知识能力的萎缩和价值感知能力的削弱"③。默多克认为信念和价值判断不是纯粹"意见"，而是最根本的知识和解释模式，有意义地指涉现实世界。④ 善的双重性综合了抽象概念和具体事物：善的超验独立于具体对象，善的现实存在于具体的事物中。

　　《失败》中众人对彼得偷盗事件的评价体现了事实与价值的分离。彼得滥用马克思主义经济学说为偷盗行为辩护。塔利斯无法以语言说服彼得，只好求助于鲁伯特和朱利斯，询问偷盗的错误性在哪里。鲁伯特从概念出发，归纳出一套似是而非的理论，认为不同时代、不同社会对于偷盗的定义不同，因而偷盗是否是错误的取决于具体的情况。⑤ 塔利斯对鲁伯特的理论倍加困惑，转而询问朱利斯。朱利斯的回答更是模棱两可，"偷盗是个具有固有贬义意义的概念。所以说偷盗是错的，就是说错的事情是错的。这类陈述毫无意义"⑥。彼得、鲁

---

① Iris Murdoch, *A Fairly Honourable Defeat*, New York: Penguin Books, 2001, p. 3.
② Iris Murdoch, *Existentialists and Mystics: Writings on Philosophy and Literature*, Peter Conradi, ed., London: Chatto & Windus, 1997, p. 64.
③ Heather Widdows, *The Moral Vision of Iris Murdoch*, Aldershot: Ashgate, 2005, p. 49.
④ Maria Antonaccio, *Picturing the Human: The Moral Thought of Iris Murdoch*, New York: Oxford University Press, 2000, p. 50.
⑤ Iris Murdoch, *A Fairly Honourable Defeat*, New York: Penguin Books, 2001, pp. 164 – 166.
⑥ Iris Murdoch, *A Fairly Honourable Defeat*, New York: Penguin Books, 2001, p. 309.

伯特和朱利斯从不同的角度区分了偷盗概念和偷盗行为，偷梁换柱地讨论概念问题而避免回答塔利斯的疑惑，拒绝解释为什么偷盗（行为）是错误的。有学者认为，这里表现出默多克对误入歧途的知识分子的批判[1]，说明善的内涵超越了知识分子的概念界定。

善之存在的双重性区分大写的至善（the Good）和小写的善（goodness）。至善具有超验性，是善的理念和整体，超越具体的对象或行为，凌驾于个体之上，统摄其他一切道德概念。小写的善是至善的分有和具体表征，体现在具体的对象或行为中，蕴含在美、爱、勇敢等人类德性和知识范畴内。默多克借助柏拉图洞穴之喻中"太阳"和"光"两个意象类比善的双重性。太阳作为善的形式，用光照亮事物，揭示事物的真实；太阳是善的理念，光下的事物是善的分有。柏拉图认为太阳作为客观事物能显现自身，所以至善是可见的、可描述的、可定义的。默多克却认为至善并非客观实体，是不可见的、不可描述的、不可定义的。因此至善无法自我显现，必须借助具体的对象或行为才能被认知。有的学者认为尽管两者难分难解，但在学术探讨过程中可在理论上将其分开讨论。[2] 至善是默多克道德哲学的至高理想状态，而小写的善是现实生活中能够实现的状态。

《失败》中的塔里斯象征着善的超验与现实的结合。默多克曾表示塔利斯是她所刻画的"唯一表征善的圣人"[3]。一方面，塔利斯不仅像基督般为他人的罪过承受苦难，还像柏拉图洞穴比喻中的哲学家一样为众人揭示真实，体现了善的超验性。另一方面，塔利斯积极投入到现实生活中，他照顾重病缠身的父亲、照看辍学的外甥彼得、拯

---

[1] Sabina Lovibond, "Iris Murdoch and the Quality of Consciousness", Gary Browning, ed., *Murdoch on Truth and Love*, London: Palgrave Macmillan, 2018, p. 55.

[2] Jeffiner Spencer Goodyer, "The Black Face of Love: The Possibility of Goodness in the Literary and Philosophical Work of Iris Murdoch", *Modern Theology*, Vol. 25, No. 2, 2009, p. 218.

[3] Gillian Dooley, ed., *From a Tiny Corner in the House of Fiction: Conversations with Iris Murdoch*, Columbia: University of South Carolina Press, 2003, p. 108.

救失足的妻子、参加社会活动，等等。与朱利斯相比，塔利斯看似是个被边缘化书写的人物，但他却总是在其他人需要的时刻及时出现。小说中几乎所有人物都和塔利斯格格不入，但是他们又都无法摆脱塔利斯这个形象。塔利斯集善的超验与现实于一身：像"太阳"那样照耀其他人物，用实际行动为他们指引善的方向，像一块"磁石"不断吸引着其他人物向他靠拢，像"上帝"一般与其他人物格格不入；同时他又积极介入社会活动，帮助那些需要帮助的人。

默多克针对现代哲学存在的问题，赋予善超验和现实两种相辅相成的特征。善的超验和现实表征着大写的至善和小写的善，是整体与部分的关系，确保了善的真实存在。善的超验与现实使价值与事实重新相连，彰显了默多克以善为核心构建道德体系的努力。善的超验为个体的道德成长指明方向，善的现实为个体的向善之旅提供基础。善的超验与现实并不冲突，因为善的理念虽然由现实感知而来，但同时超越这种现实善是一种理念、一种理想，同时明显地、积极地在我们周围具体化。[①]

## 第二节　形而上学与经验主义：善的感知方式的双重性

善之存在的双重性要求个体在日常生活中不能以单一的方式感知善。个体以日常经验的方式，从善的对象和行为中经验到善的现实性，构成感知善的经验主义方式。个体以纯粹想象的方式，描述和定义超越其认知能力的善的超验性，形成感知善的形而上学方式。只有以上两种方式结合起来才能完整地感知善的存在。经验主义元素是非

---

[①] Iris Murdoch, *Metaphysics As A Guide To Morals*, New York: Penguin Books, 1993, p. 478.

理论的，更具"直接性、实践性、经验性"，主张"人类的善是存在于生活前景而不是背景中的东西。它不是意志力的闪烁，也不是深奥的美德的堡垒，而是人类生活的美好品质"①。形而上学元素是理论化的，更具"理论性、抽象性、晦涩性"，主张善在人类生活的背景中具有本体论意义。②

个体感知善的方式具有形而上学和经验主义两种，是由善之存在的双重性所决定的。默多克对善的论述充满着形而上学元素与经验主义元素的矛盾张力。默多克哲学中的经验主义元素和形而上学元素看似矛盾，实则相辅相成。"只有形而上的元素而没有经验主义元素，无法有效的实践在世的善；只有经验主义而没有形而上的元素，无法与那些无条件的、绝对的哲学背景连接。"③个体感知善需两种方式相互结合、相互促进。个体以理论化的想象认识善的超验性，遭遇超出理性能力的必然的至善，认识到自我的局限性；个体以直接的经验接触善的对象和行为感知善的现实性，在日常生活中获得对善的部分认知。

《失败》中鲁伯特和朱利斯以形而上学方式提出对善的理解，他们经验善的方式是理论化的。无神论者鲁伯特尝试用八年时间撰写一部《上帝缺席世界的道德》，以柏拉图主义挽救道德混乱的家庭和社会，但他所说和所做却大相径庭，他所说的"与默多克的哲学主张相似"，但他的"表现却完全不同"。④朱利斯对道德产生了悲观看法，认为"邪恶是令人兴奋的、迷人的、活生生的。它远比善更为神

---

① Iris Murdoch, *The Sovereignty of Good*, London: Routledge & Kegan Paul, 1970, p. 231.

② Maria Antonaccio, "The Virtue of Metaphysics: A Review of Iris Murdoch's Philosophical Writings", *Journal of Religious Ethics*, Vol. 29, No. 2, 2001, pp. 319 – 320.

③ Maria Antonaccio, "The Virtue of Metaphysics: A Review of Iris Murdoch's Philosophical Writings", *Journal of Religious Ethics*, Vol. 29, No. 2, 2001, p. 320.

④ Scott H. Moore, "Murdoch's Fictional Philosophers: What They Say and What They Show", in Anne Rowe and Avril Horner, eds., *Iris Murdoch and Morality*, London: Palgrave Macmillan, 2010, p. 101.

秘"①。但朱利斯并未彻底地贯彻道德虚无论,当面对彼得的偷盗行为时,他认为"只是定义问题"②,面对摩根的偷盗行为时,他却认为不光彩。朱利斯告诉鲁伯特,"人性绝对排斥善……善甚至不是一个连贯的概念,它对人类来说是不可想象的"③。鲁伯特和朱利斯针对善与恶问题的争论最终以朱利斯胜出告终,表明恶在现实生活中远比善更加具备吸引力,更不必说鲁伯特所象征的伪善了。塔利斯、西蒙以经验主义方式感受善的存在。塔利斯无法像鲁伯特那样用语言论证善的存在,无法像朱利斯那样充满魅力,但他总在践行着善的要求,他在餐馆阻止了暴行、迫使朱利斯坦白自己的诡计并驱逐了造成鲁伯特死亡的朱利斯。西蒙最初难以用语言来判定朱利斯的诡计是否正确,只是感到不安,后来通过与恋人坦诚相对,才做出了自己的判断,将朱利斯推下游泳池,实现了自己的反击。

  感知善的方式,不论是形而上学的理论化还是经验主义的体验,都是以打破个体自我、澄清视域为前提的。默多克认为存在一个超越个体理解的外在的道德世界,它不断地吸引着个体的注意力、打破个体既定的视域。个体在认识外在道德世界的过程中,不断地消除自我、澄清视域,看清偶然性的现实,感知到善的对象和行为。个体澄清视域、认识到他人的独特性和真实性的契机常常是偶然的、神秘莫测的、难以言说的。默多克认为个体越是摆脱自我幻想,越能澄清视域,更清晰地理解善的存在。个体对善的感知伴随着一定的契机:如神秘仪式、精神顿悟、死亡、坠入爱河等。

  《失败》中擅长以理性思维思考问题的人物,诸如鲁伯特(业余形而上学家)、朱利斯(生物科学家)和彼得(大学学生)等人,以形而上学的方式探讨纯粹的概念问题,不涉及具体的行为事实,因此

---

① Iris Murdoch, *A Fairly Honourable Defeat*, New York: Penguin Books, 2001, p. 223.
② Iris Murdoch, *A Fairly Honourable Defeat*, New York: Penguin Books, 2001, p. 309.
③ Iris Murdoch, *A Fairly Honourable Defeat*, New York: Penguin Books, 2001, p. 224.

他们对善的理解虽然各异,但是都没有澄清视域,无法摆脱唯我主义的桎梏。鲁伯特坚信自己的理论探讨,但是缺乏现实的经验佐证,因此他在与朱利斯争辩善的存在的过程中,败给了充满科学精神和实证逻辑的朱利斯;鲁伯特的书《上帝缺席世界的道德》在付梓之际被彼得撕得粉碎,象征着鲁伯特对善的理解的错误。理性并不能保证个体经验到善,相反,感性的思维、随机事件、爱情、艺术、死亡等偶然性意象往往使个体更容易澄清视域。

即便经验主义和形而上学结合起来,个体认知到的也只是善的对象和行为,不是善的理念。默多克借助洞穴比喻中个体的转向和上升过程类比个体向善的两种道德努力。洞穴中人的意识首先从火焰转向投射进洞穴的阳光,跟随阳光的指引跋涉出洞穴看到太阳(善的理念)。类似地,个体的向善涉及两个不断打破自我幻想的过程:意识的"转向"和持续的道德努力。个体经验到善的对象和行为,是意识从自我转向善的事物,但是无法确保个体理解善的理念。没有持续的道德努力,经验到善的现实也并不意味着个体就能按照善的方式来生活。

《失败》中朱利斯在经历过集中营苦难之后,虽然看清了道德伪善,对于人的存在和世界的荒诞有了清晰的理解,但他并未持续地关注自我之外的现实,而是选择以自我为中心,将痛苦传递给他人,未能经验到真正的善。"默多克在很大程度上赞同朱利斯的人性观,但不赞同他的道德观。"[1] 摩根经过一番神秘体验,在一定程度上实现了转向,但她对他人的关注稍纵即逝,随即陷入自己与鲁伯特之间的虚伪的爱情中,没能实现向善。默多克在小说中表现的善是主观与客观、精神与物质的结合。个体所能做的就是遥望超验的善,根据自己对善的理解,想象那个世界,所想象的结果多种多样。善的不可界定

---

[1] Priscilla Martin and Anna Rowe, *Iris Murdoch*: *A Literary Life*, London: Palgrave Macmillan, 2010, p. 95.

与世界的非系统性、多样性、德行的无意义有关。①

　　默多克认为个体通过经验主义和形而上学两种方式感知到善的对象和行为，从而不断澄清视域，增强对善的感知能力。善之存在的双重性决定了感知善的方式的双重性。经验主义和形而上学方式都是以打破个体自我幻想，澄清视域为前提的，感知到善的不同性质。两者相结合的方式经验到善的对象和行为，即善的现实，而非善的超验。两种方式都涉及视域澄清，前者是主动的，后者是被动的。个体的向善之旅需要道德转向和持续的道德努力两个过程。超验的善能部分地在现实的层次上被看到或了解，正如人们能够从阳光的影响中部分地了解太阳。②

## 第三节　自我与他者：向善之路的双重性

　　默多克认为去除自我、关注他者是个体向善的有效路径。善作为信仰的对象，不同于客观存在的事物，作为认知的对象，又不是彻底主观的臆想。善既非纯粹客观的实体也非个体随心所欲"给世界粘贴的活动标签"③。默多克认为个体"大致是机械生物，被我们无法理解其本质的持续强烈的自私力量所奴役"④。只有去除自我、关注他人，个体才能正视他人的存在、重新考量自我价值。去除自我指"意识经由关注外在世界与他者的现实，而非耽于自我主义的幻想，最终摆脱自我主义的渐进过程"⑤。去除自我并非完全消灭自我，而是降低

---

①　Iris Murdoch, *Existentialists and Mystics: Writings on Philosophy and Literature*, Peter Conradi, ed., London: Chatto & Windus, 1997, p. 381.
②　Heather Widdows, *The Moral Vision of Iris Murdoch*, Aldershot: Ashgate, 2005, p. 74.
③　Iris Murdoch, *Existentialists and Mystics: Writings on Philosophy and Literature*, Peter Conradi, ed., London: Chatto & Windus, 1997, p. 301.
④　Iris Murdoch, *The Sovereignty of Good*, London: Routledge & Kegan Paul, 1970, p. 99.
⑤　Maria Antonaccio, *Picturing the Human: The Moral Thought of Iris Murdoch*, New York: Oxford University Press, 2000, p. 191.

## 第二章　善的双重性：默多克文学创作思想中的核心概念

自我在自我/他者天平中的比重："意识远离自我，关注新的客体同时抑制和削弱旧的自我；意识从新的客体返回自我，旧的自我被放在新的更大的感知和心灵场域，以前的关切不再那样重要。"[①] 默多克认为，存在充满价值的外部道德世界（他者），而个体的首要任务是"谦虚并无止境地关注这个世界"[②]。

善之存在的双重性对个体的向善路径提出了要求：善的超验要求个体去除自我；善的现实要求个体关注他者。去除自我和关注他者是个体向善的起点，参与道德判断的形成。善、真实、知识是相关的，人们通过对善和真实的知识来做出道德判断。[③] 自我是个体向善的最大障碍，道德生活的敌人是个体的幻想，"即一系列自我夸大和提供慰藉的愿望与梦想，这种幻想阻止个体看清自身之外的事物"[④]。个体的道德状态如同被束缚的洞穴中人，个体的向善之旅类似于洞穴中人走出洞穴的过程。

《失败》中塔里斯象征着善的具体化，他"面对偶然无序的现实生活却并不渴求形式与意义；缺乏自我意识，自我感觉谦逊；对他人的影响潜移默化以至于难以察觉"[⑤]。他准确地预料到摩根通过不伦之恋来帮助彼得的企图将会幻灭；逼迫朱利斯向希尔达坦白他的道德阴谋；对所有事件的感知、判断和行动准确无误。西蒙最初无法做出正确判断，但在对他人持续关注的过程中，道德判断得以形成，并指导他开展道德行动，抵制朱利斯的诡计、摆脱他的纠缠、挽救自己的爱

---

[①] Maria Antonaccio, *Picturing the Human: The Moral Thought of Iris Murdoch*, Oxford: Oxford University Press, 2000, pp. 135–136.

[②] Jeffiner Spencer Goodyer, "The Black Face of Love: The Possibility of Goodness in the Literary and Philosophical Work of Iris Murdoch", *Modern Theology*, Vol. 25, No. 2, 2009, p. 217.

[③] Heather Widdows, *The Moral Vision of Iris Murdoch*, Aldershot: Ashgate, 2005, p. 73.

[④] Iris Murdoch, *Existentialists and Mystics: Writings on Philosophy and Literature*, Peter Conradi, ed., London: Chatto & Windus, 1997, p. 354.

[⑤] David J. Gordon, *Iris Murdoch's Fables of Unselfing*, Columbia and London: University of Missouri Press, 1995, p. 33.

情。默多克通过小说中人物在道德判断能力上的差异性表明,自我幻想蒙蔽个体的视域,使其无法对自我和他者做出清晰的道德判断。通过关注他者,个体澄清视域,持续关注自身之外的他人和世界,才能提升道德感知力,进而做出正确的道德判断。

向善之路的双重性确保个体能够做出正确的道德判断和道德选择,避免自我/他者的不对称。默多克认为,现代哲学对善的论述存在主观/客观、自我/他人的不对称现象。存在主义将自由视为个体的本质,刻画的现代人是"极权主义者",受到"神经官能症"的约束,沉溺在自我编织的幻想中,以主观的幻想取代偶然的事物。语言分析哲学将语言结构视为个体的基础,刻画的现代人是"普通语言者",受"社会习俗病"的约束,隐匿在宏大的社会结构和语言系统中。[1] 唯有不断地去除自我和关注他者,才能在道德的天平上实现自我和他者的对称。

《失败》中朱利斯表征着存在主义式英雄,以自我为中心,忽视他人的独立存在,将他人视为验证自己道德虚无论的试验品。朱利斯设计让摩根和鲁伯特相互爱上对方,以证明自己这个"魔法师"有足够的能力使不相爱的人坠入爱河,使相爱的人恩爱不再。小说中朱利斯强迫西蒙观看鲁伯特和摩根幽会的一幕极具戏剧性:朱利斯仿佛是戏剧导演,摩根和鲁伯特是他的演员和"傀儡",而西蒙是被迫观看的观众。希尔达象征着"普通语言者",完全以丈夫、儿子、妹妹为中心,从不为自己考虑,盲目信任他人。不论是朱利斯还是希尔达,都未合理处理主观自我和客观世界的关系,未能清晰地感知善的存在,未能做出正确的道德判断。默多克认为这两类哲学存在明显的自我/他者不对称,未能合理处理个体内在心灵与外在世界的互动关系。

去除自我、关注他者作为个体向善的手段,是个体持续实践道德

---

[1] Iris Murdoch, *Existentialists and Mystics: Writings on Philosophy and Literature*, Peter Conradi, ed., London: Chatto & Windus, 1997, pp. 365 - 369.

行为的前提。去除自我（unselfing）一词采用现在分词形式，说明默多克强调去除自我的动态过程，即去除自我、关注他者并非一蹴而就，而是意识在自我和他者之间回环往复的重复性运动。道德判断是内在的，道德行为在一定程度上反映道德判断，是道德判断的具体化；道德判断并不总是先于道德行为，个体可凭借本能而非理性判断开展行动；正确的道德行为能够补充、修正道德判断。

小说《失败》中西蒙的道德成长是通过持续不断地关注他者得以实现的。他能够做出准确的道德判断和道德行动，如将朱利斯推下水池维护了自己的爱情。西蒙的道德判断有时来自他人的道德行动，如塔利斯在餐馆见义勇为救出被殴打的青年；有时来自他的自我视域澄清，如他在得知朱利斯设计让摩根和鲁伯特相爱时就指出朱利斯的错误。默多克通过西蒙的道德成长经历表明，如果意识耽于自我幻想，意识需要从自我转向他者、削弱并抑制自我、认识到他者的独特性与偶然性；意识转向自我，将自我放置在更大的场域内、重新衡量自我的价值。在这种动态过程中，个体视域不断澄清、道德动机和道德判断不断修正，确保意识持续从自我投向善的对象和行为，在正确理解自我与他人、与社会关系的基础上实践道德行为。这种动态过程使道德判断与道德行为的关系复杂化，二者可以相互印证、相互补充、相互提升。

个体意识在自我和他者之间的动态过程意味着自我和他者的道德关系超越语言的描述和定义，表征着善的不可界定性和神秘性。默多克主张语言与意识之间具有反思性的关系，意识能够面对语言的宏大结构，依然具备主观能动性。[1] 她强调意识范式先于语言范式，即个体的道德判断和道德行为先于语言对道德活动的理论探讨和描述。首先，个体是语言的创造者，而非语言的创造物，个体的内在意识比语

---

[1] Maria Antonaccio, "The Virtue of Metaphysics: A Review of Iris Murdoch's Philosophical Writings", *Journal of Religious Ethics*, Vol. 29, No. 2, 2001, pp. 315–316.

言更加复杂；其次，个体的认知能力有限，语言表述个体内在动机和外在偶然性事件的能力同样受限，语言在探讨道德问题时，其揭示效果和遮蔽效果同时存在；最后，语言的雄辩并不能保证其在道德上正确。

小说《失败》中许多人物都根据自己的理解尝试用语言来定义善，最终都以失败告终。鲁伯特用八年时间试图创作一部关于没有上帝的善的哲学论著，用柏拉图的方式定义善，但不论他的语言多么华丽，他对善的定义始终不具说服力。默多克在创作《失败》前后意识到这本小说批评了她所理解的柏拉图主义[1]，尤其是语言和理论能否彻底界定善的问题。鲁伯特就是典型的新柏拉图主义者，相信语言能够界定善的存在、哲学思辨能够通达善的理念。但是他在小说中"所说"和"所展示"的完全不同。他对善的哲学论述像柏拉图和默多克一样令人信服，但是仅限于语言逻辑层面，他所展示的道德行动却是完全相反的。[2] 与鲁伯特相反，小说中那些沉默寡言、拙于言辞、不善逻辑思辨的人物更具道德感知力，更能做出准确的道德判断和行为。

自我与他者是个体向善的两端。个体通过去除自我、关注他者不断澄清道德视域、形成道德判断。个体意识在自我与他者之间的动态往返过程中不断修正个体的道德判断和道德行为、增强个体的道德感知力。这种动态过程超越语言的定义，转而为语言设界，所以语言对道德的表述从来不具有彻底的真实性。向善之旅要求个体最好对于不可描述的善保持沉默，并以实际行动来践行善的原则。全面、彻底地定义默多克的"善"是不可能的，但是可以在日常生

---

[1] Valerie Purton, *An Iris Murdoch Chronology*, London: Palgrave Macmillan, 2007, p. 113.

[2] Scott H. Moore, "Murdoch's Fictional Philosophers: What They Say and What They Show", in Anne Rowe and Avril Horner, eds., *Iris Murdoch and Morality*, London: Palgrave Macmillan, 2010, p. 101.

活中体验善、提供不完全的描述。① 默多克认为实现超验的善是不可能的，个体只能不断地向善趋近，正如个体能在阳光下看清事物，却无法直视太阳。

## 结　　语

默多克试图建构以善为核心的道德哲学，替代日渐式微的传统宗教和形而上学，指引现代人的道德生活。这种道德哲学以柏拉图善的理念为蓝本，批判吸收存在主义、神秘主义、语言分析等哲学思想，以及基督教、佛教的思想。默多克的善补充和修正了现代道德哲学对善的探讨。默多克在《失败》中，文学化地演绎了她道德哲学思想中善的双重性。她以善的超验和现实双重特征修正了道德虚无主义和相对主义，这种双重特征确保了作为道德至高状态的善的真实存在。她以善的不可定义、不可描述性纠正了现代道德哲学的还原主义和理性主义。她将形而上学与经验主义元素相结合作为认知善的方式，恢复了道德动机和道德行为之间的互动关系，使道德不仅仅是外在的选择。此外，她为个体向善指明道路，以去除自我和关注他者作为向善之途。小说中的塔利斯是"令人信服的善的人物，身上闪耀着无私的爱"②。

默多克批判现代道德哲学要么忽视善的问题、要么将善还原为理性或意志，指出现代道德哲学理论的目的是分析道德行为，而不是指导道德行为。③ 她借用柏拉图善的理念来批判同时代的道德哲学，批

---

① Heather Widdows, *The Moral Vision of Iris Murdoch*, Aldershot: Ashgate, 2005, p. 71.
② Hilda D. Spear, *Iris Murdoch*, London: Macmillan Press Ltd., 1995, p. 70.
③ Sabina Lovibond, "Iris Murdoch and the Quality of Consciousness", in Gary Browning ed., *Murdoch on Truth and Love*, London: Palgrave Macmillan, 2018, p. 44.

评那种"僵死的主观主义哲学,为善的内涵及其磁石般吸引力提供一种隐喻"[1]。因此,默多克是否相信人类的善是可能的,即个体对善的信念,以及人类的善事实上是否是可能的,即善的现实,这两个问题有着本质区别。[2] "当我们真的认识到善的不可能性时,我们就会爱它。"[3] 尽管个体无法完全理解善,但是可以对于善的完满性所在的方向有所感知;同时,个体通过认识到善的对象的不完满,揭示完满的至善的现实。

---

[1] Gary Browning, "Introduction", in Gary Browning ed., *Murdoch on Truth and Love*, London: Palgrave Macmillan, 2018, p. 1.

[2] Jeffiner Spencer Goodyer, "The Black Face of Love: The Possibility of Goodness in the Literary and Philosophical Work of Iris Murdoch", *Modern Theology*, Vol. 25, No. 2, 2009, p. 218.

[3] Iris Murdoch, *Existentialists and Mystics: Writings on Philosophy and Literature*, Peter Conradi, ed., London: Chatto & Windus, 1997, p. 158.

# 第三章

## 艺术家的自我重构：
## 默多克文学创作思想中的叙事伦理

## 引 言

现代哲学对作者的主体认知、再现能力、道德感知和判断力的质疑，导致了作者的写作主体危机。默多克对现代哲学中的自我概念进行批判，突出作者的主体性和文学想象的道德性，形成了独特的叙事伦理。默多克重视作者的主体性及艺术创作的道德性，主张作者是"真理的揭示者""词语的守护者""公正且明智的法官"。[①] 然而，作者的权威遭到现代哲学、科学、艺术理论的攻击：作者的认知和再现能力、道德感受力和判断力备受质疑。默多克在《崇高与善》("The Sublime and the Good"，1959)、《再论崇高与美》("Sublime and Beauty Revisited"，1959)、《反对干枯》("Against Dryness"，1961) 和《存在主义者与神秘主义者》("Existentialists and Mystics"，1970) 等文章中指出，现代哲学探讨的自我概念远离了真实，导致现代文学作

---

① Iris Murdoch, *Existentialists and Mystics*: *Writings on Philosophy and Literature*, Peter Conradi, ed., London: Chatto & Windus, 1997, p.32.

品无力刻画真实的人物形象。

　　默多克反思现代哲学的自我概念、分析现代理论和作品中的自我危机，在小说中演绎虚构作者的自我嬗变，形成了她的叙事伦理。[①] 现代哲学的自我概念导致现代文学无力刻画真实人物；自我危机首先表现为作者的主体危机，然后反映在虚构人物的塑造上。默多克在多部"艺术家小说"中刻画虚构作者的自我危机，探讨现代哲学的自我概念对写作主体的影响：虚构的作者历经自我浪漫化、自我非人格化的历程和最终的消除自我阶段。消除自我的写作主体在创作中正视他人和世界的真实存在，做出公正的道德判断，再现他者的自由和现实的偶然性。

　　现有研究揭示了默多克对现代哲学自我概念的批判，指出对自我概念的反思是其叙事伦理的出发点和落脚点[②]；分析了默多克对现代艺术理论中作者主体危机的探讨、对现代文学作品中人物塑造问题的诊断，指出重塑自我概念、重塑作者主体是默多克为现代小说开出的"药方"[③]。然而，对于默多克小说中演绎的虚构作者的自我嬗变过程，学界少有论及。本章以默多克对现代哲学自我概念的诊断、颠覆、重构为进路，以其三部"艺术家小说"——《在网下》《黑王子》

---

　　[①] 本书讨论的"叙事伦理"指默多克道德哲学思想在其文学创作和文学批评中的体现。具体而言，默多克道德哲学中对自我的关注，如何反映在她对现代文学作品的分析和自己的文学创作中。在默多克的哲学文本中，作为名词的"道德"概念常以复数形式出现（morals），在具体的论述中具有不同的内涵，本书讨论中使用的"道德"和"道德性"指作者创作过程中对自我、他人和世界的认知，即默多克强调的作者的"他者意识"。

　　[②] 参见 Heather Widdows, *The Moral Vision of Iris Murdoch*, Aldershot：Ashgate, 2005. 第二章和第六章；Jessy E. G. Jordan, *Iris Murdoch's Genealogy of the Modern Self：Retrieving Consciousness Beyond the Linguistic Turn*, Waco：Baylor University Press, 2008；Maria Antonaccio, *A Philosophy to Live By：Engaging Iris Murdoch*, New York：Oxford University Press, 2012. 以上文献关注默多克的道德哲学思想对其叙事伦理的影响，探讨默多克叙事伦理的哲学源头。

　　[③] David J. Gordon, *Iris Murdoch's Fables of Unselfing*, Columbia and London：University of Missouri Press, 1995. 引言部分；Bran Nicol, *Iris Murdoch：The Retrospective Fiction*, 2nd edition, New York：Palgrave Macmillan, 2004. 第一章和第四章；Hannah Marije Altorf, *Iris Murdoch and the Art of Imagining*, London：Continuum, 2008. 以上文献分析默多克对现代小说的批判，探讨叙事伦理的理论基础。

《大海啊，大海》对虚构作者的自我演绎为佐证，从重构写作主体之由、之误、之路三方面分析她的叙事伦理。揭示她对自我概念的哲学反思，对自我意象的理论批判，以及对写作主体自我嬗变的文学想象。通过重塑自我，恢复自我、语言和世界的关联，重构具备他者意识的写作主体，默多克构建了以消除自我为核心的叙事伦理，突出了文学创作的道德性。

# 第一节　自我浪漫化的作者：重构写作主体之由

现代哲学提供的自我概念导致现代作者的主体危机。默多克认为自我危机源自宗教世界观的失势，指出"随着神学和宗教威势不再，对灵魂的刻画和自我观念失去力量"①。伴随宗教的衰落，为传统的实体自我提供支撑的概念（个体、意识、内在经验）失去了合理性。自我危机意味着意识的变革和传统个体概念的消逝。② 现代技术的魅力和科学的权威具有遮蔽效果，使现代哲学尚未意识到自我危机及其问题。传统的自我概念的消解导致个体的认知能力、再现能力和道德感受力遭到质疑。

现代哲学的还原主义路径导致自我的浪漫化。默多克认为休谟和康德对"统一自我"（unified self）的解构开启了自我危机。"统一自我"强调内在精神的完整、连续与明晰，确保了个体的认知能力。休谟揭示"统一自我"的虚假性，将内在经验还原为外在的行动，使自

---

① Iris Murdoch, *Metaphysics as a Guide to Morals*, New York: Penguin Books, 1993, p. 166.
② Iris Murdoch, *Metaphysics as a Guide to Morals*, New York: Penguin Books, 1993, p. 426.

我成为"由强大想象力的惯性所组织的碎片化经验"①。康德将自我还原为普遍理性和"空洞意识",即"每个理性生物都有的直觉、知性和理性结构"②。因此康德式现代人只"考虑自己良知的判断,倾听自己理性的声音",具有"自由、独立、孤独、强大、理智"等特征。③ 休谟与康德对实体自我的质疑引起自我的浪漫化。

自我浪漫化的作者是"康德式现代人"的变体,是抽象的意志和理性,追求"普遍的秩序理念",避免历史性和偶然事件。默多克指出"康德美学的缺陷正如康德伦理学的缺陷",畏惧复杂的历史性、特殊性和他者性。④ 康德美学遵循还原主义路径,将自我还原为浪漫化的意志。自我浪漫化的作者将他人视为"普遍理性的共同承担者,而不是独特的、异质的、现象的个体"⑤。这类作者视写作为自我确证的方式,无视他人和世界的真实,无法做出公正的道德判断,在后康德时代的哲学和文学话语中以各种变体存在。

作者的主体危机在 20 世纪的哲学语境中愈加严峻。存在主义和语言分析哲学⑥将自我还原为孤立意志,否定内在经验,强调外在选

---

① Iris Murdoch, *Metaphysics as a Guide to Morals*, New York: Penguin Books, 1993, p. 164.

② Iris Murdoch, *Existentialists and Mystics: Writings on Philosophy and Literature*, Peter Conradi, ed., London: Chatto & Windus, 1997, p. 134.

③ Iris Murdoch, *Existentialists and Mystics: Writings on Philosophy and Literature*, Peter Conradi, ed., London: Chatto & Windus, 1997, p. 365.

④ Iris Murdoch, *Existentialists and Mystics: Writings on Philosophy and Literature*, Peter Conradi, ed., London: Chatto & Windus, 1997, p. 214.

⑤ Iris Murdoch, *Existentialists and Mystics: Writings on Philosophy and Literature*, Peter Conradi, ed., London: Chatto & Windus, 1997, p. 262.

⑥ 默多克在探讨存在主义哲学时,针对的主要对象是法国存在主义哲学家萨特。20 世纪 70 年代后,默多克分析的对象是德国哲学家海德格尔;在探讨语言分析哲学时,默多克早期分析的对象以维特根斯坦为代表,20 世纪 70 年代后分析的对象以法国解构哲学家德里达为代表。在默多克看来,结构主义和解构主义思想继承了语言分析哲学对实体自我的处理方式。在默多克看来,在以语言符号消解实体自我的层面,德里达的解构主义思想与此前存在的结构主义思想并无差别,因此在默多克的论述中常出现"德里达的结构主义"这类说法。

择，强化了自我的浪漫化。默多克认为存在主义和语言分析哲学对自我的探讨与康德一脉相承。"许多现代哲学（存在主义和分析哲学）追随康德：价值在经验（科学）世界中显然没有一席之地，因此须将价值依附于人类意志，才能赋予价值额外的意义。"[①] 默多克由此指出"我们依然生活在康德式现代人或者康德式'人—上帝'的时代里"[②]。存在主义视域中的自我与语言分析哲学视域中的自我结合成"现代哲学人"，以意志取代了内在经验，将"精神世界"寄生于"外在世界"。[③]

存在主义和"牛桥"语言分析哲学未能合理处理内在经验与外在世界的关系，加深了自我的浪漫化。存在主义将自我视为同化了他人和外在世界的意志，刻画的个体是"极权主义者"，不具内在经验，无法对他人和世界做出道德判断。默多克认为萨特式现代人是"不真实的、过度积极的"[④]。分析哲学将内在经验还原为外在选择，剥离个体的内在经验，将自我消融在庞大的社会制度和话语实践中，刻画的个体是"普通语言者"。"我"变成"孤独的无实体的意志"，而个体的"个性逐渐退化为纯粹意志"。[⑤]

首先，自我浪漫化的作者的认知能力被过于强大的自由意志侵夺。默多克认为萨特的作品是充斥着强烈个人意志、展现虚假自由的"观念剧"，批评他的作品以呈现抽象的、缺乏内在价值的人物及其存在困境为目的。在默多克看来，萨特展现的存在困境"没有实体性、没有意义，尽管它是一切意义的源头"[⑥]；萨特通过建构某些准则

---

① Iris Murdoch, *Existentialists and Mystics: Writings on Philosophy and Literature*, New York: Penguin Press, 1999, p. 195.
② Iris Murdoch, *The Sovereignty of Good*, London: Routledge, 1989, p. 80.
③ Iris Murdoch, *The Sovereignty of Good*, London: Routledge, 1989, p. 5.
④ Iris Murdoch, *The Sovereignty of Good*, London: Routledge, 1989, p. 46.
⑤ Iris Murdoch, *The Sovereignty of Good*, London: Routledge, 1989, p. 6.
⑥ Iris Murdoch, *Existentialists and Mystics: Writings on Philosophy and Literature*, Peter Conradi, ed., London: Chatto & Windus, 1997, p. 104.

"描述他想象中的人与世界的关系"①，而这些准则不能为个体应对困境提供可行的方案；萨特作品表现的认知过程具有消极的破坏性，对主体的"存在主义精神分析"削弱了主体性②。默多克首部小说《在网下》中的杰克·唐纳德最初就是这类认知能力被自由意志侵占的写作主体。他在创作《无言》的过程中不断修改他和雨果的对话，以确定的形式约束偶然性的对话内容，使作品弥漫着个人意志。"太零碎，不达意，于是我添加了几句话……于是我又添加了些话……又从头过了一遍，稍加调整……于是我又大规模修饰润色。"③ 杰克多次根据自由意志篡改他和雨果的对话，旨在建构他的作者形象。"我毕竟是个天生的作者；凡写在纸上，一定要像样。"④ 然而杰克无法正确理解他和雨果的关系，无法意识到自我与他人和社会的关系。

其次，自我浪漫化的作者的再现能力遭到质疑：作者无法意识到他人和世界的真实，因为他们被作者完全封闭在自己幻想的世界中，成为作者幻想的对象，失去了真实性和独特性。⑤ 默多克指出，作者以幻想和想象两种方式创造艺术："机械的、利己的、不真实的"幻想与不好的作者相关，而"真实且自由"的想象与好的作者相关；幻想"产生狭隘的、陈旧的假象"，而想象"自由地、创造性地探索世界"。⑥ 默多克批判那种围绕某个确定的哲学概念展开、以人物塑造与故事情节来阐释概念的"哲理小说"，认为它们是幻想的产物，是作者个人意志的表征。相反，默多克赞许的小说以叙事为中心向外辐射

---

① Iris Murdoch, *Existentialists and Mystics: Writings on Philosophy and Literature*, Peter Conradi, ed., London: Chatto & Windus, 1997, p. 110.
② Iris Murdoch, *Existentialists and Mystics: Writings on Philosophy and Literature*, Peter Conradi, ed., London: Chatto & Windus, 1997, p. 149.
③ Iris Murdoch, *Under the Net*, London: Vintage, 2002, pp. 69–70.
④ Iris Murdoch, *Under the Net*, London: Vintage, 2002, p. 70.
⑤ Iris Murdoch, *Metaphysics as a Guide to Morals*, New York: Penguin Books, 1993, p. 321.
⑥ Iris Murdoch, *Metaphysics as a Guide to Morals*, New York: Penguin Books, 1993, p. 321.

出哲学概念。① 默多克的小说《黑王子》中的小说家布拉德利，就因为自我过于膨胀而丧失了以艺术再现他人的能力。他通过幻想来刻画人物，把自己视为"导演"，把他人看作"演员""配角"和"伴奏者"。② 正如小说后记中蕾切尔指出的，布拉德利讲述的故事在一定程度上是"固执地用自己的观念把自己包裹起来"的作品。③

最后，自我浪漫化的作者视创作活动为自我实现的方式，无法对他人和世界做出道德判断。个人意志无限扩张，将他人和世界纳入自我意志的领地，因此作者无法对现实进行准确感知和判断。默多克认为存在主义小说中作者和虚构人物等同起来，都是现代焦虑的产物，"一种焦虑的急于确证或寻求自我的人"，是"新的浪漫主义者，被上帝遗弃的权力人物，勇敢、真诚且孤独地挣扎着"。④《大海啊，大海》中的"史前"部分，查尔斯试图撰写一部"回忆录"作为对自我的"沉思"和"反思"，以"弃绝魔法，成为一个隐者……学习怎样成为善良的人"⑤。然而他扭曲各类自然景观和他人，将自我塑造成了"暴君、鞑靼人、饥渴权力的怪兽"⑥。他对堂弟詹姆斯、初恋情人哈特利以及其他人物的事先判断，在后文中都被证实有偏颇。查尔斯的自我意志如此强大，导致他无法对他人和世界做出准确地感知和判断。

对现代自我的反思是默多克重构写作主体的出发点。现代哲学中的自我危机导致作者的主体危机：认知能力、再现能力、道德感知和判断力遭到解构。自我浪漫化的作者的个人意志十分强大，将自我、他人和世界封闭到意志的领地，使作者无法认知、再现和判断三者之间的真实

---

① Miles Leeson, *Iris Murdoch: Philosophical Novelist*, New York: Continuum, 2010, p. 4.
② Iris Murdoch, *The Black Prince*, London: Chatto & Windus, 1984, pp. xiii – xiv.
③ Iris Murdoch, *The Black Prince*, London: Chatto & Windus, 1984, p. 351.
④ Iris Murdoch, *Existentialists and Mystics: Writings on Philosophy and Literature*, Peter Conradi, ed., London: Chatto & Windus, 1997, p. 227.
⑤ Iris Murdoch, *The Sea, the Sea*, London: Vintage, 2009, p. 2.
⑥ Iris Murdoch, *The Sea, the Sea*, London: Vintage, 2009, p. 3.

关系，使写作成为个人追求虚假自由、实现自我的方式。自我浪漫化的作者以自我意志为中心、缺乏他者意识，不是严肃艺术家。

## 第二节　自我非人格化的作者：重构写作主体之误

随着结构主义思潮①的兴起，作者的主体危机更加严峻。默多克论述的"结构主义"是"非常宽泛的哲学概念"②，包括形式主义、通常意义的结构主义和解构主义。默多克晚期批判"德里达的结构主义"，因为"结构主义已取代存在主义成为'我们时代的哲学'"③，因此有论者认为"德里达"是一种囊括她所批评的哲学流派的符号或编码④。结构主义哲学将实体自我还原为语言符号，彻底消解作者的认知能力、再现能力和道德感觉。

结构主义对自我的解构导致作者的非人格化。通过将自我还原为中性的语言符号，结构主义采取与存在主义不同的方式还原自我，以语言系统消解自我的存在基础。对结构主义而言，传统的"个体概念无法再理所当然地存在"⑤。结构主义作为"道德中性科学……对科

---

① 默多克讨论的"结构主义"是"非常宽泛的哲学概念"，包括通常意义上的结构主义和解构主义。在默多克看来，在以语言符号消解实体性自我的层面上，德里达的解构主义思想与此前的结构主义思想并无差别，因此在默多克的著作中常出现"德里达的结构主义"这类说法。有的学者认为"德里达"是囊括了默多克所批评的哲学流派的符号或编码，参见 Paul S. Fiddes, "Murdoch, Derrida and *The Black Prince*", in Anne Rowe and Avril Horner, eds., *Iris Murdoch: Text and Context*, New York: Palgrave Macmillan, 2014, p. 91。
② Iris Murdoch, *Existentialists and Mystics: Writings on Philosophy and Literature*, Peter Conradi, ed., London: Chatto & Windus, 1997, p. 22.
③ Iris Murdoch, *Metaphysics as a Guide to Morals*, New York: Penguin Books, 1993, p. 57.
④ Paul S. Fiddes, "Murdoch, Derrida and *The Black Prince*", in Anne Rowe and Avril Horner, eds., *Iris Murdoch: Text and Context*, New York: Palgrave Macmillan, 2014, p. 91.
⑤ Iris Murdoch, *Metaphysics as a Guide to Morals*, New York: Penguin Books, 1993, p. 202.

学、语言科学、语言场域的新理解"①,以语言符号消解自我,追求道德的中性化表述,引起个体的自我非人格化。

自我非人格化的作者的认知能力、再现能力、道德感知力和判断力被语言系统消解。结构主义从三个维度消融作者的主体性。其一,通过否认自我的内在性,作者的认知能力被彻底解构。其二,通过语言系统的自我指涉,解构常识意义上的现实和真理概念,质疑作者的再现能力。其三,通过语言符号的非道德化,作者的道德判断力被削弱。可见结构主义切断了自我、语言和世界的联系,导致"实体自我的失落"②。

首先,自我非人格化的作者认知能力被解构,无法理解自我、他人和世界的关系。结构主义将自我还原为被语言之海湮没的"符号动物",强调知识和意义依赖于语言系统,在该系统中"只存在意义之网(无限的语言之网本身),此外毫无一物"③。因此,作者对自我、他人和世界的认知便不再可能。结构主义以语言系统切断了内在的心灵世界与外在的经验世界之间的联系。"自主意识概念被去中心化的主体性取代,使自我成为语言系统的'效果'。"④ 语言成为"广阔的系统或符号结构"⑤,不再作为自我和世界的交流媒介。结构主义以语言范式取代意识范式,解构个体、内在性、真理等概念,割裂自我与认知对象的联系。作者在"无法超越和掌控的由符号构成的'能指世

---

① Iris Murdoch, *Metaphysics as a Guide to Morals*, New York: Penguin Books, 1993, p. 5.
② Iris Murdoch, *Existentialists and Mystics: Writings on Philosophy and Literature*, Peter Conradi, ed., London: Chatto & Windus, 1997, p. 251.
③ Iris Murdoch, *Existentialists and Mystics: Writings on Philosophy and Literature*, Peter Conradi, ed., London: Chatto & Windus, 1997, p. 374.
④ Maria Antonaccio, "The Virtue of Metaphysics: A Review of Iris Murdoch's Philosophical Writings", *Journal of Religious Ethics*, Vol. 29, No. 2, 2001, p. 315.
⑤ Iris Murdoch, *Metaphysics as a Guide to Morals*, New York: Penguin Books, 1993, p. 188.

界'内部生活、移动"①。在《在网下》中，作者杰克无法有效地理解和解释自己曾经的作品《无言》中的诸多内容。尽管杰克在创作《无言》时充满了个人意志，但是他从一开始就堕入了"语言之网"中。语言的自我指涉性赋予了《无言》"莫名其妙的独立感"②，使其独立于作者的个人意志和阐释。语言符号脱离了杰克的掌控，使杰克以书面文字转录口头对话的努力付诸东流。③ 杰克在"语言之网"下爬行，无法穿透语言系统、通达事物本身。中性的语言系统横亘在非人格化的作者与现实之间，使其不能理解自我、他人和世界的关系。

其次，自我非人格化的作者再现能力被消解，无力道说自我、他人和世界的真实。结构主义主张语言之外别无他物，质疑外在真理的存在。"自我指涉的语言系统决定了意义……实质上抹杀了真理概念。"④ 作者无力以自我指涉的语言系统为媒介表现自我、再现他人和世界。作者必须借助语言媒介才能表达，然而语言媒介"在某种意义上根本不是媒介"⑤。在结构主义视域中，作者已被语言系统非人格化了，作者以创作活动揭示真理的权力已被剥夺。《黑王子》的主体叙事中的布拉德利被个体意志遮蔽视域，无法再现他人和世界；在"前言"和"后记"中，布拉德利由于语言符号的自我指涉性无法表征自我。他坦言道，语言"远远没有表达出我的想法。也许除了天才，没有人能娴熟地驾驭语言"⑥。尽管他在叙事中努力隐藏自我，然而自我却总是出现在作品中。这种不断出现的无意识是语言系统对作者意

---

① Iris Murdoch, *Existentialists and Mystics: Writings on Philosophy and Literature*, Peter Conradi, ed., London: Chatto & Windus, 1997, p. 23.

② Iris Murdoch, *Under the Net*, London: Vintage, 2002, p. 70.

③ Priscilla Martin and Anne Rowe, *Iris Murdoch: A Literary Life*, New York: Palgrave Macmillan, 2010, p. 19.

④ Iris Murdoch, *Existentialists and Mystics: Writings on Philosophy and Literature*, New York: Penguin Press, 1999, p. 193.

⑤ Iris Murdoch, *Existentialists and Mystics: Writings on Philosophy and Literature*, Peter Conradi, ed., London: Chatto & Windus, 1997, p. 250.

⑥ Iris Murdoch, *The Black Prince*, London: Chatto & Windus, 1984, p. xviii.

识的超越。由于自我指涉的符号系统超越写作主体的控制,作者无法以语言符号再现自我、他人和世界的关系。

最后,作者的道德感受力被剥夺,难以对自我、他人和世界做出道德判断。"有些东西遗失了,实体的个体以及他真实独特的思想、感受和道德生活。"① 所遗失的是个体通过日常语言形成道德态度和做出道德判断的能力。结构主义否定个体通过日常经验寻求道德知识的可能,削弱了日常语言的道德性,导致了日常语言的"枯萎"②。结构主义视意义与价值为"语言自我指涉的运动或游戏",否定作者的道德感知和作品的道德意义。默多克认为结构主义拒绝日常语言的道德性的做法与现实相悖——结构主义"消除真理概念和常识意义,然而未能提供更高的道德感"③。《大海啊,大海》中的查尔斯在"史前"部分因为个人意志膨胀无法对周围环境和他人做出准确地感知和判断;而在主体部分,他由于个人意志和语言系统的双重阻隔对自我、他人和世界的关系愈加无法感知和判断。作为著名导演、编剧和演员的查尔斯试图通过撰写"回忆录"来为个体历史盖棺定论并开启新的生活,然而查尔斯的叙事文体在"回忆录""日记""哲学札记""自传""食谱"间摇摆不定④,表明日常语言的不稳定性超越了查尔斯的主观意愿。查尔斯对自我、他人和世界的感知受到了语言系统的阻碍。

作者与语言系统的歧义关系表征了自我非人格化写作的内在矛盾。作者基于主观意愿,以语言符号实现非人格化写作;反之,语言

---

① Iris Murdoch, *Metaphysics as a Guide to Morals*, New York: Penguin Books, 1993, p. 202.
② Iris Murdoch, *Metaphysics as a Guide to Morals*, New York: Penguin Books, 1993, p. 209.
③ Iris Murdoch, *Metaphysics as a Guide to Morals*, New York: Penguin Books, 1993, p. 200.
④ Cheryl K. Bove, *Understanding Iris Murdoch*, Columbia: University of South Carolina Press, 1993, pp. 2-3.

操控作者实现自我显现，使写作成为自我指涉的符号游戏。矛盾在于，作者的非人格化写作基于主观意愿，却又致力于消除主观意愿。艾略特的非人格化理念是主观意愿的体现，即通过"客观对应物"实现写作的科学化。艾略特把诗人比作化学反应的催化剂，强调写作借助客观符号趋近科学，然而诗人完全摒除自我意愿。巴特宣布"作者之死"，并以"现代抄写者"替代之："抄写者身上不再具有激情、性格、情感、印象，而只有……一大套词汇。"[1]"抄写者"的词汇是非人格化的，指向了"零度"写作。德里达将作者身份消解在语言符号中，使写作成为不再有指涉意义的符号游戏。德里达强调事实与价值的分离，质疑了日常语言的稳定性。默多克认为德里达的逻辑存在问题：他构造出"元语言"解构日常语言的指涉能力，同时又预设了"元语言"具有不受质疑的指涉能力。尽管有学者认为默多克基于"误读德里达"而批判德里达的语言思想[2]，但不可否认，默多克不赞同对事实与价值的区分，反对将日常语言中性化，反对弃绝传统真理概念的做法。默多克承认语言的再现危机和自我指涉性，但同时"坚持语言指涉现实的能力"，在语言的界限之外保留了神秘性和真理性。[3]

结构主义视域下的自我概念以及作者形象是重构写作主体的误区。非人格化写作看似消解了自由意志和主观判断，实际上将它们隐匿在中性化的语言系统中了。然而"语言不能与个人意识分离……语

---

[1] Roland Barthes, "The Death of the Author", in David Lodge and Nigel Wood eds., *Modern Criticism and Theory: A Reader*, New York: Routledge, 1999, p. 149.

[2] Tony Milligan, "Murdoch and Derrida: Holding Hands under the Table", in Anne Rowe and Avril Horner eds., *Iris Murdoch, Text and Context*, New York: Palgrave Macmillan, 2014, pp. 77–78.

[3] 刘晓华：《失落与回归：人的本质视域下的默多克小说研究》，南开大学出版社2014年版，第164页。

言、意识和世界是相互联系的"①。由于自我的内在性、他者意识和外在世界均被语言系统消解，作者的认知和再现能力、道德感受力和判断力遭到彻底解构。

## 第三节　消除自我的作者：重构写作主体之策

重构写作主体需推翻现代哲学对实体自我的质疑，为作者的认知能力、再现能力、道德感受力和判断力正名。因此，颠覆现代哲学虚假的自我形象，重塑实体自我概念是重构写作主体的开端。默多克的"现代自我谱系"颠覆存在主义和结构主义等现代哲学刻画的自我概念，重塑带有深厚的内在价值的实体自我，通过回归柏拉图伦理学思想为新构建的自我概念提供坚实的哲学基础。②

默多克的重塑自我概念的形成不断消除虚假自我的写作主体。默多克的自我概念"不仅作为选择主体，同时也是被道德世界包围的、带有神秘的内质的存在"③。神秘且丰富的内在经验确保自我不被还原为孤立意志，不被中性的语言符号消解，为主体的认知能力、再现能力、道德感知力和判断力提供了坚实基础。偶然的外在现实作为内在意识的关注对象，为自我提供了认知对象和反思的平台。尽管默多克认可自我的碎片化、不可预测和神秘本质，但依然认为个体意识的实体存在是必要的。默多克的自我概念具备坚实的内在经验，区别于存

---

① Iris Murdoch, *Metaphysics as a Guide to Morals*, New York: Penguin Books, 1993, p. 216.
② Jessy E. G. Jordan, *Iris Murdoch's Genealogy of the Modern Self: Retrieving Consciousness Beyond the Linguistic Turn*, Waco: Baylor University Press, 2008, pp. 7–12.
③ Maria Antonaccio, *Picturing the Human: The Moral Thought of Iris Murdoch*, New York: Oxford University Press, 2000, p. 45.

在主义、经验主义和结构主义的自我概念；被外在的道德现实围绕，不同于笛卡尔的"统一自我"①。

重塑自我概念是以个体不断地消除虚假自我为起点的。写作主体在创作中以他人和世界为参照，不断消除自我（unselfing），即主体的"意识经由关注外在世界与他者的现实，而非耽于自我幻想，最终摆脱自我主义的渐进过程"②。消除自我包含意识在自我和他者间的双向运动：意识从自我转向新的对象，同时自我被压制、消除；意识返回自我，主体此前的关切由于被置于更大的感知和灵魂场域而显得不再重要。③消除自我的主体通过"自我反省、自我限定、自我批判，以求对虚假孤独自我的超越"④，在自我与他者的天平上，降低自我的分量，尊重和重现他人的价值⑤。默多克为个体消除虚假自我提供了几种方案：发现自然事物之美、进行智力思考、艺术作品的创作过程与体验过程、人际交往。面对独立于自我的他人和世界，作者的意识不断在自我和他人、世界间往返运动，对自我、他人和世界的认知逐渐清晰。通过重构自我概念，作者的认知能力、再现能力、道德感受力和判断力得以重塑。

首先，消除自我的作者具有他者意识，理解自我、他人和世界间的关系。他者意识"要求自我与视觉对象及其自身欲望保持距离"⑥。消除自我的作者具有丰富内在经验，生活在外在现实的包围中，与他

---

① Heather Widdows, *The Moral Vision of Iris Murdoch*, Aldershot: Ashgate, 2005, p. 21.
② Maria Antonaccio, *Picturing the Human: The Moral Thought of Iris Murdoch*, New York: Oxford University Press, 2000, p. 191.
③ Maria Antonaccio, *Picturing the Human: The Moral Thought of Iris Murdoch*, New York: Oxford University Press, 2000, pp. 135–136.
④ 黄梅：《序言：默多克与 unselfing》，载范岭梅《善之路：艾丽斯·默多克小说的伦理学阐释》，中国社会科学出版社 2010 年版，第 3 页。
⑤ 刘晓华：《失落与回归：人的本质视域下的默多克小说研究》，南开大学出版社 2014 年版，第 164 页。
⑥ Maria Antonaccio, *Picturing the Human: The Moral Thought of Iris Murdoch*, New York: Oxford University Press, 2000, p. 138.

### 第三章 艺术家的自我重构：默多克文学创作思想中的叙事伦理

人和世界保持特定的认知距离，无法将它们同化为自我意志，也不会被语言系统消解，因此可以辨识事物的真实。"严肃的艺术家……和令他感到谦逊的东西间有距离感。"① 默多克在著名的"M（婆婆）和 D（儿媳）"例子中为主体的他者意识提供了生动的阐释。默多克描述了两种 M 对 D 的态度，强调 M 在消除偏见的前提下，对 D 的正确认知。"M……能自我批评，能仔细、公正地关注对象。M 告诉自己：'我古板且传统……让我再看一遍。'"② "再看一遍"即认知主体以新的眼光看待客体，对客体投以公正无私的关注。《在网下》中的杰克对他人的认知障碍及其个人意志和语言障碍，在结尾处烟消云散，杰克的他者意识在重新看待他人和自我关系的过程中逐渐增强。

其次，消除自我的作者具备表征自我、他人和世界的文学再现能力。作者与他人和世界保持特定的距离，以公正的目光关注它们，将它们视作认知和再现对象。尽管语言的指涉危机是切实存在的，但是语言可以重新成为连接内在自我和外在世界的纽带，成为传达信息的媒介。默多克主张语言与意识具有反思性的关系，强调意识范式先于语言范式，即意识面对语言的宏大结构依然具备能动性。作者是语言的使用者而非语言的傀儡，作者的内在经验比语言系统更为复杂，因此语言表述作者的内在动机和外在现实的能力受到限制。换言之，默多克重新赋予了日常语言有限的指涉功能。《黑王子》中布拉德利具备双重视角：五十八岁的布拉德利从主体视角叙述了故事中的事件，将自身塑造成神圣的艺术家形象；而身陷监狱中消除自我的布拉德利作为次级视角，解构了前者塑造的虚假形象。③ 次级视角剥除了主体视角的虚假自我意志。"剥皮"作为受难意象表明布拉德利的受难与

---

① Iris Murdoch, *Existentialists and Mystics*: *Writings on Philosophy and Literature*, Peter Conradi, ed., London: Chatto & Windus, 1997, p. 26.
② Iris Murdoch, *The Sovereignty of Good*, London: Routledge, 1989, pp. 17 – 18.
③ Dippie Elizabeth, *Iris Murdoch*: *Work for the Spirit*, London: Methuen, 1982, pp. 112 – 114.

消除自我紧密相关。①

最后，消除自我的作者的道德感受力得以重塑，对自我、他人和世界的关系作出道德判断。默多克坚持语言活动的道德性，强调"语言构成了我们道德存在最终的肌理和材质，因为它们是我们表达自己存在的最精致、最详细的象征，也是被最普遍使用和理解的象征"②。作者在文学创作过程中不可避免地对虚构人物和写作素材进行道德判断。默多克借助柏拉图的"洞喻"阐释道德感受力的递增。消除自我是"由柏拉图的火光照亮的洞穴走向真实的阳光的上升运动"③。默多克将上升过程分为对应不同道德感受力和判断力的三个阶段。被缚的囚徒以"影子"为真实，其道德感受力处于盲目阶段；挣脱束缚的囚徒看到火光，崇拜火焰以象征火焰的自我为真实，其道德感受力是唯我主义的；追随阳光走出洞穴的人，看到阳光下事物的真正面貌，其道德感受力较为真实。个体的"精神朝圣"包含转向和上升的过程，要求个体不断地澄清视域，完善道德感受力。《大海啊，大海》中查尔斯从伦敦移居"什鲁夫末端"，再重回伦敦的旅程象征着受困的囚徒从洞穴经过转向和艰难上升的过程，最终查尔斯实现了自我的成长，对自然事物、他人和自身的感知和判断比开篇准确得多。

消除自我是重构写作主体的有效策略。默多克重塑的自我概念包含内在生命和实体意识，生活在外在的道德现实中，不再被还原为孤立的选择意志或者中性的语言符号，形成消除自我的作者。默多克通过重构自我概念，恢复作者的认知能力；重新打通自我、语言和世界的联系，重塑了作者的再现能力；通过赋予语言活动道德品性，重构

---

① Priscilla Martin and Anna Rowe, *Iris Murdoch: A Literary Life*, New York: Palgrave Macmillan, 2010, p. 101.

② Iris Murdoch, *Existentialists and Mystics: Writings on Philosophy and Literature*, Peter Conradi, ed., London: Chatto & Windus, 1997, p. 241.

③ David J. Gordon, *Iris Murdoch's Fables of Unselfing*, Columbia and London: University of Missouri Press, 1995, p. 8.

了作者的道德感受力和判断力，重构了作者的主体性。

# 结　语

默多克在"艺术家小说"中演绎她的叙事伦理，艺术地呈现她对现代哲学的反思和对现代理论中的批判。默多克反思现代哲学以还原主义路径探讨的自我概念，批判现代理论对作者主体的解构，并在"艺术家小说"中呈现虚构作者的自我嬗变。现代哲学、技术和艺术理论对传统艺术的再现功能、揭示功能和教化功能提出质疑。现代理论中的作者要么是存在主义式选择的意志，要么是结构主义式中性的语言符号，导致艺术创作的非道德化。通过重构自我概念，默多克恢复作者的主体地位，重塑作者、语言和世界的联系。

自我概念是默多克哲学思想和文学实践的出发点和落脚点。"消除自我"作为默多克叙事伦理的核心不仅在作者的创作过程中起作用，而且对于读者的阅读也具有积极意义。默多克认为"伟大的艺术因其独立性具有启发意义，它毫无目的、自我持存"[1]，艺术所呈现的他人和世界作为个体关注的新对象，替代虚假的自我。此外，消除自我不仅在个体层面运作，还可以扩展到文化层面，正如安东那奇奥所言，"它指一种具有自反结构的文化通过自我参照系统来关注个体的现实过程"[2]。

---

[1] Iris Murdoch, *Metaphysics as a Guide to Morals*, New York: Penguin Books, 1993, p. 8.
[2] Maria Antonaccio, *Picturing the Human: The Moral Thought of Iris Murdoch*, New York: Oxford University Press, 2000, p. 191.

# 第四章

## 读者的自我重构：
## 默多克文学创作思想中的阅读伦理

### 引　言

　　默多克重视文学艺术对道德生活的积极作用，坚信文学能取代日渐式微的传统哲学和宗教，成为世俗社会的道德话语。① 她强调读者的阅读伦理，重视批评的道德性和公正性。她指出文学作品为读者提供了反思空间，使读者在其间探索并运用道德能力，对作者、人物、社会、自身做出道德判断，因此对作品的理解成为一种道德训练。② 然而，现代批评理论中以自我为中心的读者无视作品的独特性，对作者和作品做出符合自身利益的阐释，使理解活动与道德脱节。默多克认为这种读者是现代哲学刻画的虚假自我概念的具体化。为实现文学艺术的道德使命，默多克主张读者作为理解主体切近文学作品，赋予

---

① Dominican Head, *Modern British Fiction, 1950 – 2000*, London: Cambridge University Press, 2002, pp. 251 – 253.
② Iris Murdoch, *Existentialists and Mystics: Writings on Philosophy and Literature*, Peter Conradi, ed., London: Chatto & Windus, 1997, p. 28.

理解活动道德品性。作为理解主体，读者在理解活动中消除自我、正视作品的独特性和真理性，与作者、作品、虚构人物展开对话并做出恰当的价值判断。

默多克的哲学和小说不仅互证，而且互补、互质。读者与艺术作品的关系类似于自我与他者的关系，在默多克哲学思想中占据超乎想象的位置。同时，在默多克的小说中，虚构读者及其理解活动构成人物和情节的重要成分。结合默多克的哲学思想分析小说中虚构的读者形象和理解活动，是探讨默多克重构理解主体的有效路径。本章以默多克对现代哲学自我概念的批判为进路，结合小说《黑王子》(The Black Prince, 1973)中的虚构读者及其理解活动，分析默多克对理解主体的重构，从重构之由、之误、之路三方面揭示默多克的阅读伦理。首先，重构理解主体始于默多克对存在主义和经验主义哲学刻画的还原性自我的批判。还原性自我在理解活动中表现为以自我为中心的读者，使理解活动成为个体意志的投射。其次，结构主义哲学彻底消解了实体性自我，构成了重构理解主体的误区。实体性自我不再，使得理解活动成为中性的语言符号借助读者显现自身的游戏。最后，重塑实体的、具有内在生命的自我概念是重构理解主体之路。默多克重塑的自我作为理解主体，在理解活动中对作者、作品、虚构人物和自身做出积极的道德判断，同时借助艺术作品消除自我、修正前在预设的道德判断，使对文学作品的阅读和阐释成为个体读者的道德训练。

正如纳斯鲍姆所说，"想更深入了解默多克关于艺术、客观性、幻想和爱的思想，仍需努力重读小说《黑王子》"[1]。《黑王子》交织着作者与读者、创作过程与阐释过程[2]：虚构的作者布拉德利·皮尔

---

[1] Martha Nussbaum, "Review of *The Fire and Sun: Why Plato Banished Artists* by Iris Murdoch", *Philosophy and Literature*, No. 2, 1978, p. 126.

[2] Peter Conradi and John Bayley, *The Saint and the Artist: A Study of the Fiction of Iris Murdoch*, London: HarperCollins Publishers, 2001, p. 235.

逊在完成作品《黑王子：爱的庆典》、"前言"和"后记"之后在狱中去世。狱友、虚构的编辑罗克西亚斯邀请故事中四位人物为皮尔逊的作品写了四篇后记。小说中"作者"是自己作品的"读者"，四位"读者"是各自后记的"作者"。这些"读者"可分为三类：以自我为中心的普通读者蕾切尔和克里斯蒂安；以科学理论实现自我中性化的专业读者马娄和朱莉安；在理解活动中实现消除自我的读者皮尔逊。这三类读者及其理解活动演绎了默多克以重构理解主体为核心的阅读伦理。

## 第一节 自我主义的读者：重构理解主体之由

默多克对读者主体的思考源于她对自我概念的探讨。默多克哲学的出发点是反思现代道德哲学提供的虚假的自我形象：一种缺乏内在生命的、孤立的自我意志，带有还原主义和科学主义特质。她认为由存在主义、行为主义和功利主义聚合而成的现代哲学自我不能为现代人的生活提供积极的指导[1]，将复杂的自我概念还原为孤独的意志、外在的选择，引起了自我危机。

读者的主体问题伴随着哲学上的自我危机而来。默多克指出现代哲学对自我的批判存在矫枉过正：现代哲学从心理学、现象学、语言学等视角揭示了"统一自我"（unified self）的虚假性，解构了启蒙以来的自我概念、消解了主—客二元对立；然而，后启蒙时代的哲学虽精准把握了自我的问题，却未能在此基础上创造新的概念以指导现代人的道德生活。"哲学一直致力于瓦解旧有的实体性自我，但是伦理

---

[1] Iris Murdoch, *The Sovereignty of Good*, London: Routledge & Kegan Paul, 1970, p.9.

学尚未证明有足够的能力重新思考这一概念的道德目的。"① 默多克将自我危机追溯到休谟和康德对实体性自我的过度批判。默多克认同他们对内在经验难以预测、含混、碎片化本质的分析，但对他们将自我还原为外在经验和理性意志、彻底消解自我实体性的做法持保留态度。休谟解构了内在经验的澄明性和统一性，使自我成为"一种错觉……由强大想象力的惯性所组织的碎片化经验"②。康德以理性作为意识的基础，使自我成为"空洞的意识，一种每一个理性生物都拥有的直觉、知性和理性的结构"③。康德式现代人只"考虑他自己良知的判断、倾听自己理性的声音"，具有"自由、独立、孤独、强大、理智、负责、勇敢"等特征，在后康德时代的哲学和文学中以各种变体存在。④ 现代批评理论以自我为中心的读者正是康德式现代人的变体，是一种抽象的意志和理性，不具有坚实的实体性和内在生命。

唯我论思潮加剧了读者的主体危机。默多克认为存在主义和经验主义对自我的探讨与康德一脉相承，将复杂自我还原为个体意志，未能有效地处理内在心灵与外在世界的关系，为唯我论提供了哲学基础。⑤ "多数现代哲学（存在主义和经验主义）追随康德：价值在实证的（科学的）世界里没有位置，只有将价值依附于人类意志才能赋予它重要性。"⑥ 存在主义将自由视为自我的本质，刻画的现代人是"极权主义者"，受到"神经官能症"的约束，耽于自我幻想，无法

---

① Iris Murdoch, *The Sovereignty of Good*, London: Routledge & Kegan Paul, 1970, p. 47.
② Iris Murdoch, *Metaphysics as a Guide to Morals*, New York: Penguin Books, 1993, p. 164.
③ Iris Murdoch, *Existentialists and Mystics: Writings on Philosophy and Literature*, Peter Conradi, ed., London: Chatto & Windus, 1997, p. 134.
④ Iris Murdoch, *Existentialists and Mystics: Writings on Philosophy and Literature*, Peter Conradi, ed., London: Chatto & Windus, 1997, p. 365.
⑤ Iris Murdoch, *Existentialists and Mystics: Writings on Philosophy and Literature*, Peter Conradi, ed., London: Chatto & Windus, 1997, p. 269.
⑥ Iris Murdoch, *Existentialists and Mystics: Writings on Philosophy and Literature*, Peter Conradi, ed., London: Chatto & Windus, 1997, p. 195.

正视他者的独特性。经验主义将个体选择视为自我基础,刻画的现代人是"普通语言者",受社会习俗病的约束,面对宏大的社会整体,自我隐匿在结构中无处可寻。① 默多克指出,复杂的自我概念被还原成个体意志,"年轻的萨特以及许多英国道德学家,凝练了康德的世界观。对道德动机的研究被实证科学包围:意志取代了复杂的动机和德性"②。在这两类哲学的影响下,读者被还原为孤独的意志,以自我为中心,在阅读活动中寻求虚假慰藉,不能正视作品的独特性,无法对作者、作品和人物做出积极的道德判断。小说《黑王子》通过蕾切尔和克丽斯蒂安两人及其阐释行为表现了自我主义的读者。

蕾切尔是存在主义式读者,在阅读和阐释活动中追寻虚假自由。她在后记中以自我为中心,质疑作者权威、否认作品真实性、无视客观现实、重新讲述故事、建构虚假的自我形象。她揭露作者皮尔逊的真实形象和艺术形象的差异,谴责作者创作动机不纯。她指责作者是杀人凶手、"'彼得·潘'类型的人"、有"青春期"幻想症、社会地位不高、文学素养不足,"固执地用自己的观念把自己包裹起来","描绘的自身整体形象再虚假不过"。③ 她指责作品是"怪诞之作","一种疯狂少年梦的东西,不是严肃的艺术作品"④。她无法正视自己的艺术形象,重新讲述爱情故事以逃避罪责。她的故事版本完全颠覆原故事中的人际关系和事件的因果联系。然而她的后记矛盾重重,暴露了自我主义倾向。她宣称对作者保持"一种怜悯和同情的态度",却否定了作者权威。她坚持不对作者的"写作意图做出判断",但通篇都在扭曲创作动机。她有选择地利用作品的内容,选择有利于自己的部分,改编不利于自己的部分。后记中的蕾切尔与皮尔逊故事中的

---

① Iris Murdoch, *Existentialists and Mystics: Writings on Philosophy and Literature*, Peter Conradi, ed., London: Chatto & Windus, 1997, pp. 365–369.
② Iris Murdoch, *The Sovereignty of Good*, London: Routledge & Kegan Paul, 1970, p. 48.
③ Iris Murdoch, *The Black Prince*, London: Chatto & Windus, 1984, pp. 351–352.
④ Iris Murdoch, *The Black Prince*, London: Chatto & Windus, 1984, p. 351.

蕾切尔行事方式如出一辙，侧面证实了故事的真实性及蕾切尔的自我主义。蕾切尔对皮尔逊故事的阐释是存在主义式读者追求虚假自由的体现。

克里斯蒂安是经验主义式读者，在理解活动中表现出自我主义和功利主义。她在后记中瓦解作者塑造的艺术形象，指责真实作者是个精神病、疯子、清教徒、毫无幽默感、无法理解女人的需求。她质疑作品的真理性："我认为这本书实在太离谱……该书的价值……我无话可说……该书并不是对我所了解的种种情况的真实反映。"[①] "我们没有必要对艺术小题大做。我想没有艺术我们也可以生活……艺术并非就是一切。"[②] 她否认自己的艺术形象，重述爱情故事，把自己偷换成女主角，既重塑了被作者贬低的自我形象，又实现了自我宣传。克氏的后记同样矛盾重重。她强调"没有什么评论可写""无话可说"[③]，却不断否认作品的真实性。她对故事的挪用和改编存在着明显的目的性，有利于宣传她的服装店、塑造公共形象的地方都加以利用，不利的地方都加以规避或颠倒。她的语言风格与皮尔逊故事中的克氏几无二致，侧面印证了皮尔逊故事的真实性。克氏的阐释活动旨在重塑自己的公众形象、宣传她的事业，借皮尔逊作品出版的机会为自己打广告，带有明显的功利主义特征。

对现代哲学虚假自我的反思是默多克重构理解主体的出发点。休谟和康德分别将自我概念还原为外在的经验和理性；存在主义和经验主义哲学则继续将自我概念还原为孤立的意志。这种自我具体表现为自我主义的读者。蕾切尔和克丽斯蒂安代表了存在主义式和经验主义式读者，以自我幻想为阅读方式，无视作者的艺术形象、否认作品的真实性、忽视自身的历史真实、建构虚假的自我形象，在理解活动中

---

① Iris Murdoch, *The Black Prince*, London: Chatto & Windus, 1984, p. 341.
② Iris Murdoch, *The Black Prince*, London: Chatto & Windus, 1984, p. 343.
③ Iris Murdoch, *The Black Prince*, London: Chatto & Windus, 1984, p. 341.

追寻虚假慰藉。然而真正的自由意味着"感知什么是真实的","努力澄清视景,并在准确视景的基础上恰当地选择、行动。"① 蕾切尔和克氏都不是理想读者,未能对作品、作者和虚构人物做出公正的道德判断。默多克的阅读伦理强调读者必须自愿在理解活动中消除自我、搁置自我的欲望与情感,正确地看待艺术作品的真实性和道德价值。

## 第二节 自我中性化的读者:重构理解主体之误

读者的主体危机随着"结构主义"② 思想盛行愈加严峻。20 世纪 70 年代,"结构主义已经取代存在主义成为我们时代的哲学"③。因此德里达及其"结构主义"思想成为默多克晚期批判的主要对象。默多克认为"结构主义"威胁到个体的存在,是彻底消灭自我的哲学。④ "结构主义"主张知识与意义依赖语言系统,系统中只有语言之网产生的一系列意义,在语言之网下别无他物。"结构主义"彻底消解了意识、主体、个体自我等概念。语言范式取代意识范式,语言先于意识、决定意识,语言界定世界和自我的本质。⑤ 现代哲学自我概念的还原性特征达到顶点,使自我所依赖的一切基础都被解构。受"结构

---

① 许健:《自由的存在 存在的信念:艾丽丝·默多克哲学思想的类存在主义研究》,暨南大学出版社 2010 年版,第 156 页。
② 默多克所批判的结构主义,实际上包括后结构主义和解构主义。在默多克的论述德里达的文本中,将德里达归入"结构主义",认为德里达将结构主义的方法和观点推到极致。
③ Iris Murdoch, *Metaphysics as a Guide to Morals*, New York: Penguin Books, 1993, p. 157.
④ Iris Murdoch, *Metaphysics as a Guide to Morals*, New York: Penguin Books, 1993, p. 374.
⑤ Maria Antonaccio, "The Virtue of Metaphysics: A Review of Iris Murdoch's Philosophical Writings", *Journal of Religious Ethics*, Vol. 29, No. 2, 2001, pp. 315 – 316.

主义"影响,现代批评理论提倡借助理论进行客观批评,形成自我中性化读者。

哲学和科学理论的介入没有缓解读者主体的危机,反使读者个人意志更凸显。理论看似规避了读者的自我主义,却将理解活动的道德品性彻底剥离。默多克主张文学作品和语言都应浸润在道德中,虚构人物在道德氛围中游走,道德批评是读者对文学作品的自然反应,是读者对他人、对生活的兴趣的一部分。① 读者不可避免地对作者、作品和虚构人物以及自身做出道德判断。理论避免读者的主观臆断,也将读者的主体性完全抹除,使理解活动与道德判断完全割离,使读者对作品的理解成为中性的语言符号显现自身的游戏。默多克认为理解活动的道德性不可忽视,读者"正确地批评那些小说,它们故事中人物的思想(和行动)展示了道德感的匮乏"②。

默多克反对以既定的理论阐释作品,主张哲学理论与文学作品保持距离,因为理论与作品留给读者的参与空间不同。她认为文学和哲学是两种形式不同、意义不同的揭示真理的活动。③ 首先,她指出文学和哲学的目的不同、任务不同、评价标准不同、受众范围不同、语言风格不同、表达形式不同。④ 哲学是反天性的,避免引起个人的情感;而艺术出于人的天性,必然引起情感。⑤ 其次,她认为文学与哲学探讨的问题不同:哲学问题是历史遗留的普遍问题;文学创造自己的特殊问题。哲学家关注的是传统问题能否得以解决或被重新审

---

① Iris Murdoch, *Existentialists and Mystics: Writings on Philosophy and Literature*, Peter Conradi, ed., London: Chatto & Windus, 1997, pp. 253 – 254.

② Iris Murdoch, *Existentialists and Mystics: Writings on Philosophy and Literature*, Peter Conradi, ed., London: Chatto & Windus, 1997, p. 11.

③ Iris Murdoch, *Existentialists and Mystics: Writings on Philosophy and Literature*, Peter Conradi, ed., London: Chatto & Windus, 1997, p. 11.

④ Iris Murdoch, *Existentialists and Mystics: Writings on Philosophy and Literature*, Peter Conradi, ed., London: Chatto & Windus, 1997, pp. 4 – 10.

⑤ Iris Murdoch, *Existentialists and Mystics: Writings on Philosophy and Literature*, Peter Conradi, ed., London: Chatto & Windus, 1997, pp. 8 – 10.

视；艺术家关注的是创造具有时代特征的艺术问题。理论排斥自我的表达，需要彻底消解个性、排斥读者的情感和道德判断；文学作品无法彻底消除个性表达，召唤读者参与、为读者的道德判断留下空间。

默多克认为以理论阐释作品，可能使读者的自我主义以隐匿的方式再现。读者与理论的关系是矛盾的：理论限定了读者的理解活动、借读者显现自身、使读者和作品成为理论的注脚，彻底消解读者的主体性；然而理论的选择和应用无不透露出读者的主观判断。默多克批评"结构主义"攻击传统艺术形式，认为德里达的思想是"技术决定论"，削弱了人们的道德信仰和发现真理的能力。[1] 首先，她认为理论是普遍的、抽象的，而文学艺术是特殊的、道德的，理论可能使文学艺术的道德性"变得毫无意义"[2]。其次，理论关注的是特定问题，而文学艺术承载着复杂多样的问题。理论的特定问题可能被理解为作品承载的全部真理，削弱艺术作品的厚度。默多克唯恐理论那"十分有限的基调和术语"会将一种还原主义的路径引入文学研究。[3] 在默多克看来，任何一种单一视角或还原主义对于文学而言都是一种诅咒。[4]《黑王子》借助马娄和朱莉安的后记演绎了自我中性化读者的理解活动。

心理咨询师弗朗西斯·马娄以精神分析学说阐释皮尔逊作品，将自我意志隐藏在科学的理论和结论之后。他颠覆皮尔逊的作者权威，指出作者有恋母情结、是同性恋、自恋癖、色情受虐狂。他把作品作

---

[1] Iris Murdoch, *Metaphysics as a Guide to Morals*, New York: Penguin Books, 1993, p. 194.
[2] Iris Murdoch, *Existentialists and Mystics: Writings on Philosophy and Literature*, Peter Conradi, ed., London: Chatto & Windus, 1997, p. 71.
[3] Iris Murdoch, *Existentialists and Mystics: Writings on Philosophy and Literature*, Peter Conradi, ed., London: Chatto & Windus, 1997, p. 23.
[4] Anne Rowe, "Introduction: 'A Large Hall of Reflection'", in Anne Rowe, ed., *Iris Murdoch: A Reassessment*, London: Palgrave Macmillan, 2007, p. 3.

为理论的注脚,所有结论都旨在证明理论的正确性和他的专业水准。他指出皮尔逊的故事是一部艺术性自传,主题"黑王子"＝布拉德利·皮尔逊的自我＝编辑罗克西亚斯＝黑色厄洛斯。故事中"商店""邮政大厦"等意象在理论的视角下都和"性""子宫"等联系起来。他的后记逻辑严密、论证有力,目的却在于自我宣传,"鼓吹他的伪科学、他的'咨询室'和他的著作"①。马娄将复杂的作品还原为作者无意识的简单映射,把充满偶然性的艺术归结为艺术家的自我表达问题,削弱了作品的艺术价值。正如皮尔逊预言,马娄"属于那种半吊子理论家,偏好对事物进行笼统的、平面化的、'有象征性'的解释,却不愿去承受面对一个独特的人类故事时的恐怖⋯⋯但是人是无限复杂的,复杂地令这一类解读难以说清"②。

马娄的后记表现了默多克对盛极一时的精神分析批评的戏仿。艺术作品虽源于艺术家无意识,但是远超个体无意识,具有更宏大的道德品质。③ 马娄以精神分析理论解读皮尔逊作品,看似避免个人意志,得出科学客观的结论,实则将个人意志隐藏在理论之后。他预设了皮尔逊是同性恋、受虐狂的结论,在故事里找寻只言片语支撑预设的结论。他有选择地挪用、扭曲皮尔逊的故事,对符合预设结论的意象和情节加以渲染,对不符合的部分只字不提。他不断强调自己专业知识的科学性,借助写作后记的机会宣传自己的文章和著作,建构虚假的马娄"医生"形象。

形式主义者朱莉安在后记中评价皮尔逊及其作品,将个人意志隐匿在理论之后。她拉开当下自我与过去自我的距离,否认皮尔逊故事中朱莉安形象的真实性,为自己的评论添上客观色彩。她避免

---

① Iris Murdoch, *The Black Prince*, London: Chatto & Windus, 1984, p. 461.
② Iris Murdoch, *The Black Prince*, London: Chatto & Windus, 1984, p. xiv.
③ Priscilla Martin and Anne Rowe, *Iris Murdoch: A Literary Life*, London: Palgrave Macmillan, 2010, p. 104.

讨论人物关系、力求使自己的评论显得客观。她否认皮尔逊的作者权威，批判作者的艺术观点，质疑作者的艺术家和批评家形象。她突出作品的虚构性，解构作品的真理，强调作品虽以事实为依据但已远离真实，"文学作品毕竟是文学作品"①。她陈述艺术观点、确立自己诗人地位，强调只有诗歌"含蓄"和"简洁"的形式才能显现真理。她主张艺术的策源地是冷静理性的真理，"用混合着最少的愉悦、最少的实用、最多的真实的形式"呈现。②朱莉安的后记看似客观地探讨艺术形式，实则借评论机会宣传自己的艺术观、塑造诗人形象。

朱莉安的后记表现了默多克对形式主义的戏谑。朱莉安对皮尔逊作品和艺术观的批判旨在确立自己的诗人地位。她否认作品的真实性、避免谈及皮尔逊及其家人的关系，既表明自己客观公正的立场，也为母亲开脱罪名。然而她论述的方式是矛盾的，她的记忆"要清楚就清楚，要模糊就模糊"③。默多克通过朱莉安的后记表达对形式主义的批评。朱莉安强调艺术作品形式至上，将作品还原为中性的形式和文字符号，否认了作品的道德品质。默多克认为形式是自我幻想的秩序，是个体意志的外在表现，艺术只有采取不完美的形式才能表现偶然性的现实。"艺术捕捉的真理是破碎的，小说的艺术形式是暂时的，小说了解形式的慰藉作用。"④

默多克认为"结构主义"视域下的自我概念以及中性化的读者是重构理解主体的误区。理论看似避免读者的主观臆断，然而理论本身是评论者自我幻想形式的外化。理论追求秩序和统一，源出于人类心

---

① Iris Murdoch, *The Black Prince*, London: Chatto & Windus, 1984, p. 357.
② Iris Murdoch, *The Black Prince*, London: Chatto & Windus, 1984, p. 359.
③ Iris Murdoch, *The Black Prince*, London: Chatto & Windus, 1984, p. 361.
④ Maria Antonaccio, "Form and Contingency in Iris Murdoch's Ethics", in Maria Antonaccio and William Schweiker, eds., *Iris Murdoch and the Search for Human Goodness*, Chicago: University of Chicago Press, 1996, p. 124.

理层面的需求，因为人们"畏惧多样性、扩散作用、无法感知的偶然、混乱"，因此读者借助理论"将我们无法统摄和理解的事物转化成确定的熟悉的事物"。①马娄和朱莉安借助理论隐匿自我意志，使理解活动成为自我宣传的平台。理论看似使读者自我中性化，但读者自我以另外一种形式显现出来。默多克强调理解活动中读者的道德判断不可避免、不可消除。重构理解主体要求读者自觉抵制时髦理论的诱惑，正视作品的独特性，确保批评的公正性和伦理性。

## 第三节 消除自我的读者：重构理解主体之路

默多克批判以上两种读者的自我主义，强调理想的读者具备辨识艺术道德品格的能力、正视作品独特性的意愿，自觉抵制时兴理论的诱惑②，"有智慧、有经验、不被理论遮挡视域"③。读者"以一种开明的方式进入小说，这种方式允许'将故事看作进入另一个世界的窗户'，回应作品中的人物就像他们是真的，对人物以及作者如何塑造人物展开道德评价"④。然而个体"大致是机械生物，被我们无法理解其本质的持续强烈的自私力量所奴役"⑤，无私与公正并非个体的本质属性。"我们完全被自我的幻想世界所围困，我们尝试着将外在的

---

① Iris Murdoch, *Metaphysics as a Guide to Morals*, New York: Penguin Books, 1993, pp. 1 – 2.
② Anne Rowe and Avril Horner, "Introduction: Art, Morals and 'The Discovery of Reality'", in Anne Rowe and Avril Horner, eds., *Iris Murdoch and Morality*, London: Palgrave Macmillan, 2010, p. 3.
③ Iris Murdoch, *Existentialists and Mystics: Writings on Philosophy and Literature*, Peter Conradi, ed., London: Chatto & Windus, 1997, p. 454.
④ Iris Murdoch, *Existentialists and Mystics: Writings on Philosophy and Literature*, Peter Conradi, ed., London: Chatto & Windus, 1997, p. 9.
⑤ Iris Murdoch, *The Sovereignty of Good*, London: Routledge & Kegan Paul, 1970, p. 99.

事物拉进来使它们成为我们梦幻的事物，而不是理解它们的真实性和独立性"，所以"幻想，是艺术的敌人，是真正想象的敌人"。① 因此，重构理解主体既要确保读者有能力对作品、作者和虚构人物做出道德判断，又要防范读者自我幻想的无限扩张。

　　重构理解主体要求重塑自我概念。默多克批判现代哲学刻画的被还原为普遍意志的自我，重塑具有丰富内在生命和实体性的自我。她指出，"我们的自我表述过于宏大，我们孤立自我、将自我与不真实的意志概念等同"②。默多克重塑的个体自我概念"不仅作为一种选择主体，同时也是一种带有神秘的丰富内质的存在，自身被道德世界包围"③。这种自我具备丰富的内在生命、坚实的内在经验，足以解释个体的行为动机。尽管这种自我的本质是碎片式的，但默多克宣称"我们所说的意识流的确……是一种坚实的东西"④。默多克的自我不同于笛卡尔式"统一自我"，不是"孤独的认知者"，而是浸润在道德世界的认知能力有限的存在；她的自我也不同于存在主义、经验主义、"结构主义"所论述的自我概念，它的丰富的内在生命没有被还原为孤独的意志或外在的选择。理解主体伴随着新的自我概念产生：具备坚实内在经验的理解主体具备认知能力和自我反思能力，对作品、作者、虚构人物乃至自身做出道德判断，同时以外在的道德世界和道德现实作为参照修正道德判断。在理解活动中，理解主体通过不断地消除自我以避免自我幻想的介入，正视文学作品的独特性。

　　消除自我是读者防止自我幻想扩张的有效方式。消除自我指主体的"意识经由关注外在世界与他者的现实，而非耽于自我幻想，最终

---

① Iris Murdoch, *Metaphysics as a Guide to Morals*, New York: Penguin Books, 1993, p. 216.
② Iris Murdoch, *The Sovereignty of Good*, London: Routledge & Kegan Paul, 1970, p. 47.
③ Maria Antonaccio, *Picturing the Human: The Moral Thought of Iris Murdoch*, New York: Oxford University Press, 2000, p. 45.
④ Iris Murdoch, *Metaphysics as a Guide to Morals*, New York: Penguin Books, 1993, pp. 172–173.

摆脱自我主义的渐进过程"①。消除自我指降低自我的分量，使他人的价值得到尊重和重现。② 消除自我包含意识的两种运动：意识从自我转向新的对象，同时自我被压制或消除；意识返回自我，自我之前的关切由于被置于更大的感知和灵魂场域而显得不再重要。③ 默多克为个体的消除自我提供了几种不同的方案：发现自然事物之美、进行智力思考、艺术作品的创作过程与体验过程等。对艺术作品的审美体验是读者实现消除自我的有效策略。"伟大的艺术因其独立性具有启发意义，它毫无目的、自我持存。"④ 艺术作品作为个体关注的对象，替代虚假的自我，使意识转向他者，因此读者对艺术作品的关注成为一种道德努力。⑤

伟大的艺术作品具有崇高特质，使读者意识从自我转向艺术作品，实现消除自我。默多克将康德的崇高概念从自然界引入审美领域，从审美领域引入道德领域，打通了自然美和艺术美、美学和道德的隔阂。她认为个体面对阿尔卑斯山时的崇高感受，即"想象力与理性之间相互冲突的体验"，与行为者面对道德责任的痛苦（Achtung）体验，以及读者面对伟大艺术作品的审美体验是相通的。⑥ 崇高、痛苦和审美情感都和性相关，所以自然、艺术与道德之间具有相似性。读者面对艺术作品将体验到一种混合的情感："一方面我们因为想象力无法把捉面前事物体验苦恼；另一方面我们的意识感受到绝对自然

---

① Maria Antonaccio, *Picturing the Human: The Moral Thought of Iris Murdoch*, New York: Oxford University Press, 2000, p. 191.
② 刘晓华：《失落与回归：人的本质视域下的默多克小说研究》，南开大学出版社2014年版，第107页。
③ Maria Antonaccio, *Picturing the Human: The Moral Thought of Iris Murdoch*, New York: Oxford University Press, 2000, pp. 135 – 136.
④ Iris Murdoch, *Metaphysics as a Guide to Morals*, New York: Penguin Books, 1993, p. 8.
⑤ Heather Widdows, *The Moral Vision of Iris Murdoch*, Aldershot: Ashgate, 2005, p. 126.
⑥ Iris Murdoch, *Existentialists and Mystics: Writings on Philosophy and Literature*, Peter Conradi, ed., London: Chatto & Windus, 1997, pp. 261 – 263.

及其突破理性控制的方式，体验狂喜状态。"[1] 康德强调经过崇高体验，想象力与理性联手能够建立起强大的主体[2]，而默多克认为对艺术作品的崇高体验帮助读者消除自我，实现理解主体的重构。

在创作和审美过程中作者和读者都参与了消除自我过程。《黑王子》中皮尔逊的前言与后记演绎了读者在理解活动中消除自我的过程，展示了重构理解主体的可能。皮尔逊后记中的理解活动开启重构理解主体之路。在理解活动中他对自我形象的认知更清晰了。他没完全否定或肯定作品的真实性和艺术价值，没有在审美中寻求虚假慰藉。他意识到作品既包含着真实事件也包含主观臆想。"我曾在法庭上讲过一定程度的实情，但我当时的搪塞之词和谎言太多，以至于人们忽略了它的可信度。"[3] 他坦言语言无法准确描述现实。"我发现它远远没有表达出我的想法。也许除了天才，没有人能够娴熟地驾驭语言。"[4] 他承认读者在阅读开始前就已经形成潜在评价。"在审判开始之前，所有的人……都已经对这个案子做出了自己的判定，于我不利的事实铁证如山。"[5] 他意识到自己塑造的艺术家形象的虚妄，"我看到了以前的自己：一个并非完美且心怀怨恨的懦夫"[6]。他主动接受社会强加的囚徒形象。"人们强行提供给我一种新的生活模式，我倒很想去体验一番。"皮尔逊接受强加的形象，既是被动妥协也是主动选择。他发现自己对朱莉安的爱是对艺术的爱，他所执迷的不是活生生的朱莉安而是她的艺术形象。"我同时感受着她的绝对存在和绝对不存在……这是我给她的礼物，也是我对她的拥有。"[7]

---

[1] Iris Murdoch, *Existentialists and Mystics: Writings on Philosophy and Literature*, Peter Conradi, ed., London: Chatto & Windus, 1997, p. 208.
[2] 陈榕：《西方文论关键词：崇高》，《外国文学》2016 年第 6 期。
[3] Iris Murdoch, *The Black Prince*, London: Chatto & Windus, 1984, p. 331.
[4] Iris Murdoch, *The Black Prince*, London: Chatto & Windus, 1984, p. xviii.
[5] Iris Murdoch, *The Black Prince*, London: Chatto & Windus, 1984, p. 331.
[6] Iris Murdoch, *The Black Prince*, London: Chatto & Windus, 1984, p. 331.
[7] Iris Murdoch, *The Black Prince*, London: Chatto & Windus, 1984, p. 336.

## 第四章　读者的自我重构：默多克文学创作思想中的阅读伦理

虚构的编辑罗克西亚斯确保了皮尔逊故事的真实性。[1] 罗氏与皮尔逊之间"施虐—受虐"的关系使皮尔逊故事既真实又不可靠。他见证了皮尔逊的创作过程，编辑整理皮尔逊以及其他虚构人物的手稿，写下前言和后记。罗氏没有亲身经历真实事件，对故事的评价较少，仅指出"它写的都是关于爱情的故事"[2]。罗氏关于四篇后记的点评戳穿了四位读者的自我主义。"这些人其实是在演戏……同在意料之中的是谎言……都在为自己做广告。"[3] 他指责马娄的伪科学、谴责克里斯蒂安的自我宣传、揭露蕾切尔的谎言、反驳朱莉安的艺术观，支持皮尔逊及其作品。但他并非事件的参与者或旁观者，对皮尔逊故事的盲目信任不可靠。默多克指出罗氏是艺术和艺术家之神阿波罗，"一个可怕的凶手和强奸犯，而不是一个冷静的理性人物"[4]。在画作《被剥皮的玛尔叙阿斯》中，被剥皮者和剥皮者在痛苦中享受消除自我的狂喜。玛尔叙阿斯经由剥皮显现了真正自我，面带狂喜；阿波罗经由剥皮认识到他者的现实，态度虔诚。画面静止，剥皮状态凝固在画布上；动作从未停止，剥皮始终未完成，消除自我始终在进行。罗氏和皮尔逊之间也是相互消除自我的过程。罗氏说自己既是皮尔逊的"弄臣"，也是"判官"。作为判官，他在创作过程中剥除皮尔逊的虚伪自我；作为弄臣，他面对皮尔逊的作品，经历被剥皮的过程。

默多克重塑自我概念，使其包含丰富的内在生命和实体意识。这种新的自我形成消除自我的读者，读者感受作品的崇高特质、回应作者和作品的独特性，与作者、作品和虚构人物展开对话，做出道德判断。《黑王子》中每个"读者"都受难，都接受"审判"，但是只有

---

[1] David J. Gordon, *Iris Murdoch's Fables of Unselfing*, Columbia and London: University of Missouri Press, 1995, p. 56.
[2] Iris Murdoch, *The Black Prince*, London: Chatto & Windus, 1984, p. ix.
[3] Iris Murdoch, *The Black Prince*, London: Chatto & Windus, 1984, p. 361.
[4] Valerie Purton, *An Iris Murdoch Chronology*, London: Palgrave Macmillan, 2007, p. 166.

布拉德利的受难与消除自我相关。① 罗氏的"判官"和"弄臣"身份既肯定又悬置了皮尔逊的故事及其消除自我过程。

# 结　　语

默多克强调读者在理解活动中的主体地位，主张读者主观上对作品、作者和虚构人物的道德判断不可避免也不可清除，同时警惕读者在理解活动中寻求虚假慰藉的倾向。"文学的消费包含持续的（通常是本能的）价值。"② 小说《黑王子》作为默多克"深切思考艺术自身及其与人类行为和发展关系"③ 的虚构宣言，演绎了默多克重构理解主体的文学尝试。皮尔逊在审美活动中实现了消除自我，与作者、作品和虚构人物展开对话并产生公正的道德判断。四位虚构人物的后记看似解构实则肯定了皮尔逊的叙事④，罗氏的后记既确保了又悬置了皮尔逊叙事的真实性。小说中五篇后记之间的互文性构成了对话机制，"五个对话的歧义性决定了积极和消极型自我中心主义的存在"，而通过爱和善"超越自我并不否定歧义的绝对存在，只是歧义不再具有敌对性"。⑤

默多克重构作为理解主体的读者旨在强调文学阅读的道德品性。反思现代哲学的虚假自我概念是默多克重构理解主体的哲学起点。现

---

① Priscilla Martin and Anne Rowe, *Iris Murdoch: A Literary Life*, London: Palgrave Macmillan, 2010, p. 101.
② Iris Murdoch, *Metaphysics as a Guide to Morals*, New York: Penguin Books, 1993, p. 190.
③ Dippie Elizabeth, *Iris Murdoch: Work for the Spirit*, London: Methuen, 1982, p. 116.
④ David J. Gordon, *Iris Murdoch's Fables of Unselfing*, Columbia and London: University of Missouri Press, 1995, p. 56.
⑤ 宋建福：《自由话语背后的真实与歧义——评〈黑王子〉叙事结构的言说功能》，《外国语》2012 年第 1 期。

代哲学所刻画的虚假自我具体化为以自我为中心的读者。存在主义和经验主义的自我概念形成自我主义凸显的读者；结构主义的自我概念形成以理论实现自我中性化的读者。这两种读者的共同问题在于剥离了文学阅读的道德品性。学者杰西·乔丹指出，默多克对现代哲学自我概念的批判和重塑，构成了默多克独特的现代自我谱系，通过颠覆虚假的自我，重构具有内在生命的自我，进而回归柏拉图伦理思想为新的自我概念提供道德场域。[1] 默多克对读者主体的关注也具有这样的自我谱系：通过否定自我中心主义的读者和自我中性化的读者，重构理解主体，重建读者与文本的道德关系。默多克因此将文学阅读与读者的道德训练联系起来。

---

[1] Jessy E. G. Jordan, *Iris Murdoch's Genealogy of the Modern Self: Retrieving Consciousness Beyond the Linguistic Turn*, Waco: Baylor University Press, 2008, pp. 7 – 12.

# 第二部分

## 文学实践的道德性：
## 默多克哲学思想的文学演绎

## 第五章

# 逃离洞穴：
# 《黑王子》中的创伤书写

## 引　言

作为布莱克纪念奖的获奖作品，出版于1973年的小说《黑王子》（*The Black Prince*）是默多克创作成熟期的代表作品之一，展示了她在文学创作和人气方面的成功，也最明确地体现了默多克的小说理论。虽然默多克不拘泥于现代小说的原则，坚持使用传统的写作技巧来阐释现代社会中的重要问题，但是在小说《黑王子》中，她采用一种实验性的叙事结构。小说的框架建立在叙事作品"布拉德利·皮尔逊的故事"之上，这个故事是布拉德利在监狱中完成的一部回忆录。小说中的男性叙述者布拉德利是一名58岁的公务员，他自认为是一名作家，却几乎没有出版过什么作品。为了实现写一部关于艺术和爱情的伟大文学作品的雄心，他准备离开伦敦，找一个安静的地方专心致志于写作。来自他的老朋友也是他的劲敌，一位多产且著名的作家，阿诺尔德·巴芬的电话中断了他的出行准备。布拉德利匆忙赶至朋友家，发现阿诺尔德的妻子蕾切尔被阿诺尔德家暴。此外，布拉德利出发的计划不断地被别人打断：他前妻的弟弟弗朗西斯·马娄是一个同性恋、庸医、精神病学家，他上门告知，布拉德利的前妻克里斯蒂安刚刚失去她的第二任丈夫并且从美国归来；他的妹妹普丽西娜在一场毁灭性的婚姻中被抛弃并想服药自尽；阿诺尔德20岁的女儿朱莉安向他寻求文学鉴赏和创作的指导。故事的转折发生在布拉德利疯狂地爱上了朱莉安，这"突如其来的、压倒性的爱情经历"[1]完全改变了他的世界观。他对朱莉安的爱赋予他一种新的社会开放性。他开始接受前同事哈特伯恩的进餐邀请；他承认对阿诺尔德作品的不公正态度，并预订了阿诺尔德所有的作品，以便谦和、不带偏见地阅读这些书；他甚至对他最讨厌的熟人们——他的妻弟、普丽西娜的丈夫罗杰和他的情人玛丽戈尔德——表示友好。在他带着朱莉安私奔的途中，朱莉安在得知普丽西娜的死讯和布拉德利的真实年龄之后，不告而别，他们的爱情也随之戛然而止。在小说的结尾，布拉德利接到来自蕾切尔的另一通电话，说自己用烧火钳杀害了丈夫。布拉德利急匆匆地跑过去安慰她，并帮她洗干净烧火钳。不久，布拉德利被指控谋杀阿诺尔德，他留在烧火钳上的指纹成为确凿证据。布拉德利因此被判终身监禁，他在监狱中写下这部回忆录。随后，故事中的人物被邀请阅读和评论布拉德利的手稿，其中包括弗朗西斯、克里斯蒂安、蕾切尔和朱莉安。他们在后记中从不同视角对布拉德利的故事进行复述、再解读甚至颠覆。在这部小说中，默多克以家庭矛盾为前景，社会环境为背景，以时间回溯的方式刻画了布拉德利、普丽西娜和弗朗西斯三个主要人物，揭示了给他们带来创伤体验的家庭内部原因和社会外部原因，也展示了他们创伤的表征和自我疗愈的尝试。

目前，国内外学界对《黑王子》的研究主要包括三个类别：首先

---

[1] A. S. Byatt, *Degrees of Freedom: Early Novels of Iris Murdoch*, London: Vintage, 1994, p. 269.

是从伦理的角度分析作品中的人物塑造以及其中隐含的默多克的道德伦理思想，如善、厄洛斯、艺术与真理等。迪普分析了《黑王子》中艺术的概念。[①] 霍普伍德从柏拉图的厄洛斯解释了默多克关于爱的观点，即默多克认为爱是导向善和特殊个体的。此外，霍普伍德还指出默多克爱的观点中最重要的方面就是它的含混性。[②] 范岭梅从自我的角度分析了主题厄洛斯，认为"无我"的过程由爱开启，在个体学会注视自我以外的他者之后，就会更接近善。[③] 作为默多克研究的热点方向，研究者们从道德伦理方向深度地剖析了默多克小说中所揭示如何理解善、如何实现善等的思想。然而，现有研究多关注人物的道德层面问题，对于人物身体层面出现的问题没有给予足够关注。

其次是从叙事角度展开的研究，着重分析小说的叙事风格和特点，尤其是默多克后期的写作手法趋于成熟，并且在语言和结构方面进行了实验性写作，这些都给了研究者们更多的研究空间。通过分析对默多克在塑造布拉德利·皮尔逊时使用的方法，布朗揭露了作者构建过去真实的方法。[④] 杜利也探讨了《黑王子》中的以第一人称为叙事视角的意义。[⑤] 卡巴拉伊通过分析《黑王子》的元小说范式，认为元小说的碎片化形式反映了现实的复杂性，而元小说也是小说的完美道德形式。[⑥] 左景丽分析了小说中的戏仿和元小说的艺术手法，认为

---

[①] Dipple Elizabeth, *Iris Murdoch: Work for the Spirit*, London: Methuen, 1982, pp. 80 – 132.

[②] Mark Hopwood, "'The Extremely Difficult Realization That Something Other Than Oneself Is Real': Iris Murdoch on Love and Moral Agency", *European Journal of Philosophy*, Vol. 26, No. 1, 2018, pp. 477 – 501.

[③] 范岭梅：《默多克小说〈黑王子〉的爱欲主题探究》，《外国文学评论》2012 年第 2 期。

[④] Nicol Bran, *Iris Murdoch: The Retrospective Fiction*, London: Palgrave MacMillan, 2004, pp. 64 – 107.

[⑤] Gillian Dooley, ed., *From a Tiny Corner in the House of Fiction: Conversations with Iris Murdoch*, Columbia: University of South Carolina Press, 2003, p. 134.

[⑥] Sara Soleimani Karbalaei, "Iris Murdoch's *The Black Prince*: A Valorization of Metafiction as a Virtuous Aesthetic Practice", *Brno Studies in English*, Vol. 40, No. 2, 2014, pp. 91 – 107.

作者以此打破传统的壁垒并展示现实的多样性。① 作为默多克研究的经典方向，叙事研究通常探讨默多克是如何实现自己的艺术观点，或者她是属于现实主义阵营还是后现代主义阵营的。

最后，随着女性主义理论的发展，从女性主义角度展开的研究有增多的趋势。黛博拉研究了女性身份对默多克写作的影响。② 格里姆肖分析了默多克小说中的性别与权力的关系，尤其是同性恋和双性恋等边缘群体。③ 加西亚-阿韦洛分析了男性叙述者们和女性作家之间的张力，认为性别的不同暗示视角的差异和知识输出方式的不一致。④ 王桃花等人则是从女性意识分析了《黑王子》中三位女性的婚姻观，认为这一观念受到教育程度和经济状况的影响，而更深层次的影响这两个条件的是社会阶层，即女性婚姻观受到社会阶层的影响。⑤ 从国外的研究来看，研究者们通常关注默多克的女性身份是如何影响她的创作和视角的，以及她对性别与权力的思考，对性少数群体的关切。相反，国内的研究多关注作品内的女性人物，侧重分析她们的自我意识和婚姻状况，揭示女性的真实生活状态。

在目前的研究中，从创伤的视角解读《黑王子》中个体的困境和自我救赎的研究还鲜涉及。创伤事件被分为两类："如果是大自然的力量，我们称作天灾；如果是人为的，我们叫它暴行。"⑥ 暴行是人们

---

① 左景丽：《试析小说〈黑王子〉的戏仿和元小说艺术手法》，《作家》2012年第24期。

② Johnson Deborah, *Iris Murdoch*, Brighton: Harvester Press, 1987.

③ Tammy Grimshaw, *Sexuality, Gender, and Power in Iris Murdoch's Fiction*, Teaneck: Fairleigh Dickinson University Press, 2005, pp. 17 – 23.

④ Macarena García – Avello, "Re/Examining Gender Matters in Iris Murdoch's *The Black Prince*", *Critique: Studies in Contemporary Fiction*, Vol. 60, No. 5, 2019, pp. 551 – 562.

⑤ 王桃花、程彤歆：《论〈黑王子〉中的女性意识及婚姻观》，《长春大学学报》2019年第29期。

⑥ [美]朱迪斯·赫尔曼：《创伤与复原》，施宏达、陈文琪译，机械工业出版社2015年版，第29页。

## 第五章 逃离洞穴：《黑王子》中的创伤书写

故意为之的，会导致最严重且最具"压倒性"[1]的结果。除了这两种类型，鲁特提出，如果人类长时间处于一种消极环境中，他们也可能遭受创伤，"它通常与个人的社会地位被贬低有关，因为他们身份的内在特征与当权者的价值不同，例如，性别、肤色、性取向、身体能力"[2]。这种创伤被鲁特称为隐蔽创伤。创伤事件会破坏受害者"对自我和世界的内在图式"[3]，这一图式"包含了个体过去经历的详细信息，和对未来事件的假设与期待"[4]。本章以创伤为理论框架，分析《黑王子》中人物因为诸如自私、偏见和爱无能等伦理问题而面临的家庭和社会困境，以及默多克对于爱和艺术能够治愈创伤的伦理思想。

在默多克的道德哲学体系和小说作品中，爱始终是个体获得改变的突破点，爱能够"激发极度自私与压抑的暴力……能够促进无我的过程，爱使人学会看见、珍惜和尊重自我之外的事物"[5]。在《黑王子》中，爱也依然发挥着救赎的作用，帮助人们走出创伤的阴影，看到自我之外的他者。默多克对个体和集体，道德伦理和社会的理解使作品呈现出"一种对何为人类的有效且复杂的洞察"[6]。一个完整的人类是"对自然无我的注视的产物。这是种容易说到却难以做

---

[1] Cathy Caruth, *Unclaimed Experience: Trauma, Narrative, and History*, London: The Johns Hopkins University Press, 1996, p. 11.

[2] Maria Root, "Reconstructing the Impact of Trauma on Personality", in Laura S. Brown and Mary Ballou, eds., *Personality and Psychopathology: Feminist Reappraisals*, New York: The Guilford Press, 1992, p. 240.

[3] [美] 朱迪斯·赫尔曼:《创伤与复原》，施宏达、陈文琪译，机械工业出版社2015年版，第47页。

[4] Mark Creamer, "A Cognitive Processing Formulation of Posttrauma Reactions", in Rolf J. Kleber, Charles R. Figley and Berthold P. R. Gersons, eds., *Beyond Trauma: Cultural and Societal Dynamics*, New York: Plenum Press, 1995, p. 56.

[5] Iris Murdoch, *Metaphysics as a Guide to Morals*, New York: Penguin Books, 1993, p. 30.

[6] Peter Conradi and John Bayley, *The Saint and the Artist: A Study of the Fiction of Iris Murdoch*, London: HarperCollins Publishers, 2001, p. 94.

到的事情"①。在默多克的年代,战争频发和科技的快速发展给自然和人类带去极大的伤害。自我中心主义和无爱成为两个游荡的吸血鬼,伺机将受害者困在过去。"爱是极难实现的意识,这意味着非我的他人是真实的。爱还有艺术与道德是对现实的发现。"② 爱开启了认清现实和关注他人的过程,同时真理通过艺术传递,最终个体的救赎得以实现。

## 第一节 遮蔽:创伤的起源

创伤症状通常表现为具有普遍性的身体行为和具有特殊性的心理特征。如卡鲁思所言:"创伤被描述为对意料之外的,或具有压倒性的事件的反应,事件发生时未被完全理解,过后以闪回、噩梦和其他重复性现象回归。"③ 在创伤小说中,重复不仅仅是创伤症状的一个特征,还是一个讨论命运的主题。除了重复,赫尔曼也谈及"创伤事件的显著特征是激起无助感与恐惧感的力量",而"心理创伤的痛苦源于无力感"。④ 无论身体创伤还是心理创伤,对人类的伤害都最终影响他们的精神,并表现为行为失常。赫尔曼将创伤症状归为三大类,即过度警觉、记忆侵扰和禁闭畏缩。这些症状彼此纠结,且具有"摆荡于两端的律动"⑤。"虽然在大多数情况下,一些受创的人似乎能够将

---

① Peter Conradi and John Bayley, *The Saint and the Artist*: *A Study of the Fiction of Iris Murdoch*, London: HarperCollins Publishers, 2001, p. 99.
② Iris Murdoch, *Existentialists and Mystics*: *Writings on Philosophy and Literature*, London: Chatto & Windus, 1997, p. 215.
③ Cathy Caruth, *Unclaimed Experience*: *Trauma, Narrative, and History*, London: The Johns Hopkins University Press, 1996, p. 91.
④ [美]朱迪斯·赫尔曼:《创伤与复原》,施宏达、陈文琪译,机械工业出版社2015年版,第29—30页。
⑤ [美]朱迪斯·赫尔曼:《创伤与复原》,施宏达、陈文琪译,机械工业出版社2015年版,第43页。

第五章　逃离洞穴:《黑王子》中的创伤书写 ✻ 111

日常功能恢复到创伤前,但每个人都带有他或她的经历的特征,假设这一特征与安全层面有关",比如"对亲密、持久性和信任具有困难"。① 同时由于创伤的"延迟性"②,这一特征将会成为受害者融入社会与家庭的困难,就如时不时侵入生活的梦魇,对他们造成第二次伤害。因此,治愈创伤需要大量的人力、医疗支持和持续的努力。

在医学家们提出为了"宣泄创伤记忆,以及随之而来的恐惧,愤怒和悲痛的情绪"的"谈话疗法"③,以及为了让病人符合传统的期待,摆脱"道德残障者"而进行的"电击疗法"④ 之后,赫尔曼提出了复原的三个阶段:安全环境的建立,回忆与哀悼,重建联系。这三个阶段都与"人"重叠,因此"复原只能在患者拥有人际关系的情况下进行,不可能在隔绝中进行"⑤。在受害者的生存与治疗过程中,"他人的支持反应可能足以减轻事件的冲击"⑥,同时"最亲近的那些人的态度是最重要的"⑦。这也解释了为何一直以来创伤受害者难以获得完全疗愈的问题。因为患者的不确定性,复原过程经常会停滞,甚至中止,所以这需要周围亲人强大的爱与忍耐以及受害者本人的主动性。

对个体而言,最早的创伤经历源于家庭内部,且是由照顾者(通

---

① Maria Root, "Reconstructing the Impact of Trauma on Personality", in Laura S. Brown and Mary Ballou, eds., *Personality and Psychopathology: Feminist Reappraisals*, New York: The Guilford Press, 1992, p. 260.
② Cathy Caruth, *Unclaimed Experience: Trauma, Narrative, and History*, London: The Johns Hopkins University Press, 1996, p. 92.
③ [美]朱迪斯·赫尔曼:《创伤与复原》,施宏达、陈文琪译,机械工业出版社2015年版,第21页。
④ [美]朱迪斯·赫尔曼:《创伤与复原》,施宏达、陈文琪译,机械工业出版社2015年版,第16页。
⑤ [美]朱迪斯·赫尔曼:《创伤与复原》,施宏达、陈文琪译,机械工业出版社2015年版,第124页。
⑥ [美]朱迪斯·赫尔曼:《创伤与复原》,施宏达、陈文琪译,机械工业出版社2015年版,第57页。
⑦ [美]朱迪斯·赫尔曼:《创伤与复原》,施宏达、陈文琪译,机械工业出版社2015年版,第61页。

常为父母）所造成的。它可以被分为情感虐待和身体虐待，包括去除依恋、忽略、语言暴力等。在《黑王子》中，默多克更加具象化了家庭创伤，比如糟糕的父母关系，对孩子的忽视，乃至对身体的暴力等。其中作者也涉及了家庭范围内的代际创伤和少数群体的集体创伤。政治、文化和价值观等的社会外部环境也能成为创伤的来源。这类创伤被称为隐蔽的创伤，包括三种类型"民族主义、反闪米特主义、贫穷和年龄主义"等；代际间传递创伤；身体健康突然急剧恶化。① "一个人在某个文化中成长，而这个文化教会他或她以一种特定方式认知、思考和评价。"② "这些文化影响力在人们的社会化过程中被内化，并且塑造了他或她面对极端和不可预测事件的反应模式。"③ 这意味着，这些影响了受害者家庭运转方式的背景性因素也将在潜移默化间影响受害者本人，直至致使受害者进入社会后再次经历创伤。虽然默多克并未直接表明作品中的社会背景，但她在人物的言谈间涉及了社会现状。这种间接的描写方式更能恰如其分地体现作者的洞察力，即社会等因素对人们造成的难以察觉的影响和伤害。

默多克既揭示了社会中对少数群体的僵化观点和歧视，又揭露了家庭内部道德伦理缺失造成的伤口。一方面，默多克关注个体，具象化造成创伤的事件；另一方面，她揭露了宗教教条和道德僵化对塑造自我身份和形象施加的压力。小说描写了人物创伤的直接原因，即失责的父母，冷漠的家庭关系和失常的道德伦理，也揭示了

---

① Maria Root, "Reconstructing the Impact of Trauma on Personality", in Laura S. Brown and Mary Ballou, eds., *Personality and Psychopathology: Feminist Reappraisals*, New York: The Guilford Press, 1992, p. 260.

② Rolf J. Kleber, Charles R. Figley and Berthold P. R. Gersons, "Introduction", in Rolf J. Kleber, Charles R. Figley and Berthold P. R. Gersons, eds., *Beyond Trauma: Cultural and Societal Dynamics*, New York: Plenum Press, 1995, p. 4.

③ Rolf J. Kleber, Charles R. Figley and Berthold P. R. Gersons, "Introduction", in Rolf J. Kleber, Charles R. Figley and Berthold P. R. Gersons, eds., *Beyond Trauma: Cultural and Societal Dynamics*, New York: Plenum Press, 1995, p. 4.

第五章　逃离洞穴：《黑王子》中的创伤书写　❋　113

创伤的根本原因，即僵化的文化和伦理环境腐蚀了人们爱与被爱的能力。

贫穷的家庭和亲人间的冷漠与忽略使得布拉德利不相信善能够战胜困境，因为"对人类而言，被呵护照顾的最初经验将使他们有能力面对并展望所处的世界，也使他们有可能相信这是一个会善待自己的世界"①。他的父亲胆小怕事，"讨厌自己妻子的'俗不可耐'，痛恨'社交界'"②，却对此无能为力，只能"避免惹怒我（布拉德利）的母亲"③。对于父亲的这种痛恨，布拉德利认为是"缺乏教育"，"他害怕犯一些丢面子的错误"。④ 这种对市侩的痛恨和对教育缺乏的焦虑也被布拉德利"承袭了"⑤。父亲的创伤在他无意识的日常生活行为中传递给了布拉德利，这种创伤被亚伯拉罕和托罗克称为"代际间幽灵"，即代际创伤。他的母亲则埋怨丈夫无能，同时寄希望于普丽西娜能够通过婚姻实现阶级跨越。为此母亲将所有精力都投放在女儿的身上，她们"采取了'发动一场战役'的谋略"⑥，参加各种社交活动和安排社交季节。布拉德利对她们费尽心思打入上流社交圈的所作所为感到"痛苦和羞耻"，"害怕有人发觉我的母亲是一个可笑可悲又一事无成的势利小人"⑦。父母的情感忽略使得布拉德利对家

---

① ［美］朱迪斯·赫尔曼：《创伤与复原》，施宏达、陈文琪译，机械工业出版社2015年版，第48页。
② ［英］艾丽丝·默多克：《黑王子》，萧安溥、李郊译，上海译文出版社2016年版，第73页。
③ ［英］艾丽丝·默多克：《黑王子》，萧安溥、李郊译，上海译文出版社2016年版，第74页。
④ ［英］艾丽丝·默多克：《黑王子》，萧安溥、李郊译，上海译文出版社2016年版，第74页。
⑤ ［英］艾丽丝·默多克：《黑王子》，萧安溥、李郊译，上海译文出版社2016年版，第74页。
⑥ ［英］艾丽丝·默多克：《黑王子》，萧安溥、李郊译，上海译文出版社2016年版，第58页。
⑦ ［英］艾丽丝·默多克：《黑王子》，萧安溥、李郊译，上海译文出版社2016年版，第74页。

庭成员缺乏依恋和温情，同时他们的创伤也在无意识中传递给了布拉德利。

作为一名男性，布拉德利却缺少西方社会所期待的男性气质。人类生物学上的性别在尚为胚胎之时就已经被决定了，而社会学意义上的性别则由社会建构，其中接受度较广的是性角色理论。它强调"作为一个男人或女人就意味着扮演人们对某一性别的一整套期望，即性角色"[①]。掌权者从身体外貌、收入、社会地位和受教育程度等不同方面对两性提出了相异的标准，当这种标准被内化为社会的共识，并且当社会活动的参与者都以这个共识来评价自我和他者的时候，处于标准之下的人会因不达标而自我焦虑，而他者的评判和彼此的对比也带来负面的情感体验。"男性气质和女性气质定义宽松，不同历史时期皆不相同"[②]，总体而言，对男性气质偏向阳刚，是力量、权力意志和荣誉的形象。作为"贬抑的个体"，其"身份本质特征与当权者所尊崇的东西有着天壤之别"[③]，而在长期感受到这个天壤之别的过程中，个体也就遭受了隐蔽创伤。

理想和现实之间的巨大鸿沟令布拉德利长期处于消极的环境中，最终成为他的创伤来源。技术进步让书籍走向平民化，教育改革则创造了更多的读者，社会对阅读的需求前所未有地高涨。相比于《忏悔录》之类的经典作品，注重娱乐性和消遣性的通俗文学更能吸引读者的注意和喜爱，书籍销售原本的文化导向逐渐被市场导向

---

① 方刚：《当代西方男性气质理论概述》，《国外社会科学》2006年第4期。
② Judith Kegan Gardiner, "Men, Masculinities, and Feminist Theory", in Michael Kimmel, Jeff Hearn and Raewyn W. Connell, eds., *Handbook of Studies on Men and Masculinities*, Newbury Park: Sage Publications, 2005, p. 35.
③ Maria Root, "Reconstructing the Impact of Trauma on Personality", in Laura S. Brown and Mary Ballou, eds., *Personality and Psychopathology: Feminist Reappraisals*, New York: The Guilford Press, 1992, p. 240.

取代。① 阿诺尔德的作品来源于生活，通俗且畅销，布拉德利则坚持自己的艺术观，认为生活和艺术必须严格地区分开。② 在默多克看来，20 世纪存在的两种小说形式，"要么是一种小的类似寓言的形式，描绘了人类的状况，但不包含 19 世纪意义上的'人物'"，或者是"一种大而无形的、类似纪录片的形式，19 世纪小说的退化版本"③，也就是水晶体式小说和报刊体式小说。这两种小说都不能充分地刻画人物的个性，是布拉德利大加鞭挞的阿诺尔德式的小说。因此对于阿诺尔德的通俗文学作品，布拉德利称其为"工业"，并讽刺说"阿诺尔德的勤奋我很佩服"④。这句话中的"industry"有两重含义，首先是工业，指依靠技术实现量产。阿多诺等人曾提出"文化工业"的概念，即"依靠现代科技手段大规模复制传统文化产品的娱乐工业体系"⑤，用以鞭挞这种产品。其次是勤奋，努力做事，但阿诺尔德"写得很轻松，每年出一部迎合大众口味的作品"⑥。换言之，阿诺尔德并不需要勤奋的写作，因此第二个解释说不通。对 industry 的使用是布拉德利为了嘲讽阿诺尔德之流的作家和他们的作品缺乏艺术性，是毫无美感和意义的工业流水线产品。这类作品"破坏了文艺作品的反叛性"⑦，缺乏对社会现实的深度刻画以及原本的否定性与批判性，

---

① 盛小弟：《20 世纪早期大众文化语境下的英国文学与出版》，《出版广角》2020 年第 17 期。

② [英] 艾丽丝·默多克：《黑王子》，萧安溥、李郊译，上海译文出版社 2016 年版，第 221 页。

③ Iris Murdoch, *Existentialists and Mystics: Writings on Philosophy and Literature*, London: Chatto & Windus, 1997, p.291.

④ [英] 艾丽丝·默多克：《黑王子》，萧安溥、李郊译，上海译文出版社 2016 年版，第 14 页。

⑤ 范希春：《论法兰克福学派文化批判理论》，《山东师大学报》（社会科学版）2000 年第 6 期。

⑥ [英] 艾丽丝·默多克：《黑王子》，萧安溥、李郊译，上海译文出版社 2016 年版，第 13 页。

⑦ 范希春：《论法兰克福学派文化批判理论》，《山东师大学报》（社会科学版）2000 年第 6 期。

它无法帮助读者进行反思，提高认知和审美能力。然而这种作品却取得了读者的认可和喜爱，作家也获得了成功和财富。布拉德利虽然一直自认为高阿诺尔德一筹，但是后者获得了市场的认可，而布拉德利本人仅出版了三本不知名的作品。这种理想和现实的落差伤害了布拉德利的心理和情感，成为他难以言说的心理创伤。

　　布拉德利生活在马尔库塞所言的工业文明阶段，这一阶段生产能力的提高和各类资源的极大丰富本应让人类获得自由，但现实是它让个体"牺牲了他的时间、意识和愿望；让文明牺牲了它向大家许诺的自由、正义和和平"①。"琳琅满目的商品和现代化的娱乐方式使他们忙忙碌碌，削弱了自我的思考能力，对剩余价值的压榨则使他们无暇进行深度的自我交流。"② 在消费文化大行其道的环境下，布拉德利这一人物所表现的是"一个以超越他的价值观和现实为背景的人"③。他面临的是发达工业文明带来的生产力发展，和被形形色色商品迷惑了双眼失去判断能力的消费者的现状，所以他评价阿诺尔德的作品为"他的工业"。除此之外，他还处在一个"概念普遍缺失，道德和政治概念缺失"④的时代，对一个有理想的作者而言，最痛苦的莫过于真理的失落。可以说布拉德利的形象代表了在与这种娱乐消费文明做斗争的作家群像，由此带来的自我期望与现实的对比几乎将他撕裂。

　　通过书写布拉德利的创伤来源，默多克揭露了家庭内的情感缺失和社会中的危机，表达了她对人类的担忧。在工业文明发达的年代，作者以冷静的头脑和极具敏锐的洞察力发觉了繁荣背后所隐藏的道德概念遗失的问题：以禁欲逃避现实和责任的父亲；只关注金钱的母

---

① Herbert Marcuse, *Eros and Civilisation*, Boston: Beacon Press, 1974, pp. 100 – 101.
② Herbert Marcuse, *Eros and Civilisation*, Boston: Beacon Press, 1974, p. 100.
③ Iris Murdoch, *Existentialists and Mystics: Writings on Philosophy and Literature*, London: Chatto & Windus, 1997, p. 290.
④ Iris Murdoch, *Existentialists and Mystics: Writings on Philosophy and Literature*, London: Chatto & Windus, 1997, p. 290.

亲；对大众文化的偏爱导致"水晶体式"和"报刊体式"的小说大行其道，削弱了文学作品对哲学教诲性不足的弥补作用。默多克重视刻画人物的个体性，但也超越了对人物个体的关注，将关注点提到社会和文学界的高度。然而工业文明带来的不全是文明，它也凸显了文明之下对女性和少数群体的伤害。

通过对普丽西娜创伤事件的书写，默多克展示了女性的真实生活和她们经历的性别压迫。在默多克生活的年代，女性地位似乎在不断地改善。两次声势浩大的女性主义运动昭示了女性的社会地位、自我认知和外部大环境的改变，她们提出的诸如受教育权、财产权和选举权等体现主体性的诉求也得到了满足。越来越多的女性也加入到就业市场中，靠自己的双手获得工资。解放妇女运动在如火如荼地进行着，然而默多克仍认为在20世纪，"（英国）的社会结构与19世纪相比，更加缺少趣味性和活力"[1]，社会对女性的普遍要求依然是成为贤妻良母，而不是一个接受过现代教育且拥有话语权的独立个体。

学校和家庭教育的双重缺失使得普丽西娜无法构建自我主体性和拥有自主权，这是造成她创伤的根本原因。普丽西娜很早就辍学，投入到寻找有钱丈夫的行动中。同时，懊悔当年没有好好利用自己美貌的母亲将同样美丽的女儿视为一个质量上乘、待价而沽的商品，当作能够改变贫穷现状的工具。普丽西娜"开始涂脂抹粉，频频出入于发廊"[2]，但是贫困的环境让她养成了并不高雅的品位，她总是"买些新衣服，而那些衣服往往使她看起来怪头怪脑的"[3]。在追求有钱人的过程中，普丽西娜听从母亲的安排，参加各种社交活动，但是她始终

---

[1] Iris Murdoch, *Existentialists and Mystics: Writings on Philosophy and Literature*, London: Chatto & Windus, 1997, p. 291.
[2] ［英］艾丽丝·默多克：《黑王子》，萧安溥、李郊译，上海译文出版社2016年版，第58页。
[3] ［英］艾丽丝·默多克：《黑王子》，萧安溥、李郊译，上海译文出版社2016年版，第58页。

无法定夺，把握不住机会，最终韶华逝去，枉费了心机。普丽西娜作为一个独立个体的身体和心理需求被忽略，就连母亲对她的关注都是因为她有可能做成"一笔更为有利的买卖"①。"我们知道真正应该被教会的课程是，人类是珍贵而独特的。"② 对普丽西娜而言，这一个课程是缺失的，家庭中的每个成员都沉浸在自己的世界中，忽略了身边的他者。学校和家庭教育的缺失导致了她没有辩证思考的能力，不能独立自主地决定自己的命运，无法表达自己的诉求。这种缺失使得普丽西娜即使脱离了贫穷后，也依然重演了母亲的创伤。这种重演恰如布拉德利所言，"普丽西娜做成了一笔更为有利的买卖，但是她也还未能完全跳出母亲的窠臼"③。这个窠臼就是婚姻和生活的双重失败，意味着母亲的创伤潜移默化地传递给了普丽西娜。

生育是女性的枷锁，失去生育能力的普丽西娜也将在婚姻中再次遭遇创伤。成为大龄未婚女性的普丽西娜终于在一个酒会上遇到了丈夫罗杰，并未婚怀孕了。然而，罗杰不想要孩子，所以普丽西娜不得不选择流产。严重的后遗症让她失去了生育能力，这也预设了她的婚姻将成为创伤的来源之一。虽然罗杰成了普丽西娜的丈夫，但是他始终认为她以假孕骗婚，并且隐瞒了不能生育的事实，所以他"成了一个恶魔"④。罗杰通过重复砍树、谩骂和无视等剥夺行为摧毁普丽西娜对他的依恋，降低她的自我评价，并且增强她的恐惧感。丈夫一直威胁普丽西娜，直言如果她疯了，就要把她送到精神病院去，以此摆脱无法生育的妻子。从18—19世纪的文学作品来看，精神病院并不是以治疗和帮助患者重回社会生活的地方，而是一个以"铁链和鞭子"

---

① ［英］艾丽丝·默多克：《黑王子》，萧安溥、李郊译，上海译文出版社2016年版，第58页。
② Peter Conradi, *Iris Murdoch: A Life*, London: HarperCollins Publishers, 2001, p.271.
③ ［英］艾丽丝·默多克：《黑王子》，萧安溥、李郊译，上海译文出版社2016年版，第58页。
④ ［英］艾丽丝·默多克：《黑王子》，萧安溥、李郊译，上海译文出版社2016年版，第63页。

限制人身自由，恶名昭著的机构。这也是普丽西娜一直处于警戒、恐惧的原因之一。事实上，他们居住的豪宅在某种程度上已经成为一座精神病院：不在场的丈夫，或者在场的暴君，空荡荡的房子，哭泣的妻子。

压迫并不因相似的经历而减少，"女性帮助女性"的背后，是同性间的相互伤害，正如斯通所言，"熟悉造成的不是嫉妒，而是冷漠"①。在长久的社会规训下，女性也接受并内化了来自男性的歧视，她们认为"在她这个年纪，妇女总会变得有点古怪。……这时候犯点儿歇斯底里并不少见，可以说这是个趋势"②。但正如帕克所言，"中年是伴随着身体成熟的逐渐衰老的时期，也是因自我混乱造成严重情感不稳定的转换时期。它也是因为经历一个巨大身体转变而反思过往和改变生活方式的时刻"③。中年不仅说明她们正经历着心理和精神变化，也表明女性从此失去了生育能力。男性可能正是因此对这个年龄段的女性展现出厌恶，而这种厌恶又被同为社会活动参与者的女性所吸收、内化，以此维护或提高自己在男性社会中的地位。这种针对女性的"非直接暴力在心理、社会和经济上都是非常痛苦的"④。一些学者批评默多克作为一名女性作家，在大部分作品中却以男性叙述者为主是出于谄媚或讨好男性群体，忽略了女性群体。事实并非如此，普丽西娜这一形象说明了默多克不是不关心女性，而是她明白普通女性不是在妇女解放运动浪潮中的那些弄潮儿，她们更多的是依赖丈夫

---

① Lawrence Stone, *Road to Divorce: England 1530 – 1987*, London: Oxford University Press, 1990, p. 477.
② ［英］艾丽丝·默多克:《黑王子》，萧安溥、李郊译，上海译文出版社2016年版，第33页。
③ Sungwon Park, "Mediating Effect of a Health – promoting Lifestyle in the Relationship between Menopausal Symptoms, Resilience, and Depression in Middle – aged Women", *Health Care for Women International*, Vol. 41, No. 9, 2020, p. 967.
④ Phyllis Chesler, *Woman's Inhumanity to Woman*, Chicago: Lawrence Hill Books, 2009, p. 37.

生存，家庭中的妻子和母亲形象。作者看见普通女性的现实生活，也发现了女性的盲从和她们内部的不合与分裂，并且把这些真实场景展示在读者面前，引起读者的警觉。

借助普丽西娜的创伤起源，默多克揭露了女性经历的伤害，呼吁人们关注处于失语状态的女性群体。默多克打破了虚伪的男女平等和内部团结，表明在以男权为主导的社会文化背景下，性别平等和团结只是假象，是麻痹女性的协议。在默多克的笔下，普丽西娜是母亲眼中的商品，是哥哥眼中的麻烦，是丈夫眼中无法生育的疯婆子，是"牛津街上到处神情疲惫而茫然的中年妇人，她们像一群动物，彼此挨挨挤挤，没头没脑一个劲儿地向前赶路"[1]。

犹太血统和同性恋的双重身份给弗朗西斯带来身体和心理上的创伤。首先他不得不面对反闪米特主义对犹太人的厌恶和迫害，这一主义是指"一种对犹太人的特定概念，表达对犹太人的厌恶，是隐蔽的创伤之一。这种反犹主义的实际表现是对犹太或非犹太个体和他们的财产、犹太的社区组织和宗教设施的厌恶"[2]。在国家政策上，欧洲对犹太人持驱逐态度，造成犹太人以客体性质存在，游荡于欧洲大陆上无家可归；宗教神学则宣扬犹大是背叛者，所以犹太人受到诅咒，被驱逐出应许之地，成为永世的流浪者；医学则诊断他们是梅毒等传染病的制造者和传播者，是精神疾病的集大成者。这种裹挟着政治、宗教以及累世宿怨等原因所造成的污名和歧视在二战期间达到顶峰，导致了大屠杀悲剧的发生。

反闪米特主义破坏了犹太人日常的家庭伦理准则，给家庭成员带

---

[1] [英]艾丽丝·默多克：《黑王子》，萧安溥、李郊译，上海译文出版社2016年版，第188页。

[2] Pamela S. Nadell, "'Examining Anti-Semitism on College Campuses' United States House of Representatives Committee on the Judiciary", *American Jewish History*, Vol. 105, No. 1, 2021, p. 191.

来创伤。"儿童是天真的,人不是。"① 弗朗西斯的父亲"不愿跟犹太教沾上边,他要妻子脱离犹太教,还给克里斯蒂安取名为'基督徒',这可是他发动的'反犹战役'的一个胜利"②。父亲的态度代表了白人社会对犹太人的普遍态度。正如当时的欧洲社会公众对犹太民族无根据的恨意与排斥一般,默多克并未在作品中详细描写父亲为何对拥有犹太血统的妻子和孩子们抱有敌意。或许这也是作者借此表明政治、宗教和社会对独立个体的深远影响,以及这些因素造成家庭内部伦理和亲子关系的失衡。父亲"相当残暴",打儿子时"打得可狠了"。③ 然而母亲和姐姐面对父亲的暴行选择袖手旁观,无所作为,这暗示了在暴力机器的恐吓下伦理的失效。因为毫无根据的虐待和亲人的冷漠,弗朗西斯对家庭、安全和依恋等的认知与评价被扭曲。身体的伤口可以被时间治愈,但是父亲的暴行对弗朗西斯心理和情感的冲击成为后者的心理创伤,并且破坏了他爱别人的能力和认知能力的发展。在后大屠杀时代,不同分支的教会对这一事件进行了反思,如1946年的荷兰新教归正会的忏悔声明,1965年的梵蒂冈第二次大公会议发表的《教会与非基督宗教关系宣言》等,法律层面也进行了艾希曼审判。④ 默多克则借助无辜的儿童,也就是弗朗西斯的成长经历完成了这一伦理诘问。

与犹太社区的文化分离和与基督教社区的融合失败造成了弗朗西斯的社会创伤,给他带来孤立无依的感觉。虽然弗朗西斯的外祖父母都希望他去犹太教堂,但是他的父亲厌恶与犹太相关的事物,所以他

---

① Iris Murdoch, *The Philosopher's Pupil*, New York: Open Road Integrated Media, 2010, p. 202.
② [英] 艾丽丝·默多克:《黑王子》,萧安溥、李郊译,上海译文出版社2016年版,第148页。
③ [英] 艾丽丝·默多克:《黑王子》,萧安溥、李郊译,上海译文出版社2016年版,第148页。
④ 张腾欢:《后大屠杀时代基督教对犹太教态度的演变》,《史学集刊》2018年第2期。

只去过犹太教堂一次。当他的母亲选择与亲人断开联系的时候,他也被动地做出选择,成为一个流散的犹太人。在犹太民族主义热情高涨的 20 世纪初,为了构建阳刚健壮的犹太人身体形象,重塑他们的精神世界,犹太民族主义者学习欧洲社会,通过否定和负面化流散犹太人来建构民族认同感和凝聚力,这就是犹太人的身体文化运动。[①] 这一运动使流散犹太人成了孤独飘荡的鬼魂——回不去的犹太社区,融不入的基督社区。弗朗西斯称犹太人为异邦人,但是对基督教徒而言,他也是异邦人,所以即使以博爱自居的基督教徒也只让他睡在走廊上。犹太民族被认为是退化的民族,而退化的根源在于"长期沉溺于女性化和性偏离活动(例如同性恋)"[②]。

异性恋主义作为隐蔽的创伤之一,指"一种否认、诋毁和污蔑任何非异性恋形式的行为、身份、关系或社区的意识形态体系"[③]。作为同性恋,弗朗西斯的创伤源于无法被满足和回应的情感需求,以及社会对他的污名化。"他们最重要的情感与社会需求是被他者接受和珍惜"[④],这恰恰是性少数群体最难以实现的愿望。他们所面临的是"社会集体赋予任何非异性恋行为、身份、关系或社区的负面关注,低下地位,和相对无力感"[⑤]。这种污蔑随着时间的推移形成了社会对基于同性的吸引力,渴望和性欲是道德低下、犯罪或精神错乱的共识。社会自上而下地确定了异性恋的合法性、主要地位和权力,同时质疑并问题化同性恋,而社会活动的参与者则"通过使用反同性恋称

---

[①] 艾仁贵:《塑造"新人":现代犹太民族构建的身体史》,《历史研究》2020 年第 5 期。

[②] 艾仁贵:《塑造"新人":现代犹太民族构建的身体史》,《历史研究》2020 年第 5 期。

[③] Gregory M. Herek, "The Context of Anti-Gay Violence", *Journal of Interpersonal Violence*, Vol. 5, No. 3, 1990, p. 316.

[④] S. Kizildag Sahin, "Counselor Candidates' Perception of Heterosexism", *Current Psychology*, 2021, p. 1.

[⑤] Gregory M. Herek, "Confronting Sexual Stigma and Prejudice: Theory and Practice", *Journal of Social Issues*, Vol. 63, No. 4, 2007, p. 907.

谓、回避和排斥少数群体，公开歧视和暴力"[1]等行为公开表现对非异性恋的性污蔑。除了社会与他者所带来的创伤性体验，性少数群体还会内化这些污蔑，也就是赫雷克（Herek）所说的"自我污蔑"，"接受社会对同性恋的负面评价是正当的，因此对自己和自己的同性恋欲望持消极态度"[2]。他们不仅生活在社会和他者的负面评价下，还要生活在自我厌恶和羞耻中。弗朗西斯曾谈及同性爱人史蒂夫死于自杀，他认为是压抑的社会环境杀死了他的爱人，这使他对于同性之爱心生恐惧。通过对弗朗西斯创伤的描写，默多克展示了社会偏见和污名化对人类的深远影响和破坏力，以及对伦理道德和人性的摧毁。爱人的自杀让弗朗西斯评价爱"很可怕。而且，总是处于绝望之中。我的爱甚至从来没有得到过回应"[3]，这既表明了少数群体身处紧张的环境，也暗示了创伤会剥夺人们爱的能力。

通过分析三位人物所经历的家庭和社会创伤，可以看出爱的缺失和社会对特定群体的偏见是造成创伤的根本来源，而家庭内部的伦理失衡是人物创伤的直接来源。默多克通过描写不同人物的创伤来源，如布拉德利原生家庭的贫穷和理想与现实的差距，普丽西娜被物化的经历以及在婚姻中遭遇的困境，弗朗西斯面对的对少数群体的偏见和污名化等，揭露了现代文明社会存在的种种问题，如道德的僵化、消费主义的盛行、教育不公平和偏见等。默多克描述了这些创伤给人造成的不同症状，也尝试性地提出了治愈创伤的方法。

---

[1] Gregory M. Herek, "Confronting Sexual Stigma and Prejudice: Theory and Practice", *Journal of Social Issues*, Vol. 63, No. 4, 2007, p. 908.

[2] Gregory M. Herek, "Confronting Sexual Stigma and Prejudice: Theory and Practice", *Journal of Social Issues*, Vol. 63, No. 4, 2007, p. 911.

[3] [英]艾丽丝·默多克：《黑王子》，萧安溥、李郊译，上海译文出版社2016年版，第265页。

## 第二节 歧途：创伤的表征

创伤的症状可以通过认知和行为两个方面展现。"如果创伤事件本身牵涉重要关系的背叛，对创伤患者的信仰和社群感的损伤将更为严重"[1]，主要体现为已建立的认知和信仰的解构，即对社会、他者和自我的认识与期待。同时因为事件的强度和个体的心理差异，受害者对创伤表现出不同且复杂的症状，包括意识的解离，对自我和他者的碎片化表征，双重自我等。赫尔曼将创伤受害者的症状表现总结为三大类：过度警觉、记忆侵扰和禁闭畏缩。过度警觉主要表现为"广泛性焦虑症状和特定恐惧"[2]；记忆侵扰体现为创伤的固着性和不可言说性，并以噩梦等重复性行为重演创伤事件；禁闭畏缩则是意识上的麻木无感。而文学所具有的无边想象性和创造性先于医学发现并表现了创伤的症状。

在西方现代生活中，出于政治或其他目的当权者压制了公众对创伤的认知，或者美化创伤事件，在文化社会化和意识形态的长期渲染下，公众对创伤的来源、表征和再现都处于认知模糊的状态中。这种模糊在文学中被具象化，都以最直接的表现方式得到了描写。在《黑王子》中默多克用交叉的时间线描写了人物受创的因果，揭露了日常生活中的不安和暗流，向读者展示了真实的社会场景：原本被自我隐藏或被消声的边缘人成为在场的发声者。这也是默多克借助布拉德利之口所说的"艺术就是真理"的其中一层含义。

---

[1] ［美］朱迪斯·赫尔曼：《创伤与复原》，施宏达、陈文琪译，机械工业出版社2015年版，第51页。

[2] ［美］朱迪斯·赫尔曼：《创伤与复原》，施宏达、陈文琪译，机械工业出版社2015年版，第32页。

布拉德利在受创后表现出行为上对现实的逃避和认知上的固着，因为"受害造成一个破溃，一种可能的压迫，和一种被困在这自由流动的状态（我称之为固着）"①。受创后受害者的认知不再具有流动性，而是固着在了创伤之后形成的生存模式，而这种模式是在"撕裂家庭、朋友、亲人和社群的依附关系"，和"粉碎了借由建立和维系与他者关系所架构起来的自我"② 之后建立起来的，它倾向于回避偶合无序的外在世界，将自己封闭在自己认为的安全环境中。

布拉德利的创伤症状表现为逃避现实社会。他回避了各种外出活动，比如有意无意地遗忘哈特伯恩组织的聚餐活动，拒绝前妻见面的请求，甚至无视普丽西娜的求助。这些事情都意味着极大的不确定性会打乱他现有的平静生活。为了获得安全的环境，布拉德利甚至提前退休，全身心投入写作中。在浪费了无数纸张之后，他又决定离开嘈杂且令人不安的伦敦市，去往一个无人打搅的海边小镇开始自己的创作。作为一个敏感、自卑且清高的人，布拉德利的逃避行为似乎是合理的。只有驻守在自我构建的领域中，才能不受社会上各种标准的打扰，免受这些外在现实带来的创伤侵袭。所以他认为"艺术与生活必须严格地区分开，如果想成为出色的艺术家"③。即使布拉德利已经失败了数十年，他依然以艺术为名回避现实生活。在小说的开头，他正打算前往一个安静之地，此时他孑然一身本可以来去自如，却因为恐惧即将到来的旅程而坐立不安，迟迟不愿出发，继而引发了后续的故事。布拉德利希望通过逃离伦敦的行为来回避烦扰，但对于离开熟悉的环境前往一个陌生的地方又充满担忧和恐惧，表现出在受创者身上

---

① Yael Danieli, "Foreword", in Rolf J. Kleber, Charles R. Figley and Berthold P. R. Gersons, eds., *Beyond Trauma: Cultural and Societal Dynamics*, New York: Plenum Press, 1995, p. ix.

② ［美］朱迪斯·赫尔曼：《创伤与复原》，施宏达、陈文琪译，机械工业出版社2015年版，第47页。

③ ［英］艾丽丝·默多克：《黑王子》，萧安溥、李郊译，上海译文出版社2016年版，第221页。

常见的矛盾行为。

　　相比于逃避，布拉德利表现出的认知固着不仅遮蔽了他对自我和他者的认识，而且让他成为创伤的施加者。在默多克的观点中，真理、爱、善和知识等概念是联系在一起的，它们存在于生活中，等待人们去发现。但在创伤图式的影响下，布拉德利割裂了生活与艺术，认为艺术来源于想象，而回避生活的想象终将是缺乏流动性的，这意味着他对自我和他者的认知都是过时的。认知固着造成布拉德利对自己的性情存在错误的认识，他认为自己是一个有天赋的作家，只要等待的时间足够，他就能完成理想中的著作，而且对于好友的事业有成不屑一顾。但现实是他到58岁也只出版了三本销量惨淡的作品，对阿诺尔德成就的嫉妒像毒素一样深入他的身体。① 除了对自我性情的错误认识，布拉德利还表现出对他者的偏见。即使看见妹妹发病，他也坚称她很健康；虽然他很长时间没有见过朱莉安，但是基于"我认为""我猜测"，他用"烦躁""抱怨"和"不惹人喜爱"②的词来评价少女朱莉安。这些冷漠和偏见给同样身处创伤泥淖的受害者带去了新的创伤体验，也让布拉德利始终无法创作出真实的艺术作品。

　　在实践中拒绝偶合无序的现实，分裂生活与艺术，布拉德利失去了认识自我和现实的可能性。创伤的影响使布拉德利停留在过去，故步自封，让他无法正确地认识自我和他者。他想要离开创伤之地，却又害怕充满未知的陌生之处。因为代际创伤的传递和长期处于负面环境，布拉德利"患上了广泛性焦虑症状和特定恐惧"③，进而表现出

---

① ［英］艾丽丝·默多克：《黑王子》，萧安溥、李郊译，上海译文出版社2016年版，第191页。
② ［英］艾丽丝·默多克：《黑王子》，萧安溥、李郊译，上海译文出版社2016年版，第42—43页。
③ ［美］朱迪斯·赫尔曼：《创伤与复原》，施宏达、陈文琪译，机械工业出版社2015年版，第32页。

自我封闭和主观判断。这不仅阻碍了他治愈创伤的道路，而且让他成为创伤的施加者，妹妹普丽西娜就是其中的受害者之一。

通过对普丽西娜的歇斯底里症的书写，默多克表明这一症状是无法言说的女性所发出的哀号和求救，也是对以男性为中心的伦理道德的挑战。这一病症长期处于被忽略和污名化的状态，被认为是"女性才会罹患的疾病"[1]，或是一种诈病行为。弗洛伊德是研究歇斯底里症最著名的学者之一，他在《歇斯底里症的病原学》中提出了这一病症的致病之源：童年遭受到了性虐待。依据这个结论，公众知道了童年时受男性虐待是导致女性罹患歇斯底里症的罪魁祸首，而且这种虐待是违背公共伦理道德的儿童性虐待。被认为是疯子的女性第一次能够向公众讲述自己难以启齿的童年创伤，她们的行为实际上是在昭显男权的暴力和可怖，以及向大众求救的信号。这个明显与公众认知相悖、挑战了现有伦理秩序的结论马上就引起了学界和社会的强烈反对。因为它揭开了男性施虐行为的遮羞布，而且这一行为无视阶级、教育水平、宗教或是文化等，能够发生在任何家庭中。

普丽西娜的第一次精神崩溃发生在情场和职场上双失意之后。她母亲是改变阶级计划的策划者和推动者，给普丽西娜安排不同的社交晚会，但是她下不了结婚的决心，在错过花季并且失去工作之后，她患上了歇斯底里症。未婚怀孕和罗杰的不负责任让普丽西娜不得不选择堕胎，并因此造成了身心创伤：非法堕胎的环境和小诊所低劣的医疗技术导致她严重的身体后遗症，未婚怀孕给她带来自我厌恶和恐惧，杀婴造成她精神上的愧疚与负罪感。然而，在这个创伤事件中默多克着墨描写了父母和布拉德利的表现，受害者普丽西娜却如同被关在阁楼中的疯女人，处于不在场状态。父亲为普丽西娜感到羞愧与担

---

[1] [美]朱迪斯·赫尔曼：《创伤与复原》，施宏达、陈文琪译，机械工业出版社2015年版，第5页。

忧，从此病上加病，缠绵病榻；母亲忙着把她随便嫁出去；布拉德利则正和前妻纠缠着。默多克在堕胎这件事上没有描写普丽西娜的歇斯底里症，这反而直接暴露了她原生家庭内部的伦理失衡、冷漠和亲人之间的隔阂，每个个体只关注自我，而忽略了身边的亲人。

重复在医学上是记忆侵扰的症状之一，在文学中则是探讨命运的绝对与相对。重复在怀特海德等人看来"似乎不受个体的驱使，而是像命运操纵的结果"[1] 在默多克的笔下，普丽西娜创伤的重复不是因为无法逃离的命运，而是因为时代的局限性。普丽西娜的重复症状主要有两条线，一条是她对珠宝首饰念念不忘的明线，还有一条是重复母亲命运的暗线。第一次出场，普丽西娜就三次提及她落在家中的珠宝，并在后续提到了十九次。普丽西娜非常重视这些珠宝，因为这是她苦难生活的唯一快乐源泉。明线所提供的信息表面看是与创伤无关的开心之事，然而，这恰恰说明没有人关心她，所以珠宝成为她唯一的情感寄托。另一条暗线表明时代对女性造成的局限性使得普丽西娜重复了母亲的创伤。虽然英国在20世纪初就已经推行强制初等教育，但是贫穷家庭和女性的辍学率依然居高不下，书中也表明普丽西娜很早就辍学，投入到寻找富人丈夫的行动中。对贫穷家庭而言，通过教育改变自己的命运是难以实现的。同为女性，默多克清楚地知道她们在社会中的艰难处境，她笔下的普丽西娜所重复的创伤无关个人命运，所揭示的是女性个体在时代大环境下的无力感，和时代对女性认知和能力发展造成的局限性。这种局限性不仅仅限制了女性，同样也限制了男性。因此身为女性，默多克并不仅仅关注女性问题，她关注的层面是现代人类面临的普遍困境。

在丈夫长期的暴力和恐吓下，普丽西娜的精神始终处于过度警觉的状态。"受创的个体非常容易受到惊吓，一点小小的刺激就暴躁不

---

[1] Anne Whitehead, *Trauma Fiction*, Edinburgh: Edinburgh University Press, 2004, p. 90.

安，而且难以成眠。"① 被不幸的婚姻折磨多年，时常面对前夫诸如"我恨你""疯子"等言语暴力，普丽西娜深信丈夫想要不惜一切地摆脱她，这种认知被丈夫的恶作剧加深，表现为害怕代表未知的黑暗，以至于她的精神一直处于紧绷状态。因此当她知道弗朗西斯在牛奶中加入安眠药时，她的反应才会如此激烈。这种状态逐渐延伸到日常生活中，"我想，在黑暗中我会吓死的。我那些乱七八糟的想法就会要我的命"②。黑暗代表未知和危险，对黑暗的恐惧剥夺了普丽西娜最重要的休息时间，激发了警觉状态，无法得到休息的大脑慢慢失去对肢体的调节和感知能力，呈现出躯体异化：破布做的身体，打翻的人偶，散发出臭味，腐烂。普丽西娜无法消解这些想法，她的精神也一直处于警醒状态，最终在证实了丈夫出轨之后，她迎来了又一次精神崩溃，并导致了禁闭畏缩，即放弃所有反抗，意识、知觉和情感也随之发生改变，变得冷漠与僵硬。"当一个人感到彻底地无能为力，任何形式的抵抗也已经无望时，他可能会进入屈服放弃的状态。"③ 这种身体和心理的异化感让受害者感觉自己脱离了人的范畴，既拒绝他者的目光和触碰，又渴望获得理解和帮助。

在歇斯底里的哭喊中，普丽西娜挑战了男性权威，企图去探诉男性对女性的压迫，但是话语权的剥夺和时代带来的局限性让她无法言说自己遭受的苦难。作为弱势群体，普丽西娜只能不断地重复创伤，无法逃离窠臼。从过度警觉到禁闭畏缩，普丽西娜也曾做过自我救赎的尝试，但最终以自杀告终。

在经历了家庭和社会的创伤之后，弗朗西斯表现出一种分裂感。

---

① ［美］朱迪斯·赫尔曼：《创伤与复原》，施宏达、陈文琪译，机械工业出版社2015年版，第32页。
② ［英］艾丽丝·默多克：《黑王子》，萧安溥、李郊译，上海译文出版社2016年版，第151页。
③ ［美］朱迪斯·赫尔曼：《创伤与复原》，施宏达、陈文琪译，机械工业出版社2015年版，第38页。

"自我观感的分裂,阻碍了自我认同的统合"①,所以即使受到父母的虐待,他也尽力"成为好孩子"②,努力融入主流社会中;"对他人内在形象的分裂,则阻碍了在人际关系中发展可靠的独立感"③,所以弗朗西斯无法与他人建立长久的联系。这种"双重自我"④ 不断拉扯着弗朗西斯,让他最终陷入了酒精滥用,以求短暂逃离现实。

对自我观感的分裂是弗朗西斯表现出的创伤症状之一,自我分裂的一边是好孩子,另一边是他的真实身份。热心助人,拥有爱他人的能力是弗朗西斯描画的好孩子形象。为了成为一个好孩子,他掩盖了自己犹太人和同性恋者的身份,并且表现出低自尊的行为。明知道布拉德利厌恶他,弗朗西斯依然时常上门,只是希望能够获取对方的信任,同时以此证明他自己有爱与被爱的能力。然而,这种外在自我与真实自我的失败统合导致了他的矛盾行为。比如,他提出照顾精神不稳定的普丽西娜,却在她熟睡之后去邻居家彻夜饮酒;他对布拉德利说信任他,却在后记中直指布拉德利是同性恋,暗示他道德上有欠缺。这种前后矛盾的表现说明了不论弗朗西斯如何努力,他始终无法统合自我。因此,他在折磨自己的同时,也伤害了他人。"人类是一种会自我画像的生物,然后逐步发展为那个画像。"⑤ 弗朗西斯在生活中时刻向这个画像靠近,这种身份异化带来的痛苦使得弗朗西斯"在自个儿的精神病房里歇斯底里地大叫"⑥。

---

① [美]朱迪斯·赫尔曼:《创伤与复原》,施宏达、陈文琪译,机械工业出版社 2015 年版,第 101 页。

② [美]朱迪斯·赫尔曼:《创伤与复原》,施宏达、陈文琪译,机械工业出版社 2015 年版,第 94 页。

③ [美]朱迪斯·赫尔曼:《创伤与复原》,施宏达、陈文琪译,机械工业出版社 2015 年版,第 101 页。

④ [美]朱迪斯·赫尔曼:《创伤与复原》,施宏达、陈文琪译,机械工业出版社 2015 年版,第 97 页。

⑤ Peter Conradi and John Bayley, The Saint and the Artist: A Study of the Fiction of Iris Murdoch, London: HarperCollins Publishers, 2001, p. 272.

⑥ [英]艾丽丝·默多克:《黑王子》,萧安溥、李郊译,上海译文出版社 2016 年版,第 153 页。

第五章　逃离洞穴：《黑王子》中的创伤书写

对他人内在形象的分裂表明了创伤事件破坏了弗朗西斯处理伦理关系和爱他人的能力。弗朗西斯给布拉德利毫无根据的、极高的评价，当布拉德利为情所困时，他开解道"爱情从来与岁数无关"[1]，并且支持布拉德利的私奔计划。在与布拉德利的交谈中，弗朗西斯承认自己是一个讨厌的同性恋者，并且请求布拉德利不要赶他出去。但是在后记中，他又否认了自己的同性恋者身份，同时信誓旦旦地对听众说布拉德利患上了"典型的恋母情结症"[2]，而且"爱上了阿诺尔德·巴芬"[3]，还对他抱有"那种掩饰不当的爱"[4]。弗朗西斯首先是崇拜布拉德利，然后帮助他解决私奔的后顾之忧，最后却诬陷他是同性恋。而他自己也从被吊销执照的医生，摇身一变成为科学家。弗朗西斯对他人和自我的认知表现出极大的两极化，具有不可靠性，依据这种认知建立起来的联系和信任也不具有稳定性。追求他者的信任，却在最后背叛他们，恰恰暗示了弗朗西斯除了他自己之外不关心任何的人和事。他的行为只是为了满足他的需求，这意味着他不可能建立一个持久可靠的关系。

与自我本质的异化和对他者认知的分裂不仅使弗朗西斯感到痛苦与孤独，而且让他无法建立持久的联系，酗酒成了弗朗西斯暂时逃避这种分裂的表现。在失去医生执照和爱人之后，弗朗西斯沉迷于酒精。与同性爱人的关系表明了弗朗西斯在身份和性取向方面最真实的自我，但爱人的自杀让他再次经历了亲人带来的创伤，也让他直观地感受到了社会对同性恋的不认同。而医生的身份是他社会地位的展

---

[1] ［英］艾丽丝·默多克：《黑王子》，萧安溥、李郊译，上海译文出版社2016年版，第265页。

[2] ［英］艾丽丝·默多克：《黑王子》，萧安溥、李郊译，上海译文出版社2016年版，第426页。

[3] ［英］艾丽丝·默多克：《黑王子》，萧安溥、李郊译，上海译文出版社2016年版，第428页。

[4] ［英］艾丽丝·默多克：《黑王子》，萧安溥、李郊译，上海译文出版社2016年版，第431页。

示，也是他获得尊重与金钱的来源，失去这个身份表明他以前的努力都化为乌有。酗酒是逃离现实的消极表征，弗朗西斯既不能改变自己的出身，也无法通过社会所期待的形象融入集体生活，所以他通过饮酒来暂时逃离现实生活。过量饮酒也让他从"牧神"变成了"又肥胖又粗俗，面孔潮红，神情可怜，整个人透出那么一点野性，一点邪气，也许还有一点疯癫"[①]。他转变后的形象完全符合西方社会对犹太人的刻板印象，也能够解释为什么失业后的弗朗西斯会在一个又一个走廊里流浪，没人接纳他。虽然战后的欧洲社会和宗教团体都反思了二战中它们对犹太人不人道的行为，但普通公众对犹太人的态度依然是不友善和充满戒备的。弗朗西斯即使被反复的恶语相向和拒绝，也依然积极地试图加入他者的生活，渴望成为一个被需要的人。这固然是为了符合弗朗西斯自我构建的形象，还有部分原因是他的真实身份——犹太血统和同性恋已经让他失去了家庭成员和爱人，若是自我封闭，他也就真的从社会上"消失"了。作为一个渴望爱与家庭的人物，弗朗西斯的症状表现必然是向外的、积极的。

弗朗西斯的创伤表征见证了家庭伦理的失衡，也暗含了反犹主义对人性的破坏。自我观感分裂出的双重自我让他痛苦到歇斯底里地大叫，也让他失去了获得少数群体支持的可能。对他人内在形象的分裂使他难以与他人建立起真正亲密且有效的独立感。在这种分裂的状态下，酗酒成为弗朗西斯减轻异化带来的痛苦的方法，也是他逃离现实的表现。在刻画弗朗西斯的创伤表征之时，默多克从细微处表现了人物的矛盾性及其认知系统的破碎性。

默多克通过描写人物的不同症状，既真实地再现了创伤受害者受创后的生活，又为受害者们言说了不被理解的行为。不论是布拉德利的逃避行为，还是普丽西娜的歇斯底里，抑或是弗朗西斯的双重自

---

[①] ［英］艾丽丝·默多克：《黑王子》，萧安溥、李郊译，上海译文出版社2016年版，第8—9页。

我，都表明了个体在面对社会大环境时的无能为力。认知的固着和对他者内在形象的分裂则说明了创伤受害者也会转化为创伤施加者，这表现了人的复杂性。面对复杂的创伤后遗症的侵扰，人物们也在不断地努力治愈自我。

## 第三节　解蔽：创伤的消解

"创伤破坏了多层面的安全，超过了人类能够处理，并且将恐怖经历融合进自我和自我关联他者与世界的感知能力。"[1] 未被和解的过去如同鬼魂一般，时常侵入并游荡于现在，与过去和解是幸存者治愈创伤的必要条件。这种侵入性遮蔽了人物对他者、对当下的可视性，违反了"在人类教育中学会忍受痛苦和学会看到他者痛苦是一样重要"[2] 的教诲。幸存者不断地为安全而战，为赋予创伤意义而战。人类需要意义，尤其是苦难对他们的意义，也就是回答为什么自己会受到这些创伤，这是他们得以从苦难中继续前行的力量。追寻意义的过程是他们回溯过往，与自我、与他者及与过去和解的过程。

就消解创伤而言，赫尔曼划分了大致包括重建安全、回忆与哀悼，以及重建联系三个阶段。默多克在小说中表明发现自我与他者的过程就是解蔽的过程，这个过程从爱开始，艺术则是为治愈创伤赋能的载体。通过《黑王子》中三个人物自我治疗的过程和结果，默多克表明了在这个缺乏道德和政治概念的社会里，唯有爱才能疗愈创伤，而艺术则是传递爱与真理的媒介。

---

[1] Maria Root, "Reconstructing the Impact of Trauma on Personality", in Laura S. Brown and Mary Ballou, eds., *Personality and Psychopathology: Feminist Reappraisals*, New York: The Guilford Press, 1992, p. 260.

[2] Elizabeth A. Dolan, *Seeing Suffering in Women's Literature of the Romantic Era*, Aldershot: Ashgate, 2008, p. 10.

"坠入爱河对许多人而言是他们一生中最强烈的经历，带来一种准宗教性的体验，而最令人不安的是，它将人关注的中心从自我转移到另一个地方。"① 这是爱的力量，默多克将它与宗教同等化，能够让信徒从关注自我转向关注他者。坠入爱河让布拉德利走出封闭的环境，对爱的"迷狂"② 让布拉德利发现爱人的美，也让他的眼睛第一次正视另外一个人③，尽管仍然带有主观性。如柏拉图所言，"每逢他凝视爱人的美，那美就发出一道极微分子的流（因此它叫作'情波'），流注到他的灵魂里，于是他得到滋润，得到温暖，苦痛全消，觉得非常快乐"④。这种被布拉德利称为黑暗厄洛斯（Lower Eros）的情波从一定程度上消解了创伤对他造成的影响，激发出前所未有的激情并带给他优质的睡眠。黑暗厄洛斯让布拉德利焕发新生，重获活力，也看到了自我之外的他者。为了能够保留住这种美，他"尽可能不肯离开爱人的身边，不把任何人放在眼里，父母亲友全忘了，财产因疏忽而遭损失，他也满不在乎，从前他所引以为豪的那些礼节和规矩，也被他唾弃了"⑤。布拉德利陷入了"爱情的迷狂"，"所有的注意力都投注到某一个人身上，余下的世界全无意义，没有思想，没有痛觉，除了跟所爱的人有关的，其他一切都不存在"⑥。这也就解释了为什么布拉德利本已发誓不向朱莉安透露他的情感，随后却向她吐露真情，并且无视生病的普丽西娜，不顾社会道德与朱莉安私奔的行

---

① Iris Murdoch, *Metaphysics as a Guide to Morals*, New York: Penguin Books, 1993, p. 30.
② Plato, *Phaedrus*, trans., James H. Nichols Jr., New York: Cornell University Press, 1998, p. 54.
③ ［英］艾丽丝·默多克:《黑王子》，萧安溥、李郊译，上海译文出版社2016年版，第225页。
④ Plato, *Phaedrus*, trans., James H. Nichols Jr., New York: Cornell University Press, 1998, p. 56.
⑤ Plato, *Phaedrus*, trans., James H. Nichols Jr., New York: Cornell University Press, 1998, p. 56.
⑥ ［英］艾丽丝·默多克:《黑王子》，萧安溥、李郊译，上海译文出版社2016年版，第257页。

第五章　逃离洞穴：《黑王子》中的创伤书写

为。黑暗厄洛斯没有真正消解他的创伤，反而让他成为创伤施加者。此时布拉德利完全体现了受害者与施害者的相对性，也表明了人物的虚伪和复杂。

在黑暗厄洛斯的作用下，布拉德利走出了自己划定的安全环境，但却陷入了另一个危机中。被"激发了极度的自私和占有欲"①，沉浸在爱情中的布拉德利祝福了出轨的前妹夫，因为他认为真爱无错且无关伦理。同时，在普丽西娜最需要陪伴的时候他选择了背弃誓言，离她而去。他自信已经找到真理的存在，但是普丽西娜指出"你一无所知——恐怖——难怪你无法写出真正的作品——你看不见——恐怖"②。无法感知他者的苦难和真实情绪依然是布拉德利的致命弱点，他坚信"我们的爱在本质上是一个封闭的系统"③。对爱错误的理解使得布拉德利将爱与性欲紧密联系在一起，即使妹妹已经自杀也要隐瞒真相与朱莉安发生关系，他将爱限制在和朱莉安的两性关系中。私奔带来的紧张感和恐惧感让布拉德利无法放松地思考，对爱的这种狭隘理解直到他进入另一个意料之外的"安全环境"——监狱之后，才在反思与对话中获得纠正。

在赫尔曼的治疗方案中，创伤消解的后两步是回顾与哀悼，及重建联系感。爱的本质是"感知个体，是认识到自我之外的事物是真实的"④。布拉德利在监狱中的反思让他意识到"普丽西娜是个勇敢的女人，她坚贞不屈地承受着不幸"⑤。和狱友克罗西亚分享创伤经历则

---

① Iris Murdoch, *Metaphysics as a Guide to Morals*, New York: Penguin Books, 1993, p. 30.
② ［英］艾丽丝·默多克：《黑王子》，萧安溥、李郊译，上海译文出版社2016年版，第236页。
③ ［英］艾丽丝·默多克：《黑王子》，萧安溥、李郊译，上海译文出版社2016年版，第327页。
④ Iris Murdoch, *Existentialists and Mystics: Writings on Philosophy and Literature*, London: Chatto & Windus, 1997, p. 215.
⑤ ［英］艾丽丝·默多克：《黑王子》，萧安溥、李郊译，上海译文出版社2016年版，第73页。

让布拉德利有了重构联系的可能,因为"与他人分享创伤经历,重建生命意义感的先决条件"①。在交流的过程中,布拉德利不断回忆过往的创伤事件,使得有关事件的记忆不断清晰,创伤记忆与叙事记忆统合在一起,意义也变得可以确定。因此面对被污蔑的罪名,布拉德利选择坚持声称自己的清白,但是却不为自己辩护。坚称自己无罪是事实,不辩护是为了弥补与哀悼。意识到是自己的行为给他者带去了伤害,所以他愿意以坐牢的方式减轻自己的负罪感和愧疚感。"一双诚实的眼睛随处可能发现现实的丰富多彩,甚至在一个小房间里也可以看到整个延伸的宇宙。"② 他不仅从创伤中复原,甚至通过对创伤的理解到达了理念世界,也就是超越了身体和视觉的局限,能够看见真实的世界。但正如看见了真实世界的被缚者选择回到洞穴里,向他者传递何为真实一样,布拉德利也选择以艺术的方式向他们讲述自我的经历,与读者产生联系。

"好的艺术揭露了我们因为过于自私和羞怯而没有注意到的东西,也就是世界的细微和绝对随机的细节。"③ 而爱则是"智慧之光"④,让他或她能够发现现实和感知自我之外的事物。被创伤无可避免地打碎了的信仰、勇气和关注,在与光明厄洛斯(Higher Eros)相遇后被唤醒。在圣光的照耀下,布拉德利知道了他失去的东西。当他写下自己的经历的时候,他已经开始体会到人类共通性,希望以自身经历为正在遭受同样痛苦的人们带去启发。

由于过于依赖他者和缺乏自主意识,普丽西娜的所有努力都以失

---

① [美]朱迪斯·赫尔曼:《创伤与复原》,施宏达、陈文琪译,机械工业出版社2015年版,第64页。

② [英]艾丽丝·默多克:《黑王子》,萧安溥、李郊译,上海译文出版社2016年版,第420页。

③ Iris Murdoch, *Existentialists and Mystics: Writings on Philosophy and Literature*, London: Chatto & Windus, 1997, p.371.

④ [英]艾丽丝·默多克:《黑王子》,萧安溥、李郊译,上海译文出版社2016年版,第1页。

败告终。20世纪被认为是妇女摆脱家庭工作、取得独立人格的一个世纪，"女性被认为是解放了的，但事实上却并非如此。而这确实对女性有着消声的影响"①。根据赫尔曼的观点，社群和社会在对抗创伤中有着重要作用。尽管普丽西娜有一份工作，她并没有认真对待。对普丽西娜而言，最重要的工作是找到一个富有的丈夫。在不懈的努力下，普丽西娜成功嫁给了一个有钱人。从那时起，她成为一名家庭主妇，"囚笼中的鸟"，"生活充满了义务"。② 婚前和婚后普丽西娜的社交圈子都是只专注于男性，少女时期是在男性群体中寻找如意郎君，主妇时期则是为丈夫而活。她所构建的社会网络仅限于原生家庭和婚后家庭，而两者皆是无法给她提供足够安全感的场所。父母去世后和她联系较为紧密的皆为男性：前夫和哥哥。男性和女性天然的二元对立性使得这些联系本身具有脆弱性。因此当创伤事件发生时，即使她的居住环境和社会地位已经有了极大的提高，不论从女性还是男性层面，普丽西娜都缺少社会网络的支持和安全的环境。

通过疯狂的消费，普丽西娜能暂时缓解痛苦，但是依赖于前夫的经济支持也使得这一方法具有脆弱性。在现代社会中，消费具有一定的身份建构意义，此时商品原本的使用价值已经被炫耀价值所取代，换句话说商品被符号化了，消费者与物品的关系发生变化，"它们不再是一串简单的商品，而是一串意义"③。普丽西娜将无法从丈夫身上得到回应的感情投向了消费，这一行为能暂时削弱创伤所带来的痛苦和压抑。"买东西是我唯一的安慰。要是买上一件可爱的东西，我会高兴一阵子，能从家用开支中节省一点钱出来又能让我高

---

① Gillian Dooley, ed., *From a Tiny Corner in the House of Fiction: Conversations with Iris Murdoch*, Columbia: University of South Carolina Press, 2003, p. 32.

② [英]艾丽丝·默多克：《黑王子》，萧安溥、李郊译，上海译文出版社2016年版，第179页。

③ 夏莹：《拜物教的幽灵：当代西方马克思主义社会批判的隐性逻辑》，江苏人民出版社2014年版，第128页。

兴一阵。"① "物被分解为三种不同的存在样态，其中之一为象征——物，这里的物带有人的感情介入，因此带有鲍德里亚所向往的'神性'"②，所以布拉德利评价"她似乎赋予了这些东西一种几乎是魔法一般的神秘意义"③。然而，她的金钱都来源于丈夫，这就说明她消解创伤的方法本身具有虚假性和脆弱性。因此在遭遇离婚事件之后，这个缓解创伤的方法也就不具有可行性了。在 20 世纪，即使英国的婚姻法已经几经改革，女性依然是弱势方。根据斯通的调查，在离婚案件中即使女方无过错，她们的权益依然难以得到保障。

> 自从 1857 年法案以来，在英国，一个离婚女性的经济状况从理论上相当的有利。……今天，法院通常会把 1/3 的财产和一半的收入判给她和孩子。然而，这些在实践中是否会实现，那是另一个问题。当下来看，似乎是没有答案的。④

因此，当布拉德利安慰她法律上规定首饰所有权归妻子时，她叫道"法律算什么！"⑤

当社群无法回应普丽西娜的需求时，她曾寻求建立治疗关系，却错将治疗方式的决定权交给他人。在治疗关系中，幸存者本应是"复原的全权主导者和决裁者"⑥，这是在给幸存者赋权。但是错误的治疗

---

① ［英］艾丽丝·默多克：《黑王子》，萧安溥、李郊译，上海译文出版社 2016 年版，第 78 页。
② 夏莹：《拜物教的幽灵：当代西方马克思主义社会批判的隐性逻辑》，江苏人民出版社 2014 年版，第 131 页。
③ ［英］艾丽丝·默多克：《黑王子》，萧安溥、李郊译，上海译文出版社 2016 年版，第 93 页。
④ Lawrence Stone, *Road to Divorce: England 1530 – 1987*, London: Oxford University Press, 1990, p. 481.
⑤ ［英］艾丽丝·默多克：《黑王子》，萧安溥、李郊译，上海译文出版社 2016 年版，第 79 页。
⑥ ［美］朱迪斯·赫尔曼：《创伤与复原》，施宏达、陈文琪译，机械工业出版社 2015 年版，第 124 页。

## 第五章　逃离洞穴：《黑王子》中的创伤书写

方式非但没有帮助她减轻症状，甚至让她感到糟糕，连脑子也已经被毁了一半，精神状态更加恶化。"她打了个大哈欠，鼻子皱成一团，眼睛眯成一条缝，一只手隔着衣服挠胳肢窝。"[①] 布拉德利甚至能"闻到她身上有一股动物腐烂后发出的气味，还混合着某种医院里的味道，也许是福尔马林的气味"[②]。作为创伤的幸存者，普丽西娜放弃复原的自主权，希望别人为她做决定，这违反了赫尔曼对复原过程的设想，也违背了默多克对人的期待。

与其他展现女性力量、韧性或成长的小说不同，普丽西娜没有展现女性的潜在赋权或启蒙。她视丈夫为天，却因为无法生育而不得不忍受他的暴力和怨恨。即使她意识到法律的无效性和丈夫的无情，却始终没有做出自我改变。过度地寄希望于其他人和物品，以及缺乏自主意识在一定程度上已经预示了普丽西娜悲剧性的结局。除了展示男女二元对立这一传统主题之外，更重要的是默多克在女性解放运动高涨的时期，看到了女性的困境：她们无法接受义务教育，同时内部的分裂和压迫也在阻碍着她们的成长。

为了获取安全环境，弗朗西斯树立起好帮手的形象。和布拉德利自我封闭的回避策略相反，也和普丽西娜完全依赖外在的人与物不同，弗朗西斯更像是一个伺机而动的机会主义者。故事开始，从未拜访的弗朗西斯主动上门，告知布拉德利的前妻回来的消息，而他真实的目的是希望布拉德利能够帮他"撬开她的钱箱"[③]，自此弗朗西斯时常拜访布拉德利的公寓，尝试获得他的信任。在所有人都认为年老且疯癫的普丽西娜非常恐怖的时候，弗朗西斯多次上门并且主动要求

---

[①] ［英］艾丽丝·默多克：《黑王子》，萧安溥、李郊译，上海译文出版社2016年版，第321页。

[②] ［英］艾丽丝·默多克：《黑王子》，萧安溥、李郊译，上海译文出版社2016年版，第321页。

[③] ［英］艾丽丝·默多克：《黑王子》，萧安溥、李郊译，上海译文出版社2016年版，第11页。

护理普丽西娜，甚至在布拉德利和朱莉安私奔的时候承诺独自照顾她，以解决布拉德利的后顾之忧。他尽可能地表现为是一个乐于助人的好人，证明自己是"有用的"①。弗朗西斯多次主动上门找布拉德利，大多数以照顾普丽西娜为由得以留宿在布拉德利的家中，并得到一笔钱和酒。尽管弗朗西斯完全清楚布拉德利不欢迎他，他仍然主动出现，甘愿让布拉德利践踏他的尊严。在多次努力之后，布拉德利终于改变了对他的观点，"撤销对他的顾虑"，并且愿意雇用他。② 照顾普丽西娜得到的不仅是安全的暂居地、食品和酒，还有通过布拉德利等人建立起来的人际关系和被需要的满足。

弗朗西斯试图通过爱他人来重建联系，但没有自尊和底线的爱是无法消解创伤的。基督教中对他者的伦理准则起源于《旧约》中"你要像爱你自己一样爱你的邻居"，也就是爱自己，以及如爱自己一般爱他者。这种爱弗朗西斯也曾经历过，在他和布拉德利的谈话中，他们说道：

> "爱是一种知识，你知道，就像哲学家们常常告诉我们的那样。我凭直觉来感知朱莉安，好像她就在我的大脑里一样。"
>
> "我知道，布拉德，当你真心爱上一个人的时候，仿佛整个世界都在诉说你的爱。"
>
> "世间万物都是对爱的保证，就像人们一贯认为万事万物是对上帝存在的保证一样。你像这样爱过吗，弗朗西斯？"
>
> "是的，布拉德。我一度爱过一个男孩。可他自杀了。那是几年前的事了。"③

---

① [英]艾丽丝·默多克：《黑王子》，萧安溥、李郊译，上海译文出版社2016年版，第13页。
② [英]艾丽丝·默多克：《黑王子》，萧安溥、李郊译，上海译文出版社2016年版，第147页。
③ [英]艾丽丝·默多克：《黑王子》，萧安溥、李郊译，上海译文出版社2016年版，第392页。

作为一名同性恋，弗朗西斯也曾与一个男孩相爱过，这表明在过去他是遵循过自我的本心的。然而，男孩的自杀让弗朗西斯明白，自己的同性恋身份无法获得认可，这唯一的爱情经历也被弗朗西斯评价为很可怕，使他总是处于绝望中，因为他的爱从来没有得到过回应。[1] 他通过酗酒暂时遗忘和逃离充满创伤的现实，当一个人连自己的身体都无法爱惜的时候，也同时丧失了去爱他人的能力。当他知道布拉德利爱上朱莉安的时候，他认为布拉德利没必要把事情搞得这么严重，并建议布拉德利可以跟朱莉安风流一番。[2] 经历过不被道德允许的爱情和爱人的死亡，弗朗西斯知道此类涉及道德问题的爱情使人绝望，他的爱人能力也在创伤中被消磨。而他所说的爱，是任随他们轻蔑地对待他。[3]

通过否定自己的同性恋身份和污蔑布拉德利，弗朗西斯获得了公众的关注与支持，却同时暴露了自己的自私和虚伪。在和布拉德利的一次夜谈中，弗朗西斯试图让布拉德利承认自己是同性恋。在受到否认之后，弗朗西斯恼羞成怒地坦白自己才是"一个该死的同性恋者"[4]。20世纪初期，医学界把同性恋这种"性倒错"行为认为是"一种先天性神经退化的标志"[5]。这一观点和社会普遍流行的"旧犹太人"的形象相吻合，所以这两类少数群体的生存环境愈发恶化。但是，同一时期社会对同性恋的认知也是有进步的。性学家推动了对同性恋的科学认识和研究，并成立了性科学学院；荷兰成立了俱乐部，

---

[1] ［英］艾丽丝·默多克：《黑王子》，萧安溥、李郊译，上海译文出版社2016年版，第265页。

[2] ［英］艾丽丝·默多克：《黑王子》，萧安溥、李郊译，上海译文出版社2016年版，第266—267页。

[3] ［英］艾丽丝·默多克：《黑王子》，萧安溥、李郊译，上海译文出版社2016年版，第154页。

[4] ［英］艾丽丝·默多克：《黑王子》，萧安溥、李郊译，上海译文出版社2016年版，第154页。

[5] 富晓星：《疾病、文化抑或其他？——同性恋研究的人类学视角》，《社会科学》2012年第2期。

帮助同性恋群体争取权利和社会认同。但随着希特勒的上台，这些改革之路被迫中断。[①] 在这种严苛的情境下，弗朗西斯为了避免再次遭受创伤，选择了隐瞒和转移目标，因此他在后记中信誓旦旦地说布拉德利是同性恋。这一相悖的言行暴露了弗朗西斯自私和虚伪的本质。弗朗西斯自我救赎的尝试归根结底是否定犹太血统和同性恋者身份，但否定自我的本质是无法获得最终救赎的。弗朗西斯拒绝自己的真实身份，并且通过污蔑他人来获得关注和金钱。默多克通过描述弗朗西斯自我救赎的行为，表明了缺乏自尊、自爱和自我的救赎方式是无法治愈创伤的。

通过描写人物们的自我救赎尝试，默多克表达了爱与艺术在治愈创伤上的有效性。爱是发现自我以外的他者和事物，正确地认识他者，而艺术则是真实地讲述现实，给人们带去启示和教诲。治愈创伤的过程需要自我、他者和社会的共同努力，然而自我主体性的缺失，对自我本质的否认，他者的误解和社会的偏见让治愈创伤变得困难重重，这也更加凸显了爱的重要性和艺术的教诲作用。对治愈创伤的探索体现了默多克对人际关系和人与社会关系的哲思，这种哲思最终凝聚成关注他者的爱和传递真实的艺术观，替代宗教中的上帝在人们的道德生活中起到指引作用。

# 结　　语

默多克通过创伤的书写构建了受害群体在家庭和社会中的生活场景，表明了她的创作观点，即好的艺术是讲述真实而且给人启示的，同时展现了她对创伤、爱和艺术的关系的思考。通过对三位人物生活

---

[①] 区林、陈燕：《历史视域中的同性恋法令、大事件及其社会认同》，《云南民族大学学报》（哲学社会科学版）2016 年第 33 期。

场景的构建，默多克展示了家庭内部父母—孩子关系的失衡和情感的淡漠的现状：父母对孩子施加暴力，以及所有人物只关注自己的需求而忽略了身边的他者。同时，通过对三位人物进入社会后的场景的刻画，默多克揭露了造成家庭内部关系失衡与情感疏离的根本原因：社会层面下爱的缺失和对特定群体的偏见。在寻求治愈创伤的有效方式的过程中，默多克验证了爱的救赎作用，也就是布拉德利最终克服了自我臆想，发现了他者和现实的本质存在，并且将他的经历以文学作品的形式真实呈现出来，给读者以启示。《黑王子》中人物的创伤因爱的缺失而起，也因爱的回归而被治愈。同样，布拉德利的艺术观"好的艺术是真实的"，因为创伤的影响无法实现，在创伤被消解后，他也最终实现了自己的艺术观。由此可见，默多克通过创伤的书写串联起了爱与艺术，表明了爱、创伤和艺术之间相互的作用与影响。

通过对创伤的书写，默多克厘清了爱与好的艺术的概念。在自我救赎的过程中，三位人物都声称自己"爱"他人。普丽西娜的爱是将一切给了丈夫；弗朗西斯是让任何人都可以践踏他的尊严；布拉德利是罔顾生病的妹妹和道德伦理，与爱人一同私奔。这些"爱"不仅没有实现自我救赎，反而伤害了他人。默多克表明，爱的概念是看见真实的他人，而不是通过自我臆想认识他人。在发现这一本质后，布拉德利最终完成了梦想中的小说作品。通过真实地记录自己的创伤经历，布拉德利不仅消解了自我的创伤，还给同样深受创伤折磨的读者带来了启示。这也是默多克对好的艺术的诠释，即它应该是真实的，并且具有启发性和教诲意义。

# 第六章

## 面对他者：
## 《大海啊，大海》中自我的伦理重构

## 引　言

默多克始终关注着人在现实社会中所遭遇的伦理困境，将对伦理问题的探讨置于首位，试图指引个体"从'真诚'这一以自我为中心的认识转到'真实'这一以他人为中心的认识"[1]，从而帮助个体进行自我的伦理重构。默多克的小说《大海啊，大海》凭借书中对自我的伦理完善以及如何重构人与人之间正常关系途径的探讨，1978年荣获了英国文学最高奖——布克奖。在这部小说中，名声显赫的戏剧大导演查尔斯·阿罗比在年过六旬之际，从剧院退休隐居到大海边，以撰写日记的形式反思自己的人生，希望摆脱剧院那种虚荣不道德的生活，想在纯净的大海边净化自己过去空虚浮躁的心灵，以寻求另一种纯真质朴的道德感情生活的心路历程。事实上，查尔斯的生活并没有真正归于平静，过往的生活一直纠缠着他。多年前，初恋女友哈特莉的不告而别深深影

---

[1]　[英]艾丽丝·默多克：《黑王子》，萧安溥、李郊等译，上海译文出版社2016年版，第7页。

响了查尔斯的情感生活,初恋失败后他不断在别的女人身上寻找哈特莉的影子。在生活中,查尔斯一直过着不道德的生活,自私嫉妒、贪婪好色,为了自己的私欲去破坏朋友的家庭,对女人始乱终弃。多年后,一次偶然的机遇让他与初恋情人哈特莉重逢,重新点燃了查尔斯对初恋情人多年没完成的执念。虽然哈特莉已经结婚,青春不再、年老色衰,但是查尔斯坚信哈特莉对他的感情多年未变,想当然地认为哈特莉与丈夫的生活并不快乐,而自己比她的丈夫优秀得多,并企图拆散旧情人的婚姻证明他自己的魅力。为了达到目的,他甚至绑架了哈特莉,但是几次尝试都以失败告终。堂弟詹姆斯的开导让他认识到一直以来他都在做着不切实际的追寻,哈特莉的养子泰勒斯和詹姆斯的相继离世也给他带来了前所未有的震撼,使他终于认识到自己身上的道德缺陷,最后他重回伦敦,过上了更为真实的生活,力求走上"从善"之路。

  以往对于默多克小说中自我身份重构的研究大体可划归为三个方向:一是以爱与艺术的主题研究为进路,探讨默多克小说中自我中心人物如何在默多克的艺术观指引下,实现向善历程;二是从女性主义批评视角出发,阐释女性在面对男性主人公时,如何重建自我意识与女性身份;三是从叙事层面上,研究第一人称男性叙事视角所体现的唯我论以及对不可靠叙事的解构。本章借助列维纳斯他者伦理学,通过对《大海啊,大海》中自我与他者关系的细致分析,解读一贯以自我为中心的主人公何以在与他者的面对面关系中,接受他者的道德召唤,跳脱自我臆想,回应他者,实现自我身份的伦理重构,成为负责的、利他的道德自我。列维纳斯的他者理论强调他者的他异性,自我要对他者的道德召唤做出回应。这与默多克在小说中的伦理主张如出一辙,"打破'利己主义'的最终办法存在于他人那里。他人能够以主体的形式存在就是自我获得拯救的希望"[1]。默多克的作品关注个体

---

[1] 刘晓华:《失落与回归:人的本质视域下的默多克小说研究》,南开大学出版社2014年版,第136页。

遭遇的伦理困境和道德完善的历程。

## 第一节 自我主义中的伦理困境

斯洛特认为,"基于行为者的美德伦理学,就是把道德行动或伦理行动的状态当作完全从独立且根基性的动机、品质特征或个体的美德品质中推衍出来的东西"①。对斯洛特来说,所谓的正确行为,并非那些应该履行的社会正义和道德规则,更非那些梦寐以求的结果。正确的行为都是发自内心,优秀的品质和纯粹的动机才能称之为"美德"。根据这个理论,道德评价的衡量标准就是以行为者的动机作为依据:如果行为者的动机是好的,就可称其为具备美德的行为,即使这个行为最终导致坏的结果;反之,如果行为者的动机是坏的,那么无论结果如何,我们都可以说其行为是不道德的。根据内在品质的差别,斯洛特将其划分为三种类型:"作为内在力量的道德、作为普遍仁慈的道德以及作为关怀的道德。"② 在斯洛特看来,这三种动机是人性中好的动机,可以促使行为者采取正确的道德行为;违背此类道德情感的动机就是坏的动机。

首先,根据斯洛特的美德理论,《大海啊,大海》中的主人公查尔斯缺少作为"内在力量"的道德。内在力量是斯洛特对健康灵魂的描述,"一个拥有内在力量的行为者,能够通过高贵的灵魂而利他,利他行为也就成为行为者自我实现的证明"③。作为戏剧导演和演员的查尔斯,前半生的经历都集中在他的戏剧事业上,在舞台上他是受人

---

① Michael Slote, *From Morality to Virtue*, New York: Oxford University Press, 1992, p. 15.
② Michael Slote, *Morals from Motives*, New York: Oxford University Press, 2001, p. 35.
③ Michael Slote, *From Morality to Virtue*, New York: Oxford University Press, 1992, p. 6.

敬仰的大导演，他指挥着一切，是一个充满权力欲和以自我为中心的人，"假如绝对的权力滋生绝对的腐败，那么我一定是一个最腐败的人。戏剧导演就是独裁者（如果不是那样，那他就不称职）"①，而他选择退出伦敦舞台的决定"不仅仅是一个明智地选择'急流勇退'的问题"②。其实，他只是厌倦了他之前的生活而已。他从来没有意识到自己的权力欲和自我中心，总是以自我的方式去指挥别人的生活。在生活中，他充满着嫉妒心和占有欲，贪婪堕落，为了私欲去破坏他人的家庭，歧视女性，并把她们抛弃。这些不健康的内在也就导致了查尔斯总是做出不道德的行为，给身边的人造成伤害。

其次，查尔斯缺少作为"普遍仁慈"的道德。斯洛特认为，"普遍仁慈"是指均等地关切每一个人，是一种普遍的人道主义关切能力。在这一点上，查尔斯总是以自己的爱好来给身边的人分配角色。例如，对于他喜欢的人莉齐，他形容为"动人魅力，以及她那长盛不衰的青春活力"③。莉齐深爱着查尔斯，她性格温顺，对查尔斯的话唯命是从，她一直期盼与查尔斯重修旧好，只要查尔斯勾勾手指，莉齐就会抛弃一切重回他身边；对于他一直迷恋的初恋情人哈特莉，他称为"我的沉睡的公主"④。哈特莉一直是查尔斯的真爱，无论是过去还是现在，将她唤醒一直是查尔斯未完成的梦；而对于他一直想收留的哈特莉的养子泰勒斯，他形容为一只"小羊"，游起泳来像"海豚"一样，查尔斯一直想利用泰勒斯捆住哈特莉，所以查尔斯才拼命讨好泰勒斯。但是，对于自己讨厌的人，查尔斯则是完全相

---

① ［英］艾丽斯·默多克：《大海啊，大海》，孟军等译，译林出版社 2004 年版，第 38 页。
② ［英］艾丽斯·默多克：《大海啊，大海》，孟军等译，译林出版社 2004 年版，第 4 页。
③ ［英］艾丽斯·默多克：《大海啊，大海》，孟军等译，译林出版社 2004 年版，第 43 页。
④ ［英］艾丽斯·默多克：《大海啊，大海》，孟军等译，译林出版社 2004 年版，第 294 页。

反的态度。对于哈特莉的丈夫本，查尔斯总是用粗劣的词语描述他，形容本像一只愤怒的"狗"，说他是一只"公兽"，他视本为卑劣险恶的人物，认为本抢走了他的哈特莉，因此他才不能和哈特莉在一起；而罗西娜在查尔斯心中，从来都是"母老虎""疯女人""野兽"，每当罗西娜去找他时，查尔斯的态度都非常冷漠，恨不得她马上消失。而对待身份地位不如他的人，查尔斯将吉尔伯特当成他的仆人，让他为自己打扫房间、劈柴做饭，他认为吉尔伯特非常享受身为他仆人的生活；而被自己抢走妻子的佩里格林，查尔斯认为他只是一只"虚张声势的狗熊"。查尔斯一直以为佩里格林是一个低声下气、唯命是从的人，即使抢走了他的爱妻，他还会和以前一样尊敬自己，结果险些置查尔斯于死地的人正是佩里格林。而对待自己的堂弟詹姆斯，他称其是"骄傲的小马驹拥有者"，将他视为自己的敌人，因为他嫉妒詹姆斯的一切。由此可见，查尔斯身上缺少普遍仁慈的美德，他没有人道主义关怀能力，决定了他总是不道德地生活。

再次，查尔斯缺少作为"关怀"的道德。斯洛特把关怀分为两种：对自己亲近的人的关怀；对其他不熟悉的人的关怀。在查尔斯眼里，"堂亲就是害人的至亲"①，"我们互相留着心，而这种相互间的密切关注出于我们不爱讲话的天性倒也基本上瞒住了我们彼此的父母。我不能说我们相互畏惧，畏惧是我一个人的事，确切地说，不是惧怕詹姆斯，而是惧怕詹姆斯所代表的东西"②。对查尔斯来说，詹姆斯占据着各种优势，拥有着自己一直所向往的生活，他与詹姆斯一起长大，但是命运截然不同。詹姆斯的母亲埃斯特尔婶婶是查尔斯从小

---

① ［英］艾丽丝·默多克：《大海啊，大海》，孟军等译，译林出版社2004年版，第59页。
② ［英］艾丽丝·默多克：《大海啊，大海》，孟军等译，译林出版社2004年版，第64页。

的"'美国'的幻想"①，而查尔斯的父母却一直过着拮据的生活。他与堂弟詹姆斯几乎没有联系，他也不知道詹姆斯的真实想法，但是由于嫉妒，查尔斯从小就把詹姆斯当作他的对手，一直对堂弟心怀敌意。每当得知堂弟遭受挫折，查尔斯就会暗自窃喜，精神倍增。他对詹姆斯的叙述也都跟两人的竞争相关，除此之外他对詹姆斯的生活毫不知情。但他的堂弟詹姆斯，却总是打听查尔斯的行踪，经常说起两人儿时的时光，并能在紧要关头给他出谋划策，而查尔斯在他的叔叔（堂弟詹姆斯的父亲）去世的时候，都没有去参加叔叔的葬礼，甚至对堂弟连关心的话都没有；查尔斯总是自私地做着自己想做的事，即使对自己身边的好友，他也缺少关怀。查尔斯喜欢上了好友佩里格林的妻子罗西娜，并想方设法让她爱上自己、和丈夫离婚，并许给罗西娜婚姻。但是在她离婚后，又把她无情抛弃。因为好友佩里格林表现出的忍气吞声、满不在乎，查尔斯从没认为自己这样做是不道德的，依然认为他和佩里格林的关系还和从前一样，结果佩里格林在一次朋友聚会时在大家都不注意的情况下把查尔斯推向悬崖，险些置查尔斯于死地。这些足以证明查尔斯缺少对其他人的关怀。至此，可以看出查尔斯美德动机的缺乏导致他做出种种不道德的行为，其深层原因是他深陷自我主义的泥潭、一切以主观的自我为中心。

默多克认为，"自我主义固执地根植于人性之中"②。人常常容易陷入自我主义与唯我论，并将他人也拉入自我主义的网中，受困于自我编织的伦理困境。《大海啊，大海》中的主人公查尔斯就是以自我为中心的典型代表。在自我需求的支配下，查尔斯沉浸在自我主义的

---

① [英] 艾丽斯·默多克：《大海啊，大海》，孟军等译，译林出版社2004年版，第64页。
② David J. Gordon, *Iris Murdoch's Fables of Unselfing*, Columbia：University of Missouri Press，1995，p.7.

世界中，无法将他人视作独立存在的个体，把他者暴力同一于自我，"将自我等同于不真实的意志"①，从而使他者在自我主义的"权威"中，丧失了他异性。

列维纳斯指出，"在需求中，我们将牙齿嗫入他者，并同化他者以满足自我"②。换言之，自我为了所谓需求的满足，深陷自我主义的泥淖，全然无视他者的存在，将他者同化为满足一己之私欲的工具，成为被自我暴力占有和索取的对象。查尔斯在对待周遭朋友的过程中所表现出的对他人强烈的支配欲望和占有心理则是这种自我主义的最好例证。在众多与查尔斯纠缠不清的情人中，罗西娜与他的渊源颇具戏剧性。查尔斯在与罗西娜相识之初，罗西娜便已与查尔斯的好友佩里格林结婚。然而，查尔斯为了满足他自命不凡的虚荣心，便仰仗自己的才华将当时已经小有名气的罗西娜勾引到自己身边，成了自己的情人。查尔斯无视伦理秩序，引诱朋友之妻罗西娜，然后又矢口否认真爱过她，"在这桩艳遇持续期间，主宰着我们的是相互间疯狂的占有欲。有一段时间，她特别想嫁给我，而我却没有一丁点儿娶她的念头。我只是想得到她。这份得到她的满足感就是让她永远背弃自己的丈夫"③。可见，在与罗西娜的关系中，查尔斯只是为了满足一时虚荣的占有欲，便打破道德的底线，在自我需求与欲望的驱使下，夺人之妻又随意抛弃，造成一个家庭的破碎，使三个人都深陷疯狂的纠缠，也让自己在日后尝到了这份自私贪婪的苦果。查尔斯的另一个情人莉齐的命运同样被悲剧地置于查尔斯的操控之下。查尔斯对莉齐的爱并非源于自发，而是始于他确认了莉齐对他的疯狂迷恋之后。莉齐的爱

---

① Maria Antonaccio, *Picturing the Human: The Moral Thought of Iris Murdoch*, New York: Oxford University Press, 2000, p. 130.

② Emmanuel Levinas, *Totality and Infinity*, trans., Alphonso Lingis, The Hague: Martinus Nijhoff Publishers, 1979, p. 117.

③ [英]艾丽丝·默多克：《大海啊，大海》，孟军等译，译林出版社2004年版，第76页。

使查尔斯在二人关系中确立了至高无上的地位,从而满足了查尔斯对他人无限的支配心理与占有欲。他坦言:"她理解我,顺从我,尽管她知道我和罗西娜的事儿,却仍然选择了痛苦的天堂,这一点我必须承认,平添了我的满足感。"[①] 莉齐对他的绝对服从不仅满足了查尔斯的控制欲,也成为查尔斯对待其他女人变本加厉的砝码。如同玩弄玩偶一般,查尔斯对她们招之即来挥之即去,将原本鲜活的个体操控为行尸走肉般的傀儡,将她们置于他的掌控与支配之下,以此满足他的自私需求与贪婪欲望,"查尔斯充满嫉妒心和占有欲,轻视、玩弄女性,对她们始乱终弃"[②]。

此外,查尔斯疯狂的自我主义在与初恋情人哈特莉的相处中显得更加登峰造极。少年时期的查尔斯一直沉迷在与哈特莉的初恋中无法自拔,他将哈特莉视作他的归宿,他的开端,他全部的生命,以至于他一度被自我幻想蒙蔽,认为能够娶哈特莉为妻。而讽刺的是,哈特莉对这段感情的回忆截然相反,"我们的爱情是不真实的,它幼稚得如同儿戏"[③],因而在哈特莉逃离之后,查尔斯歇斯底里地寻找哈特莉的踪迹,寄出数以千计的求爱信,骚扰哈特莉的家人,甚至在报纸上张贴启事,一心想要寻回哈特莉,让她成为永远生活在他自我中心世界里的女主角。然而,查尔斯的努力最终都变为徒劳,于是他将这份对哈特莉无法实现的占有欲转嫁到他人身上,沦为一个彻头彻尾的自我主义者。为了实现自我需求的满足,查尔斯无视他者的感受,"在需求中,自我构成了世界的中心,世界万物都是围绕着自我而展开的,一切他者都不过是自我用来满足需求的手段和工具,是自我征服

---

[①] [英]艾丽丝·默多克:《大海啊,大海》,孟军等译,译林出版社2004年版,第52页。

[②] 刘晓华:《失落与回归:人的本质视域下的默多克小说研究》,南开大学出版社2014年版,第62页。

[③] [英]艾丽丝·默多克:《大海啊,大海》,孟军等译,译林出版社2004年版,第322页。

和改造的对象和客体，我充分地享有控制、支配、利用他者的特权"①。多年后与哈特莉在海边重逢，查尔斯心中的恶魔被唤醒，为了再度得到并占有哈特莉，他闯入哈特莉原本平静的生活，将哈特莉的丈夫臆想成粗鄙的恶人，把自己对哈特莉无休止的纠缠视作拯救爱人的英雄行动。在遭到哈特莉的拒绝后，查尔斯甚至不惜利用哈特莉的养子泰勒斯作为诱饵，不顾哈特莉愈发糟糕的身体条件和精神状态，违背她的个人意愿，引诱并囚禁哈特莉，使哈特莉变为自我主义者的犯人、个人需求暴政的牺牲品。在查尔斯无法填满的需求面前，自我与他人皆沦为查尔斯自我主义的阶下囚，受困于自我主义的困境中无法出逃。

## 第二节 他者的伦理召唤

斯洛特的理论中，移情就是当看到别人陷入痛苦时，我们会不由自主地与其产生感情共鸣。移情是无法取消的，它是一种习以为常的、长期的、在某种程度上不由自主的状态。② 移情是单纯地出于心中对于他人的关怀和爱护，绝不是为了满足自己的某种欲望或私欲。移情不是只关心自己的福利，更多的是关注如何帮助别人远离痛苦和不幸，是对别人感同身受的能力。斯洛特将"移情"看作道德情感生活中必要的感情元素。查尔斯从来都只关心自己的福利，没有对他人感同身受的能力。首先，查尔斯的职业（戏剧导演）让他形成了只是满足自己私欲的作风，"我喜欢让观众产生错觉，不让他们觉得有隔阂。我厌恶在众目睽睽的舞台上不停地乱动乱晃，这会破坏事件的交

---

① 吴先伍：《列维纳斯哲学中的"欲望"概念》，《哲学动态》2011年第5期。
② Michael Slote, *Moral Sentimentalism*, New York: Oxford University Press, 2010.

代。同样，我也讨厌'让观众参与'的胡扯"①。查尔斯曾经深爱他的初恋情人哈特莉，但结果哈特莉却没有任何理由地离开了查尔斯，这便在他的内心留下了阴影，"我年轻时一度想娶妻子，但是那个女孩子逃走了。从那以后，我再也没有认真考虑过婚姻的问题。我对婚姻状况的犀利观察，令我对婚姻不抱任何幻想……分手、私会、偷会的戏剧再适合不过我了"②。初恋失败后，他便把初恋的阴影带入他以后的感情经历。查尔斯不断在别的女人身上寻找哈特莉的影子，但他对其他女友的态度截然不同。前女友罗西娜的丈夫是查尔斯的好友，罗西娜为了他不惜和自己的丈夫离婚，最终却被查尔斯无情抛弃；前女友莉齐是有名的女演员，身边有众多的男性追求者，但为了查尔斯决定退出舞台，心甘情愿去当查尔斯身边的小女人，最后也被他无情拒绝；而查尔斯对初恋女友哈特莉念念不忘，认定她是他的一生挚爱，生命中的其他女人都只是初恋情人的替身。后来与哈特莉重逢的时候，即使她已经结婚了，已经变成了一个年老色衰的女人，查尔斯还是疯狂地追求她。为了重新得到她，他不惜伤害还想与他重修旧好的莉齐和罗西娜。查尔斯是一个只关心自己想法的人，他从来不会去考虑别人的感受，更不在意别人怎样看待他。查尔斯对任何一个女人的态度都是如此，莉齐本可以与吉尔伯特过着安定的生活，但是查尔斯深信莉齐仍然痴迷于自己，只要他勾勾手指，莉齐就会重新回到他的怀抱；同样，查尔斯也并不是真的喜欢罗西娜更没有想要娶她，事实上他承认自己从来没爱过她，拆散她的婚姻只是为了证明他比她的丈夫更优秀，他只是喜欢这种拥有别人妻子的感觉而已，希望所有的人把他当作上帝。对初恋情人哈特莉，因为哈特莉之前的不告

---

① [英]艾丽斯·默多克：《大海啊，大海》，孟军等译，译林出版社2004年版，第37页。

② [英]艾丽斯·默多克：《大海啊，大海》，孟军等译，译林出版社2004年版，第54页。

而别一直让查尔斯难以释怀,所以当他再遇旧爱,燃烧的不只是往事,更多的是他对从未真正拥有过哈特莉的不甘心。哈特莉的一再拒绝,更激起了查尔斯想要得到哈特莉的欲望。越拒绝越吸引,欲望就越强烈。他对哈特莉的爱,只不过是满足自己的征服欲罢了。查尔斯身上是缺少移情的,这使他无法感同身受地关注别人的处境,也使他在求善的道路上裹足不前。斯洛特认为,"人们通过天生的移情,就应该清楚地知道应该做什么和为什么这样做。由移情可以推出移情关爱,移情关爱又可以推出道德义务"①。查尔斯不能认识道德规范,对他而言,我想得到的,就一定要得到。即使别人结了婚,他也一定要拆散。不能正确认识和遵守道德规范,就无法正确地履行道德义务。

斯洛特认为,道德层面上的对与错、善与恶都不是可以用理性来感知的,而是需要人们用情感慢慢体会,通过人的内省自然发生的。他认为,"理性在道德上的判断能力是有限的,因为人的认知能力有限,道德远远超出了理性的判断水平,理性使我们对行为倾向的解释具有狭隘性。道德义务和道德判断源于移情倾向,而非理性也不需要任何理性的反思。移情反应不需要我们去思考对与错,相反,它是判断对与错的根据和理由。即使在我们的自然道德动机减弱时,也无须去规范我们的行为,我们人类与生俱来的移情心具有天然的初始的合理性"②。查尔斯错误的移情反应阻碍了他的求善道路,因为非理性是不需要任何理性的反思的。查尔斯退出舞台,他厌倦了之前的戏剧生活。用查尔斯的话来说,"通过反省我的人生经历来反观这个世界。我觉得对自己做一番反省的时候到了"③。这看似查尔斯在理性地思考,但是查尔斯每次做的事情似乎都是非理性的,他早已分不清现实

---

① Michael Slote, *Moral Sentimentalism*, New York: Oxford University Press, 2010, p. 22.
② Michael Slote, *Moral Sentimentalism*, New York: Oxford University Press, 2010, p. 83.
③ [英]艾丽斯·默多克:《大海啊,大海》,孟军等译,译林出版社2004年版,第3页。

和错觉。查尔斯本身就是一个时常会陷入非理性的人,从一开始他认为总是有海怪出现,他就经常陷入困惑,他理性地表明自己喜欢那片大海并喜欢游泳,但是现实中他却称其是"一段儿毫无情趣的海滨"[1]。同样,当他与哈特莉重逢时,他也理性地知道哈特莉已经衰老不堪,但是非理性的他又同样眷恋着自己曾经爱恋的那个青春少女形象。所以对查尔斯来说,眼前的哈特莉的形象并不重要,重要的是要把哈特莉从本的手里夺走。因为他之前成功地破坏了罗西娜的婚姻,这次他认为也会轻而易举,没想到却屡屡碰壁。尽管被哈特莉一再拒绝,查尔斯却以各种理由自欺欺人地安慰自己。当等待的泡影破灭后,非理性的查尔斯居然没经允许直接去了哈特莉的家,结果被她的丈夫本无情地轰了出去。这使查尔斯认定本是个暴君并采取更加不理性的做法,不择手段地利用哈特莉的养子,囚禁了哈特莉。查尔斯一直将目光聚焦在自我身上,无法真正看清他人和他人真正的需求。沉迷于自我主义中的查尔斯遗忘了如何与他者建立正确的伦理关系,忽略外在于自身的世界和他者的需要,将他者统一于自我,成为隔离的存在。然而,列维纳斯指出,自我是无法摆脱与他人的伦理关联的,他者的"面容"向自我的暴力发起挑战,宣示他的不可被占有性,"面容拒绝占有,拒绝我的权能"[2]。同时,面容具有的双重特性:脆弱性与权威性,向自我发出伦理召唤,使自我"理解并超越自我的局限性"[3],在面对面的关系中走向他人,承担起为他者的责任,尊重他者,为他者着想,接受他者的他异性。

首先,他者的面容具有脆弱性,"它是寻求补偿的、张开的双

---

[1] [英]艾丽斯·默多克:《大海啊,大海》,孟军等译,译林出版社2004年版,第5页。

[2] Emmanuel Levinas, *Totality and Infinity*, trans., Alphonso Lingis, The Hague: Martinus Nijhoff Publishers, 1979, p. 199.

[3] Bart Nooteboom, *Beyond Humanism: The Flourishing of Life, Self and Other*, Hampshire: Palgrave Macmillan, 2012, p. 166.

手,代表它需要某物,正在向你要某物"①。他者以赤裸的面容向个体提出伦理恳求,伸出双手,表达着脆弱和需要,请求着自我的回应,这种脆弱的恳求常常出现在穷人、陌生人、寡妇、孤儿的面容当中。《大海啊,大海》中泰勒斯的不幸溺亡恰恰表现了面容的脆弱性,并向查尔斯发出伦理召唤,成为促使查尔斯产生觉醒的伦理意识、关注并走向他者的重要因素。当查尔斯沉迷于掳走哈特莉的精心计划时,泰勒斯的意外溺亡如同当头棒喝,将查尔斯自我主义的幻想击得粉碎。目睹了泰勒斯的死亡后,查尔斯意识到泰勒斯的脆弱与无助,"他看上去是如此完整,如此美丽。他赤着身,软绵绵、湿漉漉的躺在那儿……接着我看到他前额边上的一块乌青,像是被击打后留下的"②。泰勒斯之死向查尔斯呈现了他者的脆弱无助,在面容中自我看到他人的脆弱与死亡,这让我们产生一种脱离自我的意识。列维纳斯指出,"他人之死在自我身上产生'不安'、'焦虑'、'畏'、'罪'和'良知',因为作为幸存者的我对他人之死负有无限的责任,因此,他人之死呼召我,让我愿意把他人的存在作为责任承担下来"。面对生龙活虎的少年瞬间被大海吞噬的惨剧,查尔斯意识到泰勒斯原本是多么渺小无助,他无依无靠投奔自己,自己却未能及时给予他足够的提醒和关心,导致其白白丧生。泰勒斯之死作为一种伦理恳求,表明了他者面容的脆弱无助,它向查尔斯发出求助的恳求,乞讨他的帮助和关注,使查尔斯在面对他人之死和痛苦挣扎时,摆脱了自我主义的枷锁,将关注从自我投向他者,并感到"自我要为

---

① Emmanuel Levinas, Tamra Wright, Peter Hughes and Alison Ainley, "The Paradox of Morality: An Interview with Emmanuel Levinas", in Robert Bernasconi and David Wood, Andrew Benjamin and Tamra Wright, trans., eds., *The Provocation of Levinas: Rethinking the Other*, London: Routledge, 1988, pp. 168–180.

② [英] 艾丽丝·默多克:《大海啊,大海》,孟军等译,译林出版社 2004 年版,第 413—414 页。

他人之死承担责任"①。泰勒斯死后,他的身影久久徘徊在查尔斯心中,查尔斯时常感到痛苦和愧疚,使他无法释怀自己所犯下的过错,"心中仿佛有一只小小的却很笨重的棺材"②。在泰勒斯之死的伦理恳求下,查尔斯逐渐转向他人,开始了伦理觉醒。

其次,列维纳斯指出,面容是一种权威,它是一种命令,禁止你去做某事,告诫"你不能杀人"③,也意味着一种伦理反抗。然而,"权威经常是无力的权威"④,它不是力量,不是法律,它只能要求你这么做,但它无法强制你一定这样去做,这也解释了为何仍然有人做出不道德的行为。在《大海啊,大海》中,默多克将哈特莉刻画为因无法忍受以自我为中心的主人公而选择离开的他者形象,她的离开和躲避恰恰体现出他者面容中无力的权威,她以逃离的方式发出道德命令,反抗自我主义者的自我沉迷与暴力同一,召唤自我的伦理意识,使自我逐渐实现伦理觉醒,接受他人的真实。小说中哈特莉因为无法忍受查尔斯以自我为中心的状态,几次选择逃离。少年时代的查尔斯向往剧院里光鲜亮丽的生活,他厌弃家庭的贫瘠朴素,不顾父母希望他读大学的期冀,毅然离家去往伦敦投身艺术。他沉浸在自我满足中,丝毫没有注意到女友哈特莉不希望他去伦敦做演员的心情。哈特莉回忆道:"你那么霸道,我决定再也不要忍受了"⑤。于是,哈特莉选择离开查尔斯,以这种无力的方式表达对查尔斯自私霸道的抵抗。

---

① Bart Nooteboom, *Beyond Humanism: The Flourishing of Life, Self and Other*, Hampshire: Palgrave Macmillan, 2012, p. 167.
② [英]艾丽丝·默多克:《大海啊,大海》,孟军等译,译林出版社2004年版,第430页。
③ Emmanuel Levinas, *Totality and Infinity*, trans., Alphonso Lingis, The Hague: Martinus Nijhoff Publishers, 1979, p. 199.
④ Emmanuel Levinas, Tamra Wright, Peter Hughes and Alison Ainley, "The Paradox of Morality: An Interview with Emmanuel Levinas", in Robert Bernasconi and David Wood, Andrew Benjamin and Tamra Wright, trans., eds., *The Provocation of Levinas: Rethinking the Other*, London: Routledge, 1988, p. 169.
⑤ [英]艾丽丝·默多克:《大海啊,大海》,孟军等译,译林出版社2004年版,第233页。

显然，查尔斯并没能意识到哈特莉第一次离开所发出的伦理命令，他依旧我行我素并且不道德地行事，直到与哈特莉重逢并直面她的第二次逃离，逐渐开始了伦理觉醒。哈特莉在经历了查尔斯的疯狂纠缠与囚禁之后，选择与丈夫远赴澳大利亚，逃离查尔斯，重新开始平静的生活。哈特莉的第二次离开作为伦理命令告诫查尔斯不可以将自我欲望强加于他人之上，"这种背井离乡既有为自己考虑的缘故，也有让查尔斯彻底反思自我的动机"①。面对哈特莉的逃离所发出的道德命令，查尔斯最终认清自我与他人，他反思道："我一贯喜欢介入别人的隐私，肆意破坏却又一无所获，该就此打住了"②。

另外，偶然事件的发生也是推动自我主人公觉醒的重要一环。默多克指出，"重视人，就要重视人作为存在的个体的特殊性，也要尊重经验世界中偶然性的因素"③。查尔斯遭遇了突如其来的复仇事件，在混乱无序的复仇事件所发出的伦理召唤下，自我逐渐理性认识自我与他人，走向伦理觉醒。实际上，佩里格林多年来忍受着查尔斯夺妻之痛的屈辱和目空一切的傲慢，为了一解心头之恨，他将查尔斯推下悬崖，并且勇敢承认，最终潇洒地弃查尔斯而去。佩里格林的报复代表着他对查尔斯自我主义暴政的反抗，他积压多年的怨愤如同给了查尔斯当头一棒，"这些年来你就是我的一场噩梦。对我来说，你就像一个恶魔，一个恶性肿瘤"④，使查尔斯产生了前所未有的自我怀疑。面对佩里格林谋杀自己的真相，查尔斯高高在上的尊严和令他引以为傲的对秩序的掌控被彻底击溃，逐渐意识到世界充满着无法被纳入自

---

① 范岭梅、尹铁超：《时间、女性和死亡——〈大海啊，大海〉的列维纳斯式解读》，《外国文学研究》2012年第1期。
② [英]艾丽丝·默多克：《大海啊，大海》，孟军等译，译林出版社2004年版，第525页。
③ 范岭梅：《善之路：艾丽丝·默多克小说的伦理学阐释》，中国社会科学出版社2010年版，第32页。
④ [英]艾丽丝·默多克：《大海啊，大海》，孟军等译，译林出版社2004年版，第427页。

我秩序之中的偶然,并发现了被忽视的他者的存在。小说中出人意料的复仇事件,打破了查尔斯的自我中心和统一秩序。它起到了重要的伦理作用,即向自我主义者发出伦理召唤,彰显了时常被忽略的他者的在场,促使主人公反思自我,注视他人,使他们意识到每一个独立的个体都应得到关注和尊重。

## 第三节 自我的伦理觉醒与回应

列维纳斯指出,在他者面容中,"它呼唤你,你对面容的反应是回答,不仅仅是回答,而且是一种责任。回答和责任这两个词是紧密相关的"[①]。换言之,在与他者的面对面相遇中,他者面容的伦理召唤使自我产生了脱离自我、转向他者的意识,并成为为他人负责的人。默多克小说中的人物从深陷自我主义的伦理困境,到接受他者发出的伦理召唤后,逐渐走向伦理觉醒,并给予他者伦理回应。查尔斯虽然无法挽回泰勒斯的生命,但自责与悔恨时常占据他的心头,他意识到自己本该及时警告泰勒斯大海蕴藏的危险,并承认是自我的虚荣心害死了泰勒斯,他迫切地渴望可以承担起原本能够为泰勒斯负起的责任,他醒悟道:"当初我为什么就没一下子看清这一点——拥有泰勒斯,热切地对他尽父亲的慰抚之责,就是意义所在"[②]。

列维纳斯强调,"自我是面对他者而立的,在这种面对他者的立

---

[①] Emmanuel Levinas, Tamra Wright, Peter Hughes and Alison Ainley, "The Paradox of Morality: An Interview with Emmanuel Levinas", in Robert Bernasconi and David Wood, Andrew Benjamin and Tamra Wright, trans., eds., *The Provocation of Levinas: Rethinking the Other*, London: Routledge, 1988, p.169.

[②] [英]艾丽丝·默多克:《大海啊,大海》,孟军等译,译林出版社2004年版,第494页。

场中，他者相对于自我始终保持着超越"①，这表明了他者的他异性无法被自我忽视。在《大海啊，大海》中，主人公在他者的伦理召唤下，最终将目光从自我投射到他人身上，关注并接受了他者的真实和他异性。查尔斯在经历了他者的伦理召唤后，发现哈特莉只是虚幻的海伦的化身，她不过是自己多年来不愿放弃的臆想。所谓真爱也只是自己内心中嫉妒的恶魔在作祟，因此他最终放弃了哈特莉，尊重她的选择和决定，把自由还给被自己囚禁在心中的囚徒。同时，他也重新审视了一直被忽视的他人，发现克莱门特才是真正陪伴他成长，为他的生命注入意义的女人，是他"一生未娶的根本所在"②。表弟詹姆斯也不再被查尔斯视作对手，他的死反而变成了查尔斯情感寄托的失落，也让查尔斯在之后的岁月里时常受到他的影响，学会如何尊重万物，与人为善。面对他者的伦理召唤，查尔斯做出了道德的伦理回应，将自我与他者的关系拉回伦理的轨道中来，在与他人的面对面关系中，摒弃自我主义的虚无，面对他者、回应他者、走向他者，实现自我的伦理重构。

斯洛特认为，"道德规则或道德命令的第二人称作用，可以有效地把行为主体从道德失败的边缘拉回来。第三者的道德观点和态度可以对我们自己的观点和态度倾向产生深刻的影响"③。查尔斯在经历了泰勒斯之死、佩里格林把他推向悬崖、哈特莉的无声离开后，开始对自己的行为进行反思，"是我的虚荣心毁了他。这就是因果循环，犯了过失就要付出必然而然的代价"④。詹姆斯三番五次的开导以及泰勒

---

① Emmanuel Levinas, *Totality and Infinity*, trans., Alphonso Lingis, The Hague：Martinus Nijhoff Publishers, 1979, p. 24.
② ［英］艾丽丝·默多克：《大海啊，大海》，孟军等译，译林出版社2004年版，第519页。
③ Michael Slote, *Moral Sentimentalism*, New York：Oxford University Press, 2010, p. 125.
④ ［英］艾丽丝·默多克：《大海啊，大海》，孟军等译，译林出版社2004年版，第494页。

斯和詹姆斯的相继离世给查尔斯带来了巨大的震撼，使查尔斯终于领悟到自己其实一直是在做"梦的追寻"①。詹姆斯是一个有着至高境界的人，他是一个佛教徒，总是能用其精神力量来行善。每当詹姆斯出现，周围的人总是能处于一种特别和谐的气氛中，这一点查尔斯也不得不承认。詹姆斯靠自己的影响来劝导和感化查尔斯，请求查尔斯放弃哈特莉，他用他的向"善"之心，赢得人们对他的信任。詹姆斯曾说过，"仁慈在放弃力量，消极地对待这个世界。善真的是不可思议"②。在接到詹姆斯去世消息的那天，查尔斯放下了执念，走向了向善之路。

## 结　　语

柏拉图的洞穴理论生动地诠释了查尔斯从自我走向无我，从不道德走向道德的过程经历。洞穴之中的世界相应于感知世界，而洞穴外的世界则相应于理智世界。要想看清真相，就要努力走出洞穴，从假象中走到光明美好的真实世界。洞穴束缚好比自我束缚，真相固然难求，但我们不能因此放弃追求，要突破自我，走向无我的境界。"我们的关注应该远离那些带有自我安慰的梦想，远离那些枯燥的象征，远离那些虚伪的个体，远离那些虚假的一切，而应去接近那些真实的难以窥测的人生。"③ "善"是默多克道德哲学的核心，她认为人们应该向"善"，因为向"善"是解决一切世俗羁绊的纠纷的最佳方式。

---

① ［英］艾丽斯·默多克：《大海啊，大海》，孟军等译，译林出版社2004年版，第90页。

② ［英］艾丽斯·默多克：《大海啊，大海》，孟军等译，译林出版社2004年版，第479页。

③ 李海峰：《臆想与关注的对立——从〈大海啊，大海〉看艾丽斯·默多克的伦理道德哲学》，《绥化学院学报》2005年第4期。

《大海啊，大海》同样是一个关于求善的故事，主人公查尔斯从最初的道德阻碍到最后自我反思的心路历程，逐步走向自我解脱和关注他人，正是对现实生活中求"善"的诠释。

在对个体所遭遇的伦理困境的深切关照下，默多克在《大海啊，大海》中重新诠释了自我与他者的关系以及自我实现伦理重构的可能途径。主人公查尔斯最初被缚于自我主义编织的困境中，忽视他者和外在的真实世界。自我，作为默多克道德哲学思想中的重要范畴，在默多克的小说中经历着不断向善的道德完善历程，而他者在此过程中所起到的伦理作用不容忽视。从列维纳斯他者伦理学和默多克的道德哲学视角看，小说中的他者和偶在向自我发出伦理召唤，促使自我产生超越自我、走向他人的伦理意识，帮助自我开始伦理觉醒，转变成回应他者、尊重他者、为他负责的个体，从而实现了自我的伦理重构。

# 第七章

# 直面现实：《独角兽》中的流动性

## 引　　言

《独角兽》（*The Unicorn*，1963）是默多克早期的小说作品。在这一时期，默多克大胆尝试各种小说文体，以实现对新小说的实验和对传统小说的突破。①《独角兽》讲述了一个充满神秘色彩的哥特式爱情故事，主人公汉娜·克莱恩－史密斯婚内出轨邻居皮普·列殊，在丈夫彼特·史密斯的同性恋情人兼仆人吉拉尔德·司各托的设计之下被丈夫发现，进而被囚禁在盖兹（Gaze）城堡长达七年。故事的发生地是一个荒僻的爱尔兰乡村地区，一个"被上帝遗忘的角落"②，那里人烟稀少，冷冷清清，周围景色荒芜破败，除了盖兹城堡和莱德斯（Riders）城堡这两栋维多利亚时期的破旧城堡和几间屋子外，只有大海、悬崖和沼泽。《独角兽》是一种"封闭式小说"③，这类小说的气

---

① 曹晓安：《论默多克小说〈独角兽〉的后现代性》，《外国语文研究》2020年第4期。
② ［英］艾丽丝·默多克：《独角兽》，邱艺鸿译，译林出版社2000年版，第5页。
③ Peter Conradi, *Iris Murdoch*: *The Saint and the Artist*, London and Basingstoke: Macmillan, 1986, p. 23.

氛令人感到恐惧，人物也失去自由①。盖兹城堡就像传统哥特式小说中的大房子或者修道院一样，弥漫着恐怖的气息，盖兹城堡的女主人汉娜也总是充满谜一样的色彩。小说的最后，汉娜在枪杀吉拉尔德之后投海自尽，彼特淹没在洪水中，皮普自杀身亡。在默多克的笔下，《独角兽》的故事实际上"是一个精神生活的幻想，一个故事，一出悲剧"②。

目前，国内外学者大多侧重于从默多克的哲学观点出发对《独角兽》进行分析，其中包括默多克对善以及洞喻学说的应用、对崇高和美的思考以及对"去自我"概念和自我主义的阐释等。《独角兽》中女主人公汉娜的房间只靠炭火取暖，"阳光的直接照射被拒之门外"③，这是默多克对柏拉图洞喻学说的应用，汉娜就是洞穴中的囚徒，只有借助阳光才能真正被他人看清。柏拉图的洞喻学说是解读《独角兽》的关键，人们只有走出臆想（fantasy），才能认识到自己处于相对的偶然世界里，才能实现对真和善的求索。④ 默多克在《独角兽》中继承和发展柏拉图的"善"的理念是为了让符合生活经验的形而上学取代超自然的上帝⑤，她认为《独角兽》中的自然的崇高是一种道德体验，一种自由的体验⑥，自然的无拘无束的美可以让我们想起形式，一种超越我们眼前关注的现实，因此自然可以解除我们的

---

① 何伟文：《解读〈独角兽〉：在偶然世界里对真和善的求索》，《外国文学研究》2005年第1期。
② ［英］艾丽丝·默多克：《独角兽》，邱艺鸿译，译林出版社2000年版，第285页。
③ Peter Conradi, *Iris Murdoch: The Saint and the Artist*, London and Basingstoke: Macmillan, 1986, p. 128.
④ 何伟文：《解读〈独角兽〉：在偶然世界里对真和善的求索》，《外国文学研究》2005年第1期。
⑤ Gary Browning, *Why Murdoch Matters*, London: Bloomsbury Publishing Plc, 2018, p. 89.
⑥ Iris Murdoch, *Existentialists and Mystics: Writings on Philosophy and Literature*, Peter Conradi, ed., London: Chatto & Windus, 1997, p. 263.

利己主义。①《独角兽》不仅传达了默多克对柏拉图的美和存在主义的自由的思考,更表现出"后现代哲学思想的非中心化、反主体化和视角化"②。《独角兽》还是默多克道德哲学的核心概念"去自我"的文学化演绎,"去自我"并非意味着失去自我,而是"基于对自我的认同和维护"③。主人公汉娜的悲剧根源就在于其对自我的屈服,即"女性自我主体的丧失"④。在《独角兽》中,默多克将自我置于与他人和世界的关系中考察,这种视角与流动性研究将流动主体置于对世界、周围环境以及自我的感知和互动中进行研究一样,都关注自我与他人及世界产生社会交往时的状态和变化。

从具身流动和景观流动两个角度对《独角兽》进行研究基于两种观点:第一种观点,大部分学者普遍认为默多克是柏拉图理性主义认知哲学的继承者,因此她忽视身体的存在,强调理性在认知中的关键作用。第二种观点,还有学者认为默多克的小说是其哲学观点的演绎,所以默多克在《独角兽》中着重对善、臆想、偶合无序的世界等哲学观点的传达,而不注重对小说背景的刻画。本章将运用21世纪新兴的流动性理论,从具身流动和景观流动两方面出发对这两种观点重新进行思考,并对默多克小说中自我与他人、环境和世界之间的关系做出回答。论证整体围绕小说的两个主要人物玛丽安·泰勒和艾菲汉·库柏展开,玛丽安是一位因对城市生活无所适从所以来到乡下的盖兹城堡工作的家庭女教师;艾菲汉在城市中从事公共事业,混得风生水起,他前往盖兹城堡附近的莱德斯城堡探望曾经的导师麦克斯·

---

① Gary Browning, *Why Murdoch Matters*, London: Bloomsbury Publishing Plc, 2018, p.109.
② 曹晓安:《论默多克小说〈独角兽〉的后现代性》,《外国语文研究》2020年第4期。
③ 王桃花、林武凯:《论〈独角兽〉中驯顺的肉体与臣服的主体》,《解放军外国语学院学报》2021年第6期。
④ 王桃花、林武凯:《论〈独角兽〉中驯顺的肉体与臣服的主体》,《解放军外国语学院学报》2021年第6期。

列殊。二人都是从"真实"世界而来的常人①,都是从城市来到乡村的知识分子,都是默多克笔下典型的自我主义者。臆想是玛丽安和艾菲汉用来保护自己的技巧,以避免直面混乱的现实②,他们都将自己想象中的事情当成真相,活在臆想之中,以摆脱偶合无序的现实世界。

## 第一节 具身流动：对偶合无序现实世界的呈现

### 一 具身流动：反映现实世界的偶合无序

作为具身体验的流动性,具身流动性（embodied mobilities）从移动中的身体出发对流动性进行研究,强调流动性中人的身体的关键作用,是流动性研究的核心主题。具身流动性是流动主体在身体上的移动对其自身产生的影响,通过身体的移动,实现流动主体（embodied subject）对世界、周围环境以及自我的感知和互动,赋予人类所经验的世界以意义。具身流动性研究是文学研究中身体研究的关注点之一,也是哲学中具身性研究的焦点之一。

作为具身体验的流动性是植根于现象学哲学传统,以身体为中心的流动性跨学科解读。对于具身性概念的系统讨论,最早可见于法国哲学家梅洛·庞蒂在《知觉现象学》（*Phenomenology of Perception*, 1962）一书中对身体在知觉中的作用进行的现象学描述,即具身主体性（embodied subjectivity）,他以此来克服笛卡尔身心二分学说的困境。梅洛·庞蒂认为身体与心智是不可分的,而身体与心智作为一个

---

① 何伟文:《艾丽丝·默多克小说研究》,上海外语教育出版社2012年版,第94页。
② 何伟文:《艾丽丝·默多克小说研究》,上海外语教育出版社2012年版,第64页。

整体又与世界不可分割。"我就是我的身体"（I am my body）①，因而他否定精神主体可以脱离身体客体而存在，认为个体的精神层面就植根于个体的身体中，个体自己就是一个身体—主体（body - subject）。身体是梅洛·庞蒂现象学研究的核心，身体是认知的基础，身体的经验是我们从事一切经验活动最原初的经验。

梅洛·庞蒂同样讲到"运动中的身体"的重要性："只有在行动中，身体的空间性才能产生，通过考察运动中的身体，我们能更好地理解身体如何利用空间和占据空间。"② 根据梅洛·庞蒂的观点，由于运动技能本质上是身体的，所以知觉和行动的主体就成了具身性的。从这个角度来说，移动的身体因而成为主体与世界发生联系的中介，也成为理解"流动性具身文化所创造的意义和规范的关键点"③。身体也是文化地理学家克雷斯韦尔提出"作为具身体验的流动性"这一概念的出发点。他借鉴列斐伏尔在《空间的生产》（*The Production of Space*，1974）中提到的空间三元辩证法，建立了流动性三元辩证模型，其中明确了"作为具身体验的流动性"这一概念，即"移动的体验和方式对移动主体发生的影响"④，同样强调流动主体在身体上的移动所产生的体验对其自身的影响。

在《独角兽》中，默多克经常描写偶然发生的事件和流动主体的自由，她也承认了身体在认知方面的作用：移动中的身体产生的流动体验不仅揭示了知识分子的过分自我，更反映了现实世界的偶合无序。默多克指出，生活经验的本质是偶合无序（contingency and ran-

---

① Maurice Merleau - Ponty, *Phenomenology of Perception*, London：Routledge, 2005, p. 231.
② Maurice Merleau - Ponty, *Phenomenology of Perception*, London：Routledge, 2005, p. 117.
③ Ole B. Jensen, *Staging Mobilities*, Routledge：Taylor & Francis Group, 2013, p. 199.
④ Tim Cresswell, *On the Move：Mobility in the Modern Western World*, Routledge：Taylor & Francis Group, 2006, p. 3.

domness)①，现实世界的生活本身是偶然的、混乱的和不可预测的②。真实的世界充满偶然、不确定和不完整，因此不存在"完美的形式或理论来总结或者涵盖人类生活的整体"③。只有将关注点从自我转向他人，才能看见"世界的多样性"④；只有将焦点从自我身上转移到他人身上，才能得以摆脱自我主义，才能正确认识自我、他人和世界。小说中的玛丽安和艾菲汉都是默多克笔下典型的自我主义者，透过二者的具身流动可以看到他们一味地从自我的想法出发，没有"如其所是地看世界"⑤，因而歪曲了事情的真相，更不能看清自我之外的他者和偶然世界。

《独角兽》中玛丽安从城市来到乡村的具身流动反映出她对"动态现实生活的退缩和逃避"⑥，她想通过逃离偶合无序的现实世界来寻求稳定的生活。随着现代外部空间流动的加快以及全球化进程的加快，人们开始转向内部空间寻找一种稳定感，通过旅行、移民等方式寻找一种地方感，从而产生不同的社会关系。玛丽安从城市来到盖兹城堡，一方面因为她同男友分手，确定男友"不爱她，也不可能爱她之后，决定远远离去"⑦。同时她被盖兹城堡"堂皇的名字和想象中的'高尚生活'"⑧冲昏了头脑。另一方面，她即将 30 岁，但有点安于现状，"或许是过分安于现状"⑨，城市"生活于她只是一个频频更

---

① Gary Browning, *Why Murdoch Matters*, London: Bloomsbury Publishing Plc, 2018, p. 22.
② Gary Browning, *Why Murdoch Matters*, London: Bloomsbury Publishing Plc, 2018, p. 63.
③ 何伟文：《艾丽丝·默多克小说研究》，上海外语教育出版社 2012 年版，第 125 页。
④ Iris Murdoch, *The Sovereignty of Good*, London: Routledge, 2001, p. 65.
⑤ Iris Murdoch, *The Sovereignty of Good*, London: Routledge, 2001, p. 89.
⑥ Doreen Massey, *Space, Place and Gender*, Minneapolis: University of Minnesota Press, 1994, p. 151.
⑦ [英] 艾丽丝·默多克：《独角兽》，邱艺鸿译，译林出版社 2000 年版，第 6 页。
⑧ [英] 艾丽丝·默多克：《独角兽》，邱艺鸿译，译林出版社 2000 年版，第 6 页。
⑨ [英] 艾丽丝·默多克：《独角兽》，邱艺鸿译，译林出版社 2000 年版，第 6 页。

## 第七章 直面现实:《独角兽》中的流动性

换序幕的舞台,这种感受使她越来越渴望一个完整的故事"①。基于对现实的不满,又因为她对未来在盖兹的美好生活充满幻想,玛丽安想离开她所在的城市。她希望通过改变自己所处的时空环境来寻求一种稳定感和地方感,但其实她这种"对于地方感的寻求是对动态现实生活的退缩和逃避"②。默多克将像玛丽安一样的城市现代人的不满现状和冲动展露无遗。面对现实生活中的不满意和不确定,玛丽安不想面对,只是一味地退缩,驱使自己逃离现实。在来到盖兹之前,玛丽安想象盖兹是一个"文明开化"③的地方,她满怀对未来生活的期待来到盖兹,给她未来在盖兹的生活"涂上自己的情感和期望的色彩"④,以寻求一种稳定感和安全感。玛丽安心甘情愿地走进盖兹这个非"真实"的世界,但当她到达之后才明白盖兹并不是她"想象成某种快乐的开始"⑤。

玛丽安在盖兹城堡的具身流动是在她自我构建的臆想世界中实现的,这种具身流动反映出她的过分自我使她无法对盖兹发生的事情形成正确认知。生活本身是具体的、不确定的、不可预知的,盖兹的实际情况与玛丽安想象中的情况大相径庭,她寻求稳定感的旅途也注定以失败告终。"流动性的核心是移动中的身体,涉及不同年龄的、不同性别和不同种族的身体。而这些身体会遇到其他的身体、物体和物理世界,引起多种感知变化。"⑥当玛丽安逐渐开启在盖兹的生活之后,她发现这里的一切人和事物都非常奇怪。在盖兹城堡,一天中的大部分时间都是死气沉沉的,不管是主人还是仆人,在午饭过后都不出来走动,晚上10点又早早回房,这种过分沉寂的环境让她对新生

---

① [英]艾丽丝·默多克:《独角兽》,邱艺鸿译,译林出版社2000年版,第6页。
② Doreen Massey, *Space, Place and Gender*, Minneapolis: University of Minnesota Press, 1994, p. 151.
③ [英]艾丽丝·默多克:《独角兽》,邱艺鸿译,译林出版社2000年版,第6页。
④ 何伟文:《艾丽丝·默多克小说研究》,上海外语教育出版社2012年版,第95页。
⑤ [英]艾丽丝·默多克:《独角兽》,邱艺鸿译,译林出版社2000年版,第6页。
⑥ John Urry, *Mobility*, Cambridge: Polity Press, 2007, p. 48.

活的起点感到害怕。慢慢地她意识到，这里的时间发生了某种"变异"①，像是被"玷污、删减或是使用过一般"②，默多克以此来暗示盖兹所处的世界与现实世界的不同。盖兹很安静，但并不是玛丽安想要寻找的那种安静，这里的安静是因为"这个地方本身极其缺乏安全感"③，这里的安静"是漫无目的的，而非宁静安谧"④。她在黑夜外出时，会感到"有个东西在什么地方不断侵扰着她"⑤，使她惶恐难受。玛丽安同艾菲汉上演了一场拯救汉娜的戏码，随着拯救计划的破产，她的这趟旅途也接近尾声。在小说的最后，玛丽安又踏上了回到真实世界的征程，重新寻找对未来的希望。玛丽安是盖兹城堡的闯入者，在她的认知中，她来到盖兹的使命就是要拯救汉娜，与束缚汉娜自由的势力作对抗。但实际玛丽安根本不清楚是什么导致了汉娜的现状，她无法做到不加歪曲地呈现事实真相⑥，她对汉娜的错误认知也使得自己深陷自我构建的臆想世界。在小说的最后，随着这些偶然事件的接连发生，玛丽安意识到在盖兹的经历是一场"关于精神生活的神话"⑦，她此次从城市来到乡村的具身流动是在对生活的彷徨之中陷入迷误⑧。她最终回归偶合无序的现实世界，走出臆想世界，继续寻找生活的意义。

比起玛丽安这类普通知识分子的具身流动，艾菲汉的具身流动更反映出他在臆想世界中对自我的迷惑。艾菲汉是盖兹的另一个闯入者，他总是以一种高高在上的态度对待周围的人，他自恋自大，是典

---

① ［英］艾丽丝·默多克：《独角兽》，邱艺鸿译，译林出版社2000年版，第35页。
② ［英］艾丽丝·默多克：《独角兽》，邱艺鸿译，译林出版社2000年版，第35页。
③ ［英］艾丽丝·默多克：《独角兽》，邱艺鸿译，译林出版社2000年版，第25页。
④ ［英］艾丽丝·默多克：《独角兽》，邱艺鸿译，译林出版社2000年版，第25页。
⑤ ［英］艾丽丝·默多克：《独角兽》，邱艺鸿译，译林出版社2000年版，第55页。
⑥ 段道余、何宁：《从沉沦在世到自由存在——〈大海啊，大海〉与海德格尔的真理观》，《外语教学》2017年第6期。
⑦ 何伟文：《艾丽丝·默多克小说研究》，上海外语教育出版社2012年版，第96页。
⑧ 段道余、何宁：《从沉沦在世到自由存在——〈大海啊，大海〉与海德格尔的真理观》，《外语教学》2017年第6期。

型的理性自我主义者。艾菲汉同玛丽安一样，两人都是"唯意志论的"①。艾菲汉从城市来到乡村，一开始是因为他在牛津时的导师麦克斯退休之后住在莱德斯城堡，导师邀请艾菲汉来这里一起阅读希腊文学。作为年少有为、如今才40岁左右的成功人士，艾菲汉很乐意与自己曾经的导师一同探讨文学，所以他每逢假期就会赶来。艾菲汉来到这里还有另一层原因，他听说了隔壁盖兹城堡女主人汉娜的往事，并在机缘巧合之下见到了她，进而对神秘的汉娜萌生爱意。艾菲汉"对那看不见的、不可知的世界倾注无限的想象和激情"②，他认为自己是"最有能力，是唯一真正能有行动的人"③，可以将汉娜拯救出来，但那只是他基于对自己能力的判断而产生的错误认知。《独角兽》中的人物生活在偶然世界里，把"自己蒙蔽在个人的臆想之中"④。伴随艾菲汉的具身流动，可以看到他从真实世界走进虚幻世界，从现实世界走进自己的臆想世界，他自认为能将汉娜拯救出来，能使汉娜与自己相爱，能获得对真和善的启示，但实际上那只是他在臆想世界中对自我的迷惑，是他以自身为尺度⑤而产生的迷误，是他的主观臆断。

艾菲汉的具身流动还反映出他是典型的理性自我主义者，他最后逃离臆想世界也说明他无法认清事情的实质。艾菲汉是一个自视清高的人，是一个自恋狂，有着"罕见的、膨胀的、深不可测的自我主义"⑥，他的具身流动认知就是基于他自己对于臆想世界的建构。对艾

---

① Peter Conradi, *Iris Murdoch: The Saint and the Artist*, London and Basingstoke: Macmillan, 1986, p. 128.
② 何伟文:《艾丽丝·默多克小说研究》，上海外语教育出版社2012年版，第94页。
③ [英]艾丽丝·默多克:《独角兽》，邱艺鸿译，译林出版社2000年版，第70页。
④ 何伟文:《解读〈独角兽〉：在偶然世界里对真和善的求索》，《外国文学研究》2005年第1期。
⑤ 段道余、何宁:《从沉沦在世到自由存在——〈大海啊，大海〉与海德格尔的真理观》，《外语教学》2017年第6期。
⑥ [英]艾丽丝·默多克:《独角兽》，邱艺鸿译，译林出版社2000年版，第285页。

菲汉来说，盖兹是他臆想中的世界，而汉娜更是活在他的臆想之中。他自认为身边所有的女人都会仰慕他（包括麦克斯的女儿爱丽丝、女教师玛丽安以及他的女同事伊丽莎白在内），他对自己能够将汉娜拯救出来深信不疑，但事实上他也未能带汉娜离开盖兹这座监狱。"对所发生的事件产生误解的人，往往是那些自以为有洞察力的人"①，这恰恰是艾菲汉的真实写照。艾菲汉一直在自我的臆想世界中摸索，他时不时到盖兹城堡拜访汉娜，向汉娜吐露自己的爱慕之情。但实际上他真正爱的是"一个附形于汉娜身上的梦幻女子"②，也就是他臆想中的"独角兽"的那种纯洁、美丽、无辜的形象。真实的汉娜是一个"谋害亲夫的淫妇"③，她与艾菲汉臆想中的那种无辜的圣洁形象截然不同。这说明从一开始，是艾菲汉通过汉娜构建的臆想世界"里面的幻象而不是精神部分让他动心了"④。在汉娜跳海自尽之后，艾菲汉跟随送葬队伍为汉娜送行，之后就匆忙地离开了莱德斯。艾菲汉想方设法忘掉这里发生的既恐怖又荒唐的事，又产生了强烈的"想活下去的愿望"⑤。那个原来的世界虽然有着他早已厌烦的"办公室、酒吧、晚宴"⑥生活，但他在盖兹走了一遭之后，"还是要赶快回到那个熟悉的、平凡的世界中"⑦，他无比渴望回到他习以为常的生活，逃离他臆想中的世界，但并未意识到他所逃离的世界的真实模样是什么。艾菲汉同玛丽安一样，总是以自我为中心，所以他们在看待他人和事物时总是不可避免地带有个人的色彩，从而"无法捕捉自我之外的现实"⑧。他

---

① 何伟文：《解读〈独角兽〉：在偶然世界里对真和善的求索》，《外国文学研究》2005 年第 1 期。
② ［英］艾丽丝·默多克：《独角兽》，邱艺鸿译，译林出版社 2000 年版，第 247 页。
③ ［英］艾丽丝·默多克：《独角兽》，邱艺鸿译，译林出版社 2000 年版，第 248 页。
④ ［英］艾丽丝·默多克：《独角兽》，邱艺鸿译，译林出版社 2000 年版，第 285 页。
⑤ ［英］艾丽丝·默多克：《独角兽》，邱艺鸿译，译林出版社 2000 年版，第 283 页。
⑥ ［英］艾丽丝·默多克：《独角兽》，邱艺鸿译，译林出版社 2000 年版，第 286 页。
⑦ ［英］艾丽丝·默多克：《独角兽》，邱艺鸿译，译林出版社 2000 年版，第 286 页。
⑧ 段道余：《"批评"之后的对话与和解——论艾丽丝·默多克的创作与海德格尔的真理思想》，《外国文学》2017 年第 2 期。

们最终回归城市生活，看似是回归自由，看似是走出臆想之后的阶段性胜利，但实际上他们还是自我主义者，他们的具身流动还将仍然受到偶合无序世界的摆控。

借助具身流动，默多克表明现代个体容易陷入臆想和幻觉[①]，并展示了理性自我主义者在认知他人上的局限性，理性主义者的过分自我阻碍了他们对周围的人和事物形成正确认知。艾菲汉与玛丽安两人都是从充满理性的城市来到充满纠葛和臆想的乡村城堡，作为知识分子的典型代表，两人都凭借理性立足于社会，都用"臆想代替关注"[②]。他们最终都踏上返回城市的征途，但这并不意味着两人都摆脱了自我主义的桎梏以此获得道德上的发展和进步。实际上，他们虽然逐渐意识到盖兹是臆想中的世界并决定回归普通的现实世界，但他们离开之前仍旧没有形成对汉娜以及汉娜所在的盖兹城堡的正确认知。他们无法做到"如其所是地看世界"[③]，在玛丽安和艾菲汉的想象中，汉娜是被囚禁在盖兹的无辜者，她无法离开盖兹是因为她的流动性受丈夫彼特的控制，他们二人都自然而然地认为汉娜的不流动（immobility）是受控于男性权威的结果。但实际上汉娜本人也拒绝产生流动，她的悲剧的根源就在于其对自我的屈服，即"女性自我主体的丧失"[④]，这是玛丽安和艾菲汉这样的自我主义者无法认清的实质。不仅如此，他们只顾自己离开，也并没有考虑其他人的处境和下一步的打算，更凸显出自我主义者的自私自利。在由城市到乡村，再由乡村回到城市生活的具身移动过程中，玛丽安和艾菲汉虽意识到自己受控于臆想，但仍将关注点放在自己身上，未能正确看待他人和世界，因而

---

① Gary Browning, *Why Murdoch Matters*, London: Bloomsbury Publishing Plc, 2018, p. 83.
② 何伟文：《艾丽丝·默多克小说研究》，上海外语教育出版社2012年版，第98页。
③ Iris Murdoch, *The Sovereignty of Good*, London: Routledge, 2001, p. 89.
④ 王桃花、林武凯：《论〈独角兽〉中驯顺的肉体与臣服的主体》，《解放军外国语学院学报》2021年第6期。

未能实现"去自我",也未能找到一条向善的正确道路。他们的具身流动认知仍将受到不断变动的现代生活的支配,反映出偶合无序现实世界的真实。

## 二 流动方式:揭示理性在认知上的局限性

具身移动方式,即流动方式,是现代人产生社会实践的主要手段,不同的移动方式呈现出人类的不同具身流动体验。按照借助交通方式与否,具身移动方式大致可以分为三个方面:由身体发出的主动流动(比如行走、跑步)、通过身体与技术的结合实现的流动(比如驾车、骑自行车),以及借助公共交通工具实现的流动(比如乘火车、乘公交车)。目前国内关于具身移动方式的研究主要集中于驾车和乘火车。火车是现代性的标志,在实现"人口和物体的批量化移动"的同时,也使得"公共空间与私人空间融合"①。与火车相比,汽车(automobile)更为灵活,词义本身就体现出自主性和流动性,将身体与技术结合,创造新的空间化存在。② 由此可见,借助不同的具身移动方式而产生的流动体验也是不同的。

与借助交通工具所产生的流动性相比,行走、跑步等徒步运动是身体发出的主动流动,是人们进行社会互动的重要途径。行走是流动主体存在于世的基本方式,关于行走的传统可以在波德莱尔的《现代生活的画家》中找到答案。他将游荡推进为行走的艺术,刻画了19世纪在巴黎街头的游荡者(flânerie)形象——康斯坦丁·居伊。"交通与徒步旅行的区别不在于是否借助机械工具,而在于是否消解了移动与知觉之间的紧密关系。交通工具使人们在从一地到另一地的移动过程中处于被动状态。"③ 但其实借助交通工具实现的具身流动则带来

---

① John Urry, *Mobility*, Cambridge:Polity Press, 2007, p. 91.
② 刘英:《流动性研究:文学空间研究的新方向》,《社会科学文摘》2020年第8期。
③ Tim Ingold, *Lines:A Brief History*, London:Routledge, 2016, p. 81.

一种新的空间和实践体验,交通技术革命加速了城市化和现代化的进程,而城市化和现代化给人们带来的时空观的改变又是借助现代交通技术来实现的。城市生活的瞬息万变带给移动中的身体不一样的时空体验,刷新了人们固定的时空观。

处于相对不动的流动性基础设施是《独角兽》中的人物产生具身流动的重要载体,与流动性基础设施相辅相成的就是流动性技术,相对应的就是借助流动性技术而产生的具身移动方式。"流动性媒介包括流动性技术(如火车、汽车、飞机、电话)和流动性基础设施(如公路、铁路、电缆)。流动性媒介生产和促进了社会关系。"① 流动性基础设施本身是一种系泊场所,一种过渡性地点,是现代流动性具身实践得以产生和维系的重要方面。在全球化时代,地方并非仍旧保持一种封闭的状态,多少都会受到现代科学技术发展的影响,即使在盖兹这个偏远的"被上帝遗忘的角落"②,现代技术也存在于公路、铁路、机场等场所,将盖兹与外面的世界连接起来,而并非闭塞不前。默多克本人生活在一个社会急剧变化的年代,各种流动性技术的出现此起彼伏。以流动性基础设施为载体,默多克在《独角兽》中表征了三种具身移动方式:乘火车、驾驶汽车和行走,下面将结合身体认知对借助这三种具身移动方式产生的流动体验进行分析。

火车是将玛丽安和艾菲汉这两个外来者带进盖兹城堡的重要流动性技术。《独角兽》的开篇以玛丽安乘火车来到盖兹所在地开始,最后以艾菲汉和玛丽安乘火车离开盖兹结束。火车实现了"运动的机械化,人口和物品的批量化移动"③。家庭女教师玛丽安来时,"污泥满身的小火车载着她离开格雷镇火车站,在悬崖峭壁间吃力爬行,最后

---

① Peter Adey, *Mobility*, London: Routledge, 2009, p. 210.
② [英]艾丽丝·默多克:《独角兽》,邱艺鸿译,译林出版社2000年版,第5页。
③ John Urry, *Mobility*, Cambridge: Polity Press, 2007, p. 91.

将她遗弃在这僻静之处"①，侧面证明了她此行目的地的荒芜破败。艾菲汉每年都会乘火车前往莱德斯城堡看望他曾经的老师麦克斯，以及他爱慕的盖兹城堡的女主人汉娜。他在火车车厢内对镜审视自己，构建对盖兹城堡和莱德斯城堡这两个认知对象的认识，他看向窗外，"现在每一个景象都能告诉他下一处是什么地方"②。但是艾菲汉和玛丽安作为自我主义者，理性并不能完全指导他们正确认知自我和世界。即使在他们离开盖兹之前，他们对其他人的认知都是模棱两可的，都无法"把他人看成和自我一样有着独特性的个体"③。在艾菲汉到达的时候，"一层眩目的白茫茫的雾霭像窗帘一般挂在小小的、荒凉的火车站"④，那层雾霭就暗示他已走进虚幻的臆想世界。他们离开的时候，"火车跟往常一样又晚点了"⑤。火车本身是理性世界的产物，艾菲汉和玛丽安在最后选择乘火车回到理性世界，但实行"标准化时间和严格火车时刻表"⑥的火车却晚点了，这在一定程度上可以看作默多克是在揭示理性在认知自我和他人上的局限性。

《独角兽》中的汽车驾驶实际揭示出理性对身体的遮蔽使两位崇尚理性的自我主义者深陷认知困境。小说中与驾驶汽车有关的事件是玛丽安和艾菲汉计划假借散步将汉娜骗上汽车，然后带她离开盖兹。艾菲汉开着麦克斯的老爷车带着玛丽安和汉娜驶离盖兹，但汉娜很快意识到不对劲，爱丽丝也驾驶她的红色奥斯丁7型汽车前来阻拦，他们的计划最终失败，这是意料之中的。在这两位知识分子的认知里，汉娜是被囚禁在盖兹的"困兽"，她需要被拯救，他们以此来满足自

---

① ［英］艾丽丝·默多克：《独角兽》，邱艺鸿译，译林出版社 2000 年版，第 3 页。
② ［英］艾丽丝·默多克：《独角兽》，邱艺鸿译，译林出版社 2000 年版，第 69 页。
③ 何伟文：《艾丽丝·默多克小说研究》，上海外语教育出版社 2012 年版，第 98 页。
④ ［英］艾丽丝·默多克：《独角兽》，邱艺鸿译，译林出版社 2000 年版，第 76 页。
⑤ ［英］艾丽丝·默多克：《独角兽》，邱艺鸿译，译林出版社 2000 年版，第 286 页。
⑥ 刘英：《流动性与现代性——美国小说中的火车与时空重构》，《南开学报》（哲学社会科学版）2017 年第 3 期。

己的"道德原则和精神需求"①。于是,他们觉得作为这里仅有的两个清醒的人,有责任、有义务将汉娜解救出来。在理性的驱使下,他们策划了此次绑架活动,但这其实是他们的一厢情愿,事实远非他们所认为的那么简单。他们将汉娜虚构成一个神话人物,理所当然地认为汉娜失去自由是因为受到丈夫的控制,但实际上,他们缺乏对汉娜的客观认知。汉娜不离开是因为她丧失了自我,她只能活在别人的想象中,一旦离开她就会"变得面目全非"②。面对汉娜的困境,玛丽安和艾菲汉决定采取行动将其拯救出来,他们本可以当一个旁观者,但这些并非由他们引起的偶然事件却在道义上呼唤他们去拯救汉娜。③那么玛丽安和艾菲汉拯救汉娜的行动是否存在成功的可能性呢?他们的干预是否会使情况有所不同呢?默多克没有针对这类问题给出明确的答案,但在《独角兽》中,默多克借玛丽安之口对此做出了回答,"不行动等于行动"④,也就是说无论玛丽安和艾菲汉是否采取行动,最终的结果都是一样的。他们按照自己的想法去拯救汉娜,看似合情合理,但实际只是基于对事情的错误认知而采取的主观行动,虚假或不真实使他们进一步陷入迷惑。⑤理性驱使他们驾车逃离,他们想借助身体对汽车的控制来实现具身流动,进而解救汉娜,但其实在高度理性控制下的驱车逃离本身是不理智的、冲动的、一厢情愿的,是注定失败的。默多克实际上表明了理性对身体的遮蔽使得他们计划落空。

  流动主体在行走过程中感知身体带来的认知,倾听身体的声音,才能真正实现对自我和他人的正确认知。在艾菲汉和玛丽安的计划失

---

① 何伟文:《艾丽丝·默多克小说研究》,上海外语教育出版社2012年版,第98页。
② [英]艾丽丝·默多克:《独角兽》,邱艺鸿译,译林出版社2000年版,第95页。
③ Gary Browning, *Why Murdoch Matters*, London: Bloomsbury Publishing Plc, 2018, p. 111.
④ [英]艾丽丝·默多克:《独角兽》,邱艺鸿译,译林出版社2000年版,第119页。
⑤ 何伟文:《艾丽丝·默多克小说研究》,上海外语教育出版社2012年版,第94页。

败之后，他与急忙前来阻拦的爱丽丝发生争吵，气冲冲地朝山上走去。艾菲汉在森林中穿梭时，理性的挫败感占据他的头脑，加之他对此地不熟悉，进而在天黑之后迷路又陷入沼泽。他一边犹豫，一边"磕磕碰碰地一味往前走"①，迷失在泥泞的沼泽里，一点一点地越陷越深，"就在他聚精会神的时候，有个东西从他身边悄然隐退，轻轻滑走了，那个东西不是别的，就是他的自我"②。随着他在沼泽中越陷越深，他逐渐明白理性无法将他救出，他只能眼睁睁看着自己被沼泽裹挟，但是最终的恐慌使他"低声呼喊了几声，接着便发出一声响亮、恐怖、凄厉的惨叫，终于彻底绝望地嚎叫起来"③。这种身体的直觉反应使他真正意识到理性在认知方面的局限性，在危难时刻，只有身体发出的巨大声音才能真正拯救自己。艾菲汉的濒死经历使他在身体中发现了自己的意识、经验及身份。在海德格尔的哲学中，"死亡并非指生命的消亡，而是向死存在的存在方式"④。艾菲汉的沼泽求生经历不仅使得他在濒临死亡的体验中"重新认识自我和自我之外的他性"⑤，还体现了默多克对身体认知价值的回归⑥。

借助具身移动方式，默多克强调了身体的关键作用，对理性做出了批判，但她对身体的强调并非要使身体取代理性，而是拒绝理性将身体完全排除在外。流动性研究中的流动方式与哲学研究中的身体认知哲学都肯定身体的知觉性，认为身体是认知的基础，身体的经验是人类从事一切经验活动的最原初的经验，而传统理性认知哲学则主张

---

① ［英］艾丽丝·默多克：《独角兽》，邱艺鸿译，译林出版社2000年版，第167页。
② ［英］艾丽丝·默多克：《独角兽》，邱艺鸿译，译林出版社2000年版，第174页。
③ ［英］艾丽丝·默多克：《独角兽》，邱艺鸿译，译林出版社2000年版，第175页。
④ 段道余：《"批评"之后的对话与和解——论艾丽丝·默多克的创作与海德格尔的真理思想》，《外国文学》2017年第2期。
⑤ 段道余：《"批评"之后的对话与和解——论艾丽丝·默多克的创作与海德格尔的真理思想》，《外国文学》2017年第2期。
⑥ 阳幕华：《从身体认知视角析艾丽丝·默多克〈独角兽〉对理性的批判》，《国别文学研究》2016年第4期。

身心分离，身体依赖于心灵理性而存在，依靠心灵才能获得真理，同时贬斥肉体的存在。从存在论层面来说，身体认知哲学一直处于被理性传统遮蔽的状态。通过借助这三种移动方式产生的具身流动体验，默多克对《独角兽》中主要人物的具身实践进行更细致的解读，也更说明默多克不是完全继承柏拉图的思想，在她的作品中也存在对柏拉图理性认知哲学的反叛，指出高扬纯粹理性在认知自我和世界上的局限性，强调身体的关键作用。默多克同时也表明，"在需要释放生命力量的特殊时刻"[1]，也就是像艾菲汉这样陷入沼泽的生死存亡时刻，这在一定程度上也指出身体认知的困境。

## 第二节　景观流动：对流动主体臆想世界的建构

"对于探讨景观如何以动态、象征以及高度政治的方式得以产生、延续、发展以及移动，流动性是个至关重要的概念。"[2] 景观与流动密不可分，景观的流动取决于景观、人类与流动三者之间的关系：一方面，景观并非固定不变，而是可建构的、可解读的，不同的人对同一景观可能产生不同的理解和想象。"景观不仅在我们眼前，也在我们头脑中"[3]，人类不仅制造了景观，还在头脑中建构景观，因而使得景观产生流动性。另一方面，景观总是处于变化过程中，流动使景观充满活力，景观不再只是人类产生行动的背景。景观的流动反映出人的

---

[1] 阳幕华：《从身体认知视角析艾丽丝·默多克〈独角兽〉对理性的批判》，《国别文学研究》2016 年第 4 期。

[2] Peter Merriman, et al, "Landscape, Mobility, Practice", *Social & Cultural Geography*, Vol. 9, No. 2, 2008, p. 209.

[3] Donald William Meinig, "The Beholding Eye: Ten Versions of the Same Scene", in Donald Wilaim Meinig, ed., *The Interpretation of Ordinary Landscapes: Geographical Essays*, New York: Oxford University Press, 1979, p. 34.

流动，景观的流动使得人类在成为观看主体的同时也成为流动主体，探寻自我与他人、周围环境以及世界的关系。

默多克在《独角兽》中对爱尔兰景观的描写看似只是作为故事发生的背景，但其实这些景观的流动展现了当时爱尔兰的社会状况以及小说中人物与环境之间的联系，景观流动也对默多克的哲学观点做出了回应。"风景和天气几乎同角色一样重要。"[1] 这是默多克在一次采访中提到的，这也侧面证明默多克注重对小说背景的刻画，而并不只是为了传达自己的哲学理念。默多克在她的多部小说作品中都有对景观的直接描写以及对景观所蕴含的意义的探讨。比如《独角兽》中的维多利亚城堡对臆想世界的建构，《黑王子》中的伦敦景观对偶然世界的展现，《大海啊，大海》中的大海对人类灵魂的洗涤，等等。默多克出生于爱尔兰的都柏林，之后随父母迁往英国本土。她的大部分小说作品都是以伦敦为背景，但也有部分小说以爱尔兰为背景，比如《独角兽》《红与绿》(*The Red and the Green*, 1965)。这些以爱尔兰为背景的小说实际是默多克对自己爱尔兰身份的强调与认同。默多克在《独角兽》中刻画的景观流动正是对她有关自我主义以及臆想世界的观点做出回应。

默多克在《独角兽》中刻画了三类景观：自然景观、人为景观和内部景观。这三类景观看似岿然不动，但其背后都有流动性这一本质；自然景观的流动、人为景观的流动以及盖兹内部景观的停滞对于构建流动主体的臆想世界以及自我主义的展现具有重要作用。《独角兽》中故事的发生地是在一个荒僻的爱尔兰乡村地区，一个"被上帝遗忘的角落"[2]，那里人烟稀少，冷冷清清，周围景色破败，除了两栋维多利亚时期的破旧城堡和几间屋子外，只有大海、悬崖和沼泽。在她的笔下，爱尔兰乡村景观的广袤和潜藏危险的维多利亚时期城堡营

---

[1] Stephanie Nettell, "An Exclusive Interview", *Books and Bookmen*, 1966, pp. 14–15.
[2] [英]艾丽丝·默多克：《独角兽》，邱艺鸿译，译林出版社2000年版，第5页。

造的荒凉氛围、城堡内部装饰的落后和停滞等都展露无遗。景观的流动一方面说明景观不是静止不动的，而是可构建的、可解读的、可体验的；另一方面说明景观与观看主体（同时也是流动主体）之间的密切联系，景观的流动折射出流动主体视角的变化及其自身的移动所带来的启示。

在《独角兽》中，借助景观的流动，默多克阐释了自我主义与臆想世界之间的密切关系。"自我是臆想的无情提供者，也是虚假统一的策划者，掩盖了个体在与他人的爱的关系中应该拥抱的现实。"[1] 而臆想就是一种个体倾向于以自我为中心的意识，使个体陷入一种迷误状态，无法看清自我、他人和世界。个体一旦陷入臆想状态，就不能轻易地摆脱这种状态并回到现实世界。"当代世界中个体被淹没在臆想和自负的倾向使得他们容易受到臆想和自负的影响。"[2] 在摆脱臆想状态的过程中，个体很容易再次陷入臆想，因为个体倾向于"着眼自身最切近的事物"[3]，容易忽视他人的需求。通过景观流动，默多克分析了臆想世界的形成以及臆想世界是如何使自我主义者深陷其中。

## 一　自然景观的流动：恐怖环境下的自我主义

《独角兽》中自然景观的流动包括大海的流动、沼泽的流动以及悬崖的流动：大海和沼泽是属于本身就在自然流动的景观；而像悬崖这种本身不具有流动性的自然景观，是因其可解读、可构建才称其为具有流动性的。"景观不仅在我们的眼前，也在我们的头脑之中"[4]，

---

[1] Gary Browning, *Why Murdoch Matters*, London：Bloomsbury Publishing Plc, 2018, p. 35.
[2] Gary Browning, *Why Murdoch Matters*, London：Bloomsbury Publishing Plc, 2018, p. 105.
[3] 段道余、何宁：《从沉沦在世到自由存在——〈大海啊，大海〉与海德格尔的真理观》，《外语教学》2017 年第 6 期。
[4] Donald William Meinig, "The Beholding Eye：Ten Versions of the Same Scene", in Donald Wilaim Meinig, ed., *The Interpretation of Ordinary Landscapes：Geographical Essays*, New York：Oxford University Press, 1979, p. 34.

无论这些景观本身是否具有流动性，它们都涉及"观看主体对景观的参与和实践"①。在小说的第一章，默多克就点明了这几种景观的存在，如"大海跃然眼前""一睹闻名遐迩的悬崖""内陆有土壤的地方大多是沼泽"②。这里本身荒无人烟，如今由于暴风雨的影响，过去仅有的渔屋和渔船也被冲垮，禁猎地变成沼泽。这里的自然景观看似美好，实则暗流汹涌，小说中的几位主要人物分别与这三种自然景观的流动产生联系。

沼泽的自然流动让迷失在沼泽中的自我主义者认识到身体的重要性。在小说中与沼泽发生关联的流动主体是艾菲汉，他与沼泽的关联主要是通过他在沼泽迷路展开。艾菲汉是盖兹城堡的外来者，作为一个城市人，他"总觉得夜晚的乡村很陌生，让人惶惶不安"③。艾菲汉在小说中一共有两次迷路，第一次他迷失在"悬崖边和沼泽之间的羊肠小道上"④，第二次他迷失在沼泽之中，小说主要对艾菲汉的第二次迷路进行了描写。第二次迷路的起因是他与玛丽安拯救汉娜的计划失败，他又与爱丽丝发生争吵，在愤怒和失望中朝山上走去，最终在夜幕降临之后陷入沼泽。夜晚的沼泽不仅使人处于一种恐怖阴森的氛围中，沼泽的泥浆还会吞没人的身体，使人陷入危险和孤立无援。"他在一点一点地往下沉，浓咖啡似的泥浆正漫到他的大腿"⑤，随着他的身体在沼泽中越陷越深，摆在他面前的只有对死亡的恐惧。在这生命的紧要关头，沼泽本身所带有的那种自然流动让他意识到自我"从他身边悄然隐退"⑥，随着生命的消逝，以及身体的直觉反应，他终于呐喊而出，正在寻找他的丹尼斯（盖兹的仆人）也终于找到他，

---

① 刘英：《西方文论关键词 文化地理》，《外国文学》2019年第2期。
② ［英］艾丽丝·默多克：《独角兽》，邱艺鸿译，译林出版社2000年版，第5页。
③ ［英］艾丽丝·默多克：《独角兽》，邱艺鸿译，译林出版社2000年版，第169页。
④ ［英］艾丽丝·默多克：《独角兽》，邱艺鸿译，译林出版社2000年版，第72页。
⑤ ［英］艾丽丝·默多克：《独角兽》，邱艺鸿译，译林出版社2000年版，第173页。
⑥ ［英］艾丽丝·默多克：《独角兽》，邱艺鸿译，译林出版社2000年版，第174页。

使其获救。艾菲汉在沼泽中的下沉使其"突然认识到自己的物质化身体而非精神是唯一重要的"①。在对死亡的体验中,艾菲汉瞥见了"爱的真实景象"②,获得了"伪宗教性的短暂启示"③。沼泽的流动虽让艾菲汉认识到身体的重要性,但这种认知仍然是有局限性的、暂时的,当他回到臆想起作用的现实世界,他又再次陷入迷误,这种"以自我为中心的道德选择自然而然地代替了以他者为中心的道德选择"④。艾菲汉在获救之后仍是一个只按理性行事的知识分子,仍旧没有对发生在盖兹的事形成正确认知。

悬崖受人物的解读和事情的发展而具有了流动性,默多克在此借悬崖的流动营造出的神秘主义氛围暗含了她对克服自我主义⑤的确证。首先,悬崖因玛丽安视角的变化而产生了流动性。在不同的阶段同一个体观看同一景观会出现不同的解读,这是景观对流动主体内心世界的反映。文中的悬崖是危险的代名词,在玛丽安一开始到达盖兹附近时,她只觉得悬崖很壮丽,是一种奇观。但是随着她接近目的地(盖兹城堡),"她竟害怕起岩石、悬崖峭壁、古怪的大石碑和那些古老神秘的东西"⑥。后来在走到悬崖附近时,"害怕会掉下去的感觉穿透了她的躯体"⑦。悬崖的流动反映了玛丽安作为一个自我主义者对于盖兹所在地的态度的变化,她生平第一次感受到了完全的孤立和危险。然而,此地的神秘莫测非但没有使玛丽安退缩,反而使她想要去探索,

---

① 阳幕华:《从身体认知视角析艾丽丝·默多克〈独角兽〉对理性的批判》,《国别文学研究》2016 年第 4 期。

② 何伟文:《解读〈独角兽〉:在偶然世界里对真和善的求索》,《外国文学研究》2005 年第 1 期。

③ 何伟文:《艾丽丝·默多克小说研究》,上海外语教育出版社 2012 年版,第 96 页。

④ 何伟文:《艾丽丝·默多克小说研究》,上海外语教育出版社 2012 年版,第 97 页。

⑤ 刘晓华:《世俗神秘主义——艾丽丝·默多克小说的神秘主义诗学》,《国外文学》2014 年第 1 期。

⑥ [英]艾丽丝·默多克:《独角兽》,邱艺鸿译,译林出版社 2000 年版,第 11 页。

⑦ [英]艾丽丝·默多克:《独角兽》,邱艺鸿译,译林出版社 2000 年版,第 47 页。

她"相信自己的到来一定有着非同寻常的意义"①。其次，小说中与悬崖直接相关的另一个事件就是七年前汉娜的丈夫彼特和汉娜发生争吵，进而坠落悬崖但最后奇迹生还。没有人知道他是失足跌下悬崖的还是汉娜将其推下悬崖的，但自此，悬崖又被蒙上了一层神秘色彩。悬崖的流动使玛丽安感到恐惧，悬崖所带来的危险也使汉娜和彼特之间的故事充满神秘感，到底是人的邪念作祟还是事出偶然，默多克并没有给出明确答案。通过悬崖的流动，默多克塑造出一种神秘感、恐惧感和压迫感，暗含了她对自我主义者的探讨：在自然的流动面前，只有尊重自然，直面自然的危险与神秘，才能使克服自我主义成为可能。

在《独角兽》中，大海的自然流动一方面使人对大海产生畏惧，另一方面使个人主体性的确证成为可能。小说中与大海直接相关的有两个事件：一是玛丽安不顾警告想下海游泳；二是汉娜跳海自杀。玛丽安以前从未畏惧过大海，但如今她一想到要在盖兹附近的海域下海，"她就不寒而栗，浑身哆嗦"②。她同时告诉自己如果现在开始畏惧大海，那么"她的生活便会裂开缺口，其他更为可怕的恐惧势必趁隙而入"③。玛丽安此刻想要克服对大海的恐惧，然而大海的滔天大浪和冰冷的海水差点使她丧命，在波涛汹涌的大海面前，她只是一个渺小的个体，无力抵抗，更无力掌控自己的命运。对于玛丽安来说，大海的自然流动是一种警告：不要试图凌驾于自然之上，一个人只有意识到在自然面前的渺小，才使得摆脱自我中心成为可能。④ 在小说的最后几章，汉娜投海自尽，以大海的流动来容纳自己生命的结束。从五年前出逃到现在，汉娜从未走出盖兹的大门，她在其他人眼中扮演

---

① 何伟文：《艾丽丝·默多克小说研究》，上海外语教育出版社2012年版，第95页。
② ［英］艾丽丝·默多克：《独角兽》，邱艺鸿译，译林出版社2000年版，第28页。
③ ［英］艾丽丝·默多克：《独角兽》，邱艺鸿译，译林出版社2000年版，第29页。
④ 刘晓华：《世俗神秘主义——艾丽丝·默多克小说的神秘主义诗学》，《国外文学》2014年第1期。

着"独角兽"的无辜形象,但当彼特要回盖兹的消息传来,汉娜承认自己靠别人对自己的想象过活,是一个"假上帝"。她多年积聚的暴力情绪使她开枪打死吉拉尔德,打破了人们对她的想象,在彼特到来前的雨夜,汉娜如同"可怕的幽灵"[①] 穿过囚禁她的城堡,消失在茫茫雨中。第二天渔民在石头上发现了她的尸体。大海以其自然流动吞噬了汉娜的生命,汉娜也通过这种方式"实现了对个人主体性和神秘性的确证"[②]。对于汉娜来说,大海的自然流动是解脱自己的方式,因为她唯一的自由就是死亡。

## 二 人为景观的流动:神秘环境下的臆想世界

《独角兽》中出现的人为景观主要是两栋维多利亚时期的建筑,即盖兹城堡和莱德斯城堡,之所以说这两栋建筑具有流动性,主要有三点:第一,这两栋维多利亚时期建筑的建造背后具有流动性这一本质;第二,他们代表了爱尔兰的过去,展现了当时爱尔兰的社会背景;第三,当地的传说使他们充满神秘色彩,展现了其背后的臆想世界。莱德斯城堡是一栋"灰色长条形三层楼房"[③],盖兹城堡也是一栋灰色房子,但面积远没有莱德斯那么大,而且它"看上去与周围景致融为一体,实则格格不入"[④]。文中所营造的恐怖的哥特氛围主要是通过盖兹城堡来展现的,在传统的哥特小说中,恐怖故事的发生地通常是在城堡或者修道院里[⑤],而在爱尔兰语境下的哥特式小说中,故事的发生地主要是在维多利亚时期的大房子里。通过将爱尔兰的哥特

---

① [英]艾丽丝·默多克:《独角兽》,邱艺鸿译,译林出版社 2000 年版,第 11 页。
② 刘晓华:《世俗神秘主义——艾丽丝·默多克小说的神秘主义诗学》,《国外文学》2014 年第 1 期。
③ [英]艾丽丝·默多克:《独角兽》,邱艺鸿译,译林出版社 2000 年版,第 9 页。
④ [英]艾丽丝·默多克:《独角兽》,邱艺鸿译,译林出版社 2000 年版,第 11 页。
⑤ Joanna Jarzab, "The Significance of Space in Iris Murdoch's *The Unicorn* as a Twentieth-Century Iris Gothic Novel", *Studia Anglica Posnaniensia*, Vol. 49, No. 4, 2014, p. 7.

因素与传统的哥特因素相结合,默多克塑造出一种崇高氛围。①

首先,这些建筑看似固定,看似岿然不动,但在它们不动的背后都有流动性这一本质,它们的不动只是一个相对的概念。这两栋建筑的"建立与维系也丝毫离不开流动,在这些看似持久而不变的庞然大物背后,是物质材料、劳动力和金钱等要素的流动"②,因此这些建筑的不动只是一个相对的概念。他们的流动不同于自然景观的流动,人为景观是一种文化景观,是特定历史时期的产物。其次,这两栋城堡是一种记忆景观,不仅留下了英格兰曾经殖民爱尔兰的痕迹,而且房子的现状还表明了盎格鲁-爱尔兰阶级的衰败。一方面,从1171年到1921年这700多年间,爱尔兰受英格兰的统治,英格兰对其进行统治的手段之一就是控制土地,收取地租。他们通过从信奉天主教的爱尔兰地主手中夺走土地并将土地交给外来的新教徒以实现对爱尔兰初步的经济控制。这一举动使极少的土地可以掌握在爱尔兰本土人手里。这些房子因而也属于来自不同宗教信仰、不同民族的地主,进而展现了英格兰曾经殖民爱尔兰的痕迹③。

另一方面,这些爱尔兰的大房子不仅是英国曾经统治爱尔兰的象征,这种人为景观的流动也展现了爱尔兰的社会背景。《独角兽》的主人公汉娜是爱尔兰当地一个地主的孩子,她在结婚之前已经非常富有,"这房子(指盖兹城堡),还有方圆几英里的土地都是她的"④。她年轻时就嫁给了她的大表哥彼特·克莱恩·史密斯,贾扎伯进而猜想他们家族可能是盎格鲁-爱尔兰地主的最后

---

① Joanna Jarzab, "The Significance of Space in Iris Murdoch's *The Unicorn* as a Twentieth-Century Iris Gothic Novel", *Studia Anglica Posnaniensia*, Vol. 49, No. 4, 2014, p. 10.
② 孙九霞等:《跨学科聚焦的新领域:流动的时间、空间与社会》,《地理研究》2016年第10期。
③ Joanna Jarzab, "The Significance of Space in Iris Murdoch's *The Unicorn* as a Twentieth-Century Iris Gothic Novel", *Studia Anglica Posnaniensia*, Vol. 49, No. 4, 2014, p. 7.
④ [英]艾丽丝·默多克:《独角兽》,邱艺鸿译,译林出版社2000年版,第59页。

一代人。① 在维多利亚时期的 1845—1848 年，爱尔兰爆发了大规模的饥荒，很多人都逃离爱尔兰前往英国本土，他们的房子也因此被抛弃或者变卖，自此盎格鲁－爱尔兰地主阶级衰败加剧。小说中的皮普·列殊一家就不是爱尔兰的本地人，皮普买下莱德斯城堡一开始只是为了将其当作打猎的营地，后来才将"破破烂烂"②的莱德斯城堡修葺一番，作为他父亲的隐居之所。玛丽安来到盖兹所在地后，吉拉尔德向她介绍当地的房屋时就说此地的房子多数都毁于火灾。这是因为爱尔兰的共产党人认为这些建筑是英国统治爱尔兰的象征③，想将这些维多利亚时期的城堡甚至更古老的房子都付之一炬以掩盖历史事实，这实则弱化了爱尔兰的民族自信。

其次，当地的传说使这两栋城堡，尤其是盖兹城堡充满了神秘色彩，展现了其背后的臆想世界。一方面，这两栋房子的地理位置并没有发生变化，但是人物的流动给它们附上了不一样的色彩。汉娜是盖兹也是当地传说中的人物，当地人认为汉娜受到了某种诅咒，她只要在七年内走出盖兹的大门就会丧命。数字"七"在《圣经》中有着特殊含义，七年代表一个完整的周期。默多克借此来制造一种"让人产生幻觉和使人迷惑的气氛"④，盖兹从此成为一个供人想象的空间，披上了一层谜一样的色彩。玛丽安一开始还未到达盖兹时，只是临近城堡就感到内心充满恐惧，开始害怕"古怪的大石碑和那些古老神秘的东西"⑤。由此可见，盖兹带给外来者的压迫感和恐惧感，使盖兹城堡具有流动性。另一方面，盖兹城堡对于构建其背后的臆想世界发挥

---

① Joanna Jarzab, "The Significance of Space in Iris Murdoch's *The Unicorn* as a Twentieth-Century Iris Gothic Novel", *Studia Anglica Posnaniensia*, Vol. 49, No. 4, 2014, pp. 9 – 10.

② [英] 艾丽丝·默多克：《独角兽》，邱艺鸿译，译林出版社 2000 年版，第 60 页。

③ Joanna Jarzab, "The Significance of Space in Iris Murdoch's *The Unicorn* as a Twentieth-Century Iris Gothic Novel", *Studia Anglica Posnaniensia*, Vol. 49, No. 4, 2014, p. 7.

④ 何伟文：《解读〈独角兽〉：在偶然世界里对真和善的求索》，《外国文学研究》2005 年第 1 期。

⑤ [英] 艾丽丝·默多克：《独角兽》，邱艺鸿译，译林出版社 2000 年版，第 11 页。

了重要作用。在《独角兽》中，盖兹城堡是人们心中的臆想世界，而汉娜则处于这个臆想世界的中心。

　　盖兹城堡的流动性产生的过程是它从一个普通世界变成臆想世界，最终又从臆想世界变回一个真实世界。玛丽安从丹尼斯口中得知，盖兹是监狱，是囚禁汉娜的监狱，这里蕴含了默多克对"家"的概念的思考，家可以是港湾和庇护所，也可以是压迫和暴力发生的地方。在《大海啊，大海》中，主人公查尔斯所居住的海边别墅最后成了囚禁他的初恋女友哈特莉的监狱，这栋房子成了"代表男性权威，挑战女性自主权，限制女性角色的物理空间"①。而在《独角兽》中，盖兹城堡成为监狱，表面上看也是因为男性对女性的压迫，是彼特以爱的名义去控制和剥削汉娜，但实际上这是汉娜在有意引导小说中的人物走进他们各自的臆想世界。汉娜脸色蜡黄、光着脚、七年前的鞋子还未磨损、时常穿着黄色长袍作为睡衣等都暗示她是一个被禁锢起来的人，是一个"孤独者和囚犯"②。汉娜刻意塑造的这种无辜和纯洁的"独角兽"形象只有当她丈夫彼特不在场的情况下才成立，影响着他人对她的苦难的看法。但当彼特即将返回盖兹的消息被证实，汉娜开枪打死吉拉尔德之后，人们才回想起汉娜的仆人维利特（Violet）曾说汉娜是"谋害亲夫的淫妇"③，人们对汉娜的真实形象恍然大悟：汉娜不是待宰的羔羊，也不是纯洁无辜的独角兽，她只是一个因与邻居通奸而被丈夫关在家中的妇人而已。伴随着汉娜形象的变化（普通人—独角兽—淫妇），盖兹城堡也发生了相应的变化，从一个普通世界变成臆想世界，最终又从臆想世界变回一个真实世界，这种变化其实就是盖兹城堡流动性的产生过程。

---

① Jennifer Backman, *Bodies and Things: Iris Murdoch and the Material World*, Ann Arbor: UMI ProQuest, 2011, p. 118.
② ［英］艾丽丝·默多克：《独角兽》，邱艺鸿译，译林出版社2000年版，第53页。
③ ［英］艾丽丝·默多克：《独角兽》，邱艺鸿译，译林出版社2000年版，第248页。

### 三 内部景观的停滞：压抑环境下的自我封闭

流动与不动是流动性的两个方面①，相对于外部世界中自然景观的流动以及人为景观的流动，盖兹内部的景观总体呈现出一种停滞状态，这种停滞对于构建臆想世界也发挥了重要作用。盖兹虽然看似处于一个开阔的空间，但是在大海、悬崖、沼泽的围绕之下，盖兹成了一个封闭场所②，远离城镇，远离外部世界。之所以说盖兹的内部环境处于停滞状态，一方面是因为盖兹内部的总体风格，包括内部布局和装饰，呈现一种与现代社会格格不入的状态，既落后于同时代的发展又带来一种压迫感。这种压迫使主人公汉娜和其他个体都困在盖兹这个边界中③；另一方面是因为盖兹城堡处于一种自我封闭状态，由此导致人们对时间和空间的看法发生变化。盖兹内部环境的落后和停滞与外面世界的发展和流动之间形成强烈反差，盖兹此时的昏暗状态与城市住房内的灯火通明形成鲜明对比。在当时的英国，第二次工业革命早已结束，电灯已能使千家万户亮亮堂堂，即使是在偏远的爱尔兰乡村，用电照明也是一件平常事，反而不用电照明才令人感到奇怪。在玛丽安初到盖兹时，她在门边寻找电灯开关，但是没有找到；盖兹没有电力设备，只靠油灯照亮，这就为她之后在盖兹的昏暗生活埋下伏笔。除此之外，盖兹的停滞只是一个相对的概念，只是相对于外面世界的发展而言是停滞的，而并非绝对的停滞不前。盖兹内部设施的相对落后表明盖兹与社会发展的脱节。④

---

① Peter Adey, et al., eds., *The Routledge Handbook of Mobilities*, London: Routledge, 2014, p. 66.
② Joanna Jarzab, "The Significance of Space in Iris Murdoch's *The Unicorn* as a Twentieth-Century Iris Gothic Novel", *Studia Anglica Posnaniensia*, Vol. 49, No. 4, 2014, p. 11.
③ 曹晓安：《论默多克小说〈独角兽〉的后现代性》，《外国语文研究》2020年第4期。
④ Joanna Jarzab, "The Significance of Space in Iris Murdoch's *The Unicorn* as a Twentieth-Century Iris Gothic Novel", *Studia Anglica Posnaniensia*, Vol. 49, No. 4, 2014, p. 18.

盖兹内部营造出的恐怖和压抑氛围是构建臆想世界的重要组成部分，这种由停滞所带来的压迫感加重了盖兹的不真实。盖兹城堡内部的装饰和布局的风格总体给人一种城堡内无人居住因而疏于管理的感觉：各处都是乱糟糟的，本该被打扫干净的房子却挂着蜘蛛网，房间里还弥漫着"旧日暗淡、冰冷、忧郁的气息"[1]。盖兹内部的破败与盖兹花园的荒废与满是裂缝和杂草的露台如出一辙，都在一定程度上反映出城堡主人的心理状态和精神状态。汉娜被禁锢在盖兹，与外面的世界隔离，所以盖兹的状态在一定程度上反映的就是汉娜孤独的灵魂。除此之外，这种停滞还带来一种压迫感和恐惧感。当玛丽安第一次见到汉娜时，她就觉得汉娜房间中的那把扶手椅"在隐隐威胁着她，会把她关闭起来"[2]，这一描写就使得盖兹给玛丽安带来的压迫感初露端倪。盖兹给玛丽安所带来的恐惧感也可从两方面解读：一方面，盖兹周围的环境与氛围并不让人感到愉快，这里的每个人都"焦灼不安，忧心忡忡"[3]，在这里，玛丽安竟得不到一个"普通的，简简单单的反应"[4]。玛丽安对盖兹的黑夜感到恐惧，更对盖兹的人的奇怪反应感到恐惧。另一方面，玛丽安的恐惧感来自盖兹内部传来的一种被监视的感觉，她总是觉得有人在偷偷窥视。盖兹（Gaze）的英文名字本身就有凝视的意思，这也暗示了女主人汉娜的中心位置。[5] 当玛丽安得知汉娜是被囚禁在盖兹的犯人而其他人都是看守时，她"心跳快得让她难受"[6]。而当汉娜跳海自尽后，盖兹更是成了死气沉沉的房子，里面都是阴森森的房间。盖兹内部的停滞使得玛丽安更沉浸于自己的臆想世界，想将汉娜拯救出盖兹这座炼狱，但这一举动并未成

---

[1] ［英］艾丽丝·默多克：《独角兽》，邱艺鸿译，译林出版社2000年版，第15页。
[2] ［英］艾丽丝·默多克：《独角兽》，邱艺鸿译，译林出版社2000年版，第20页。
[3] ［英］艾丽丝·默多克：《独角兽》，邱艺鸿译，译林出版社2000年版，第26页。
[4] ［英］艾丽丝·默多克：《独角兽》，邱艺鸿译，译林出版社2000年版，第31页。
[5] 曹晓安：《论默多克小说〈独角兽〉的后现代性》，《外国语文研究》2020年第4期。
[6] ［英］艾丽丝·默多克：《独角兽》，邱艺鸿译，译林出版社2000年版，第58页。

## 第七章 直面现实:《独角兽》中的流动性

功,原因就在于盖兹还是一个自我封闭的世界。

盖兹的自我封闭状态是汉娜内心痛苦的外在表现形式,是汉娜的灵魂备受煎熬的反映。在吉拉尔德的长期监视下,汉娜的灵魂早已被盖兹这座监狱所禁锢。默多克将汉娜的房间比作柏拉图洞穴寓言中的洞穴,汉娜的房间总是靠炭火来取暖,没有阳光的直接照射。[①] 汉娜脸上"动人的明艳的光彩"[②] 也只是由于火光的反射,当火光散去,汉娜脸上的光芒也荡然无存。盖兹所处的世界就是柏拉图所说的理念世界,相对而言的外面的世界就是真实世界。汉娜也并非盖兹内唯一处于封闭状态的人,其他人虽有出入盖兹的自由并与外界保持联系,但他们也同样与汉娜一样被"关在一栋摇摇欲坠、岌岌可危的大厦里"[③]。在盖兹举办的那场音乐晚宴也足以说明汉娜的身心煎熬,随着音乐的演奏,歌声中渐渐混杂着汉娜的恸哭声和哀号声,本该活跃的气氛中突然掺杂了几丝悲凉,音乐会也就此停止。

盖兹的这种自我封闭状态也导致玛丽安对时间和空间的看法发生变化,更使得玛丽安的自我主义情绪发酵和膨胀。在盖兹,每个人走路都是小心翼翼的,每个人都处于一种过分沉寂的环境。盖兹终日被寂静笼罩,但这里的沉静并不是玛丽安想要寻找的那种"简单的宁静安谧"[④],反而是一种"漫无目的的寂静"[⑤],使人缺少安全感。玛丽安感觉时间发生了某些变异,就好像"时间在到达她手里之前,就已经被玷污、删减或是使用过一般"[⑥],这是由于时空压缩而产生的错位感。而这种错位感不同于刘英教授指出的由于城市发展过快,而个体

---

[①] Peter Conradi, *Iris Murdoch*: *The Saint and the Artist*, London and Basingstoke: Macmillan, 1986, p.128.
[②] [英] 艾丽丝·默多克:《独角兽》,邱艺鸿译,译林出版社2000年版,第225页。
[③] [英] 艾丽丝·默多克:《独角兽》,邱艺鸿译,译林出版社2000年版,第228页。
[④] [英] 艾丽丝·默多克:《独角兽》,邱艺鸿译,译林出版社2000年版,第25页。
[⑤] [英] 艾丽丝·默多克:《独角兽》,邱艺鸿译,译林出版社2000年版,第25页。
[⑥] [英] 艾丽丝·默多克:《独角兽》,邱艺鸿译,译林出版社2000年版,第35页。

感知不能与其同步而发生的错位感①,《独角兽》中错位感的产生是由于盖兹的自我封闭所导致的过分沉寂,因而引起人们对时间和空间的感觉发生相应的变化。在这种时空压缩状态下,玛丽安的自由是受到限制的,虽然她可以时不时地与外界发生联系,但她仍像一台受人操纵的机器,重复"漫漫长日的单一模式"②,这种状态更使得玛丽安的自我主义情绪发酵和膨胀。

## 结　　语

综上所述,流动性研究是对默多克在小说中所呈现的偶合无序现实世界以及臆想世界的回应。《独角兽》中的具身流动和景观流动表明自我主义者一直受理性认知的制约,他们不仅活在自己构建的臆想世界中,还想借此摆脱偶合无序的现实世界。通过艾菲汉和玛丽安的流动经历,以及他们在流动过程中情感的变化,可以发现他们的具身流动认知是基于他们自己对于臆想世界的构建,与此同时,他们的认知将被不断变动的现代生活的支配,反映偶合无序现实世界的真实。

从具身流动角度对《独角兽》进行解读,可以发现其中的主要人物艾菲汉、玛丽安等都是"依仗理性精神探索自我和追索'善'之路的人"③。我们可以深切地感受到默多克笔下像玛丽安和艾菲汉一样高扬纯粹理性的知识分子在认知困境中的挣扎,在认知自我和他人时的局限性。身体的流动使得两位自我主义者开始意识到理性并未引导他们发现真理,反而使他们束缚在认知困境中。身体作为人参与生活

---

① 刘英:《现代化进程与美国现代主义文学的文化地理学阐释》,《国外社会科学》2014年第2期。
② [英]艾丽丝·默多克:《独角兽》,邱艺鸿译,译林出版社2000年版,第26页。
③ 阳幕华:《从身体认知视角析艾丽丝·默多克〈独角兽〉对理性的批判》,《国别文学研究》2016年第4期。

的存在方式，反而让流动主体认清自己的处境，倾听身体的声音，但是理性主义者对身体的正确认知只是暂时的，他们还是会受到理性的支配。

从景观流动角度对《独角兽》进行解读，可以发现默多克在其中有对景观的直接描写以及对景观所蕴含的意义的探讨，这些可解读、可体验的景观的流动不仅展现了爱尔兰当时的社会背景以及小说中人物与环境之间的联系，而且还表明自我主义者如果深陷臆想世界就无法形成对他人、环境和世界的正确认知。自然景观的流动、人为景观的流动以及盖兹内部景观的停滞对于构建流动主体的臆想世界以及自我主义的展现具有重要作用。这三类景观不仅展现了外部环境的流动与内部环境的停滞，更从外部空间转向内部空间，进而呈现了流动与不动之间的张力。默多克表明，在臆想世界中自我不会关注自我与自我之外的他者、环境和世界之间的联系，真实的世界本身就是一个偶合无序的世界，只有走出臆想世界，才能克服自我中心主义，才能产生对自我、他人和世界的正确认知。

# 第八章

## 向善之路：
## 《善的学徒》中的女性主体性建构

## 引　言

在认识论和存在论的意义上，主体这一概念都可以追溯到古希腊哲学[1]，但是古希腊哲学语境中的主体思想带有明显的直观性和朴素性[2]。在漫长的中世纪，神权超越人权，人的主体性被剥夺。伴随文艺复兴与启蒙运动的发展，新兴资产阶级高举人文主义旗帜，人的主体性地位迅速上升。笛卡尔受到近代自然科学的深刻影响，并将自然科学中的理性原则运用于哲学思考中，认为"所有知识都起源于个人自身，起源于孤独自我的理性思考"[3]，提出"我思故我在"的观点。这一观点强调了作为主体的人的主观能动性，被认为"启动了近代西方哲学主体建构的伟大工程"[4]。德国哲学家康德在《纯粹理性批判》

---

[1] 赵一凡、张中载、李德恩主编：《西方文论关键词》，外语教学与研究出版社2006年版，第867页。
[2] 贺鸽、粟迎春：《国内外主体性研究综述》，《新疆社科论坛》2015年第5期。
[3] 赵一凡、张中载、李德恩主编：《西方文论关键词》，外语教学与研究出版社2006年版，第868页。
[4] 赵一凡、张中载、李德恩主编：《西方文论关键词》，外语教学与研究出版社2006年版，第868页。

第八章　向善之路：《善的学徒》中的女性主体性建构

一书中提出"人为自然立法"的主体性原则，并论述了"先天综合判断何以可能，并对先验主体的认识能力进行考察，从而在认识论上实现了从客体到主体的转变"[1]；在《实践理性批判》中康德提出"人为道德立法"的观点，将理性主义的思想延伸到政治哲学领域和道德领域，并证明只有正确利用理性的原则才能获取知识[2]，强调主体在认识中的能动性。19世纪初的哲学家黑格尔考察"实体即主体"的原则，学者认为"主体性"的概念在这一原则中"表现为能动的精神主体形成自身的运动过程"，把握这一概念是解释黑格尔"绝对知识"的关键。[3] 黑格尔将精神与存在视为统一的，主体的地位空前膨胀，"在主体中自由才能得到实现，因为主体是自由的实现的真实的材料"[4]。

尼采、胡塞尔、海德格尔等人对主体意识哲学进行了拆解和改造。尼采"上帝已死"的观点，"在打破偶像的同时大力倡导重估一切价值"[5]，开启了后现代主义批判话语的新局面。[6] 胡塞尔开创现象学研究，认为主体与客体不可分离地相互联系、相互关联着，而非彼此独立存在，并提出"生活世界"和"交互主体性"的概念，意为"主体的意识存在于生活世界中，是依存由不同的主体所构成的共同体"[7]。由此可见，世界就并非为某一个体而存在，而是为人类形成的

---

[1] 史婉婷：《"主体性"视角下的"绝对知识"之辩——基于黑格尔〈精神现象学〉一书的解读》，《求是学刊》2021年第4期。

[2] 赵一凡、张中载、李德恩主编：《西方文论关键词》，外语教学与研究出版社2006年版，第869页。

[3] 史婉婷：《"主体性"视角下的"绝对知识"之辩——基于黑格尔〈精神现象学〉一书的解读》，《求是学刊》2021年第4期。

[4] ［德］黑格尔：《法哲学原理》，范扬等译，商务印书馆1961年版，第111页。

[5] 赵一凡、张中载、李德恩主编：《西方文论关键词》，外语教学与研究出版社2006年版，第872页。

[6] 贺鸽、粟迎春：《国内外主体性研究综述》，《新疆社科论坛》2015年第5期。

[7] 赵一凡、张中载、李德恩主编：《西方文论关键词》，外语教学与研究出版社2006年版，第873页。

共同体存在。海德格尔关注人的存在，认为在本质上人"更少与从主体性设想的人有牵连。人不是在者的主人。人是在的看护者"①。此处不难看出海德格尔突出了人的非主体性质。

弗洛伊德提出"本我""自我""超我"的三重人格结构学说，拉康提出主体心理结构的三种构成，即"象征界""想象界"和"现实界"。拉康的"自我"其实是人对于自身的想象的关系，融合了他者，并认为主体实际上已经被消解或死去，这对近代笛卡尔、康德的主体性思想是有力的抨击。福柯表明："主体一词有两种含义：借助控制与依赖而受制于某人，以及通过意识和自我认识与它的自我同一性联系在一起。"② 德里达通过藐视和批判逻各斯中心主义消解现代主体性。③ 20世纪80年代主体的概念传入中国，有李泽厚对于康德哲学主体性的诠释，刘再复撰写《论文学的主体性》，90年代"文学主体性"理论因认识论的局限遭到解构。杨春时探讨主体性哲学、美学的缺陷，提出文学主体间性的理论④，朱立元认为杨春时的理论"是对主客二元对立思维模式的超越"⑤。

西蒙娜·德·波伏娃在其著作《第二性》中表示："他是主体（the Subject），是绝对（the Absolute），而她则是他者（the Other）"⑥，而"主体只能在对立中确立——他把自己树立为主要者，以此同他

---

① ［德］马丁·海德格尔：《人，诗意地安居》，郜元宝译，上海远东出版社1995年版，第13页。
② ［德］彼得·毕尔格：《主体的退隐》，陈良梅等译，南京大学出版社2004年版，第7页。
③ ［法］雅克·德里达：《马克思的幽灵》，何一译，中国人民大学出版社2008年版，第10—11页。
④ 杨春时：《文学理论：从主体性到主体间性》，《厦门大学学报》（哲学社会科学版）2002年第1期。
⑤ 赵一凡、张中载、李德恩主编：《西方文论关键词》，外语教学与研究出版社2006年版，第879页。
⑥ ［法］西蒙娜·德·波伏娃：《第二性》，陶铁柱译，中国书籍出版社1998年版，第11页。

者、次要者、客体相对立"①,而且"并不是他者在将本身界定为他者的过程中确定了此者,而是此者在把本身界定为此者的过程中树立了他者"②。以萨特《存在与虚无》一书中确立的哲学框架为基础,波伏娃形成了自己的一套成熟的女性主体性理论③,将批判的矛头直指近代依赖的主体和主体性哲学④。

法国女性主义批评领军者露西·伊利格蕾在《反射镜》中表示"任何关于'主体'的理论都为男性所挪用"⑤,并根据弗洛伊德"力比多经济学"创立"阉割的菲勒斯经济学"概念,"进一步分析男性主体控制女性客体,将其沉默化这一过程的本质和方式"⑥。伊利格蕾联合其他法国后现代女性主义批评理论家提出"女性书写"(Women's Writing)概念,肯定差异的存在,意图重构女性主体性。法国女权主义标志性理论家朱丽亚·克里斯蒂娃的主体性理论联系语言与主体,将语言描述为动态的"意指过程",认为"言说的主体塑造或消解着自身"⑦。她用"前符号态"和"符号象征态"描述"意指过程"的两种意指模式,并借用柏拉图的著作《蒂迈欧篇》中的"穷若"(chora)概念来描述"个体在形成清晰的身份界限之前的精神空间",利用"生产文本"和"现象文本"分析文学文本,丰富文

---

① [法]西蒙娜·德·波伏娃:《第二性》,陶铁柱译,中国书籍出版社1998年版,第12页。
② [法]西蒙娜·德·波伏娃:《第二性》,陶铁柱译,中国书籍出版社1998年版,第13页。
③ 陈李萍:《波伏娃之后——当代女性批评理论中的女性主体性批判》,《宁夏社会科学》2011年第1期。
④ 王宏维:《论他者与他者的哲学——兼评女性主义对主体与主体性哲学的批判》,《江西社会科学》2004年第4期。
⑤ Luce Irigaray, *Speculum of the Other Woman*, trans., Gillian C. Gill, Ithaca: Cornell University Press, 1985, p. 133.
⑥ 陈李萍:《波伏娃之后——当代女性批评理论中的女性主体性批判》,《宁夏社会科学》2011年第1期。
⑦ Julia Kristeva, *Language: The Unknown: An Initiation into Linguistics*, trans., Anne M. Menke, New York: Columbia University Press, 1989, p. 265.

本的意义。意指行为在变化之中,言说主体也成了"过程中的主体"①,变化和流动性受到克里斯蒂娃的重视。后现代女权主义者朱迪思·巴特勒"用宣成性的概念来解释社会性别的建构过程,她指出性别既是被建构也是被宣称的"②。"宣称性"是从言语行为理论(Speech Act Theory)中借用的概念,被巴特勒定义为"指能把所命名的事物形成实践的行动,并且在过程中可以显示话语的建构与生产性力量"③,巴特勒认为消除男女不平等最好的方式就是打破原有的父权制文化体系对于良性特征的界定。

赵小华认为针对女性主体性这一概念的研究在 21 世纪初仍未形成固定的结论和模式,并表示"女性主体性着重女性作为主体存在于世界进行实践的哲学意义",针对女性主体性做出如下定义:"所谓女性主体性,就是女性对自身力量和能力的一种肯定,是女性清楚地认识到自身作为主体的种种力量,自觉要求自身在地位、能力、生活方式、知识水平、人格塑造、心理健康等方面的不断提高和完善,并为之而努力奋斗的体现在社会生活实践活动中的一种自觉能动性。"④ 赵小华探讨马克思主义妇女观的新解读和对女性主体性的关注,首先认为:"妇女问题的产生是人类历史发展到一定阶段的社会现象,其本质是妇女主体性的丧失。其根源是私有制";并且认为无产阶级的解放道路是妇女解放和妇女主体性提升的根本道路,要想实现妇女主体性提升、实现妇女全面而自由的发展,妇女必须参加社会劳动。⑤

---

① 陈李萍:《波伏娃之后——当代女性批评理论中的女性主体性批判》,《宁夏社会科学》2011 年第 1 期。
② 张广利、陈耀:《主体建构性和主体行为宣成性——一种后现代女权主义理论》,《妇女研究论丛》2003 年第 6 期。
③ 张广利、陈耀:《主体建构性和主体行为宣成性——一种后现代女权主义理论》,《妇女研究论丛》2003 年第 6 期。
④ 赵小华:《女性主体性:对马克思主义妇女观的一种新解读》,《妇女研究论丛》2004 年第 4 期。
⑤ 赵小华:《女性主体性:对马克思主义妇女观的一种新解读》,《妇女研究论丛》2004 年第 4 期。

## 第八章　向善之路：《善的学徒》中的女性主体性建构

　　自我意识的定义是一种自我反省的能力和一种与环境和其他个体分离开的自我协调的能力。自我意识作为一种对个体的思想、情感、行动和人际关系进行有意识的理解，可以帮助他/她洞察影响外部世界，以及内在信仰、价值观和道德的因素。默多克的道德哲学是以个体自我的实现为前提的，"将道德的中心概念定为'个体'"①。在默多克早期的文章中，她提出"在当代世界中，对自我的准确和谦卑的认识已经被宏大的理论所掩盖。其结果是当代人无法跳出自己的思维，也无法实现所期望的真正的改变或改善"②。与浪漫主义不同的是，默多克认为，个体作为一种自我关系，在具体语境中得到了更新。现代主义强调"形式自治"，认为身份是"通过符号对历史的超越，自我是语言的构建"③，而默多克关注的是关系中的自我。在她的小说中，她描绘了作为道德存在的人的个体意识是如何运作的，以及这对他们对现实的感知产生的影响，而不仅仅是她笔下的人物所处的社会和历史情境。"默多克的道德哲学将个人视为'内心生活'的'主人'，认为内心活动具有道德意义。"④ 因此，默多克小说中的自我是建立在关系的一个固定实体上的。

　　女性身份是默多克小说关注的核心问题之一，因此有必要对默多克小说中女性角色的个人身份和女性主体性进行界定。在《第二性》中，波伏娃说："女人不是天生的，而是后天形成的。"⑤ 性别受到社会、文化和历史力量的影响。社会力量共同作用来构建女性气质，使得女性依赖于男性。女性在试图顺应社会文化对女性的被动期望时，会被剥夺权利。女性对男性的依赖以及来自男性的压迫阻碍了女性获

---

　　① Iris Murdoch, *The Sovereignty of Good*, London: Routledge & Kegan Paul, 1970, p. 30.
　　② Dippie Elizabeth, *Iris Murdoch: Work for the Spirit*, London: Methuen, 1982, p. 191.
　　③ Patricia Waugh, *Feminine Fictions: Revisiting the Postmodern*, London: Routledge, 1989, p. 79.
　　④ Heather Widdows, *The Moral Vision of Iris Murdoch*, Aldershot: Ashgate, 2005, p. 21.
　　⑤ Judith Butler, "Sex and Gender in Simone de Beauvoir's *Second Sex*", *Yale French Studies*, vol. 72, 1986, p. 35.

得自我意识,"因为她在他身上被异化了——也就是说,她作为一个个体的利益存在于他身上"①。在霍尔看来,一个人的身份可以被认为是一组特定的特征、信仰和忠诚,它们在短期或长期内赋予一个人连贯的个性和社会存在的模式;而主体性意味着在一定程度上关于身份的思考和自我意识,同时允许无数的限制,通常是不可知的,不可避免的限制,限制我们充分理解身份的能力。主体性作为一个关键概念,让我们思考身份如何产生,从何而来,在多大程度上它是可以理解的,在多大程度上它是我们可以影响和控制的东西。②按照霍尔对身份的定义和默多克对身份的理解,赋予默多克女性角色不变的个性和存在模式的特质是自主性和双性同体性。自主意味着坚持自己的声音,保持自己的人生轨迹;"雌雄同体"意味着超越她的性别限制,生活在"女性与男性、养育与攻击的完全平衡"③ 的雌雄同体心态中。然而,历史、社会、文化和生物等诸多因素制约和限制着女性角色保持这种身份。因此,在小说创作中,默多克避免像其他许多女权主义作家一样,在经济依赖、缺少人权、家庭争吵、养育子女等问题上探讨女性的困境。相反,她揭示了由于历史、社会和经济的变化而导致的现代社会中女性主体性建构的困境。

默多克对女性问题的观点和她的小说中反映这些问题的方式,在她数十年的写作生涯中没有太大的改变。1976 年,在迈克尔·欧·贝拉米的访问中被问及她作品中的女性问题,默多克是这样回答的:

> 相比于女性,我对男性更加认同。我不认为这是一个巨变,事实上这没有多大的差异。每一个人都是人类。我认为我对男性

---

① Simone de Beauvoir, *The Second Sex*, trans., H. M. Parshley, London: Jonathan Cape, 1953, p. 465.

② Donald E. Hall, *Subjectivity*, London: Routledge, 2004, pp. 3 – 4.

③ Elaine Showalter, *A Literature of Their Own: British Women Novelists from Bronte to Lessing*, Beijing: Foreign Language Teaching and Research Press, 2004, p. 264.

## 第八章 向善之路:《善的学徒》中的女性主体性建构

比对女性更感兴趣。我对女性问题没那么感兴趣,尽管我是女性解放的大力支持者,尤其是支持女性教育,但是这么做是为了帮助女性加入人类,而不是为了对世界做出一些女性的贡献。我想应该存在有一种人的贡献,但我不认为存在有一种女性的贡献。①

她把小说的主要焦点放在人类的普遍问题上,而不是女性的具体问题上,她认为女性解放的使命是帮助女性成为人类的一部分,而不是使女性成为特殊部分。在 1987 年与芭芭拉·斯蒂文斯·休赛尔的访谈中,当被询问到她作品中的女性人物特征时,默多克承认在她的小说中很少用女性角色来主导故事,并指出没有直接书写女性问题的理由:

> 女性的问题是在其他问题中的问题,我也写到这些问题了。只是我没有单一或者主要地涉及它们。不幸的是这依然是一个男人的世界。一个男人不必解释他是什么样的,但是一个女人不得不解释她是什么样的。②

充分意识到性别不平等,默多克承认她自己忠实地、没有偏袒地描述了男女之间普遍的人类窘境,因为她相信:

> 如果你塑造了一个聪明的女人,在书中她角色的一部分就是做一个聪明的女人,但一个聪明的男人可以仅仅做一个男人。同样的问题出现在黑人作家中。人们期待黑人作家书写关于黑人和

---

① Gillian Dooley, ed., *From a Tiny Corner in the House of Fiction: Conversations with Iris Murdoch*, Columbia: University of South Carolina Press, 2003, p. 48.

② Gillian Dooley, ed., *From a Tiny Corner in the House of Fiction: Conversations with Iris Murdoch*, Columbia: University of South Carolina Press, 2003, p. 207.

黑人问题，而如果他们没有这么做，就有能会被他们的同伴迫害。我想这是非常不公平的。在文学中，作家可能想要表达他们自己作为黑人，或犹太人，或女性的问题，但同时他们可能也想要书写关于人类更具有普遍性的问题。①

默多克反对女权主义提出的主张，宣称自己的主要关注点不是女性问题，并坚持说自己不是一个女权主义者。但因为她相信女性的问题是人类问题的一部分，所以她在小说中真实地描述了女性的困境和她们在不同的环境、不同的时代或不同的背景下成长和生存的斗争。

"自我的概念是默多克更宽广的哲学视野的起点，取决于个体拥有的有意义的内在经验以及认知与体验不同层次意识的能力。"② 默多克关注男人和女人是如何形成"自我"，以及建立完整的自我如何实现善的问题。与现代自我的概念相冲突，默多克在她的小说中认为自我是一个固定的实体：

> 人类不是客观的理性思考者和个人意志的结合体。他是一个统一的存在，基于所见之物产生向往，并且对视界（vision）的方向与关注点有持续轻微的控制力。③

默多克强调个体是一种自我关系，女性的经验促进了人类的合作品质和自我与他者关系的认知，这对培养人际关系至关重要。利文森总结了默多克对个体的观点，即个体不是孤立的自我，而是许多自我的共同体，一个多人的群体，他们是单独和具有差异的个体，他们共

---

① Gillian Dooley, ed., *From a Tiny Corner in the House of Fiction*: *Conversations with Iris Murdoch*, Columbia: University of South Carolina Press, 2003, p. 207.
② Heather Widdows, *The Moral Vision of Iris Murdoch*, Aldershot: Ashgate, 2005, p. 22.
③ Iris Murdoch, *The Sovereignty of Good*, London: Routledge & Kegan Paul, 1970, p. 39.

同相处。① 此外，沃夫认为个体能够作为一个"部分自主的"② 行为者存在于世，并阐述了她对现代女性主义小说写作中身份的观点：

> 现代女性主义小说书写……容纳了对个体行为、自我反思的必要性与可能性，和以历史持续性作为个人身份基础这三个方面的人文主义信仰。然而，它改变了这种信仰的传统形式，以此来强调身份的暂时性和关系性、性别的历史性和社会性以及知识和权力的话语生产。许多此类的文本都暗示，人们有可能在认为自己是世界上一个强大而连贯的行为主体的同时，理解身份和性别在多大程度上是由社会建构和表征的。③

沃夫的自我概念依赖于"一种认同感，它包括接受连接和分离，因此两者都不会被视为威胁"④。沃夫的"both/and"的相关情境中，一个个体能够同时与他者融合，并且独立于他者。虽然默多克没有过多关注社会和历史情境对其小说人物的影响，但她同意沃夫的自我关系是"一种活跃的内心生活和一种实质性的意识概念"⑤ 的观点。此外，对默多克小说中的女性角色来说，女性主体性的构建可以被解读为女性的自我意识使她们知道自己与他者，特别是与男性他者的区别，而女性主体性的确立使她们在男性主导的人际关系中拥有了自我的立场。

---

① Michael Levenson, "The Religion of Fiction", *New Republic*, Vol. 209, No. 5, 1993, pp. 337-344.
② Patricia Waugh, *Feminine Fictions: Revisiting the Postmodern*, London: Routledge, 1989, p. 14.
③ Patricia Waugh, *Feminine Fictions: Revisiting the Postmodern*, London: Routledge, 1989, p. 13.
④ Patricia Waugh, *Feminine Fictions: Revisiting the Postmodern*, London: Routledge, 1989, p. 86.
⑤ Heather Widdows, *The Moral Vision of Iris Murdoch*, Aldershot: Ashgate, 2005, p. 22.

就女性自我的形成而言，默多克通过刻画女性角色的自我意识的产生来展示女性自我的个人成长，以及随之而来与他者关系的变化。同时，通过描述女性无法"看见个体，因为我们完全被封闭在自己的幻想世界"①的困境，揭示了实现这一过程的艰难。在 1985 年出版的第二十二部小说《善的学徒》（The Good Apprentice）中，默多克详述了女性如何通过瓦解父权家庭中男性的权力，与真实世界和解，在通往善的道路上实现自我，最终构建了女性主体性的过程。

《善的学徒》的开篇充满恐怖色彩，爱德华·巴特拉姆（Edward Baltram）间接无意地杀害了他最好的朋友马克·威尔逊（Mark Wilsden）。起因是爱德华欺骗马克吃下了一个含有毒品的三文治，希望他能享受"愉快的旅程"②，随后独自离开去和他的同学莎拉·普洛梅恩（Sarah Plowmain）约会。回来时，发现公寓的窗户开着，而马克躺在下面的人行道上，已经死亡。因为对好友的离世感到内疚和沮丧，爱德华踏上了寻求自我原谅和自我救赎的旅途。《善的学徒》分为三部分：第一部分"浪荡子"描述了在悲剧发生后爱德华的崩溃；第二部分"西加德"讲述了爱德华寻找亲生父亲的救赎之旅；第三部分"死后的生活"中，爱德华通过对他者更多的关注和爱走出低谷，重新开始他的生活。伴随着痛苦和救赎的主线，默多克通过对小说中女性人物的刻画，通过她们在自己的家庭、婚姻和情感困境中挣扎的描述，探索了女性主体性构建的可能性和可行方式。女性角色在困境中为了生存所采用的各种方式将她们引向了不同的境遇，然而这些目的地往往不是她们的心之所向。默多克文学思想的焦点之一正是女性如何能够拥有主体性，如何能够以完整的自我融入世界，最终能够接近善，即默多克的道德哲学中用来代替无神世界里的上帝的所在。

---

① Iris Murdoch, *Existentialists and Mystics: Writings on Philosophy and Literature*, London: Chatto & Windus, 1997, p. 216.
② Iris Murdoch, *The Good Apprentice*, New York: Penguin Books, 2001, p. 1.

# 第一节　打破藩篱：父权家庭的去中心化

尽管对女性受父权统治感到不满，波伏娃仍坚持认为男人和女人都有能力成为权力人物，并对他者施加权力。蒂迪将波伏娃在《第二性》中权力的观点解读为："权力不是表现为单一的、压抑的或男性独有的特权……而是作为一种潜在的行动，在大多数情况下，无论女人还是男人都能抓住它。"① 默多克也有类似的观点，认为权力人物在性别意义上不受限制，科恩指出，"男性和女性并不是严格的两极化……因为默多克看到两性都试图将形式和偶然性联系起来"②。即使如此，在默多克早期的小说中极少有女性权力人物，因为在男性主导的世界里，女性角色能做的仅仅是努力理解自己，重建与周围人的关系。然而，在《善的学徒》中，默多克尝试通过女性在男女关系中由被支配者向支配者的转变，来证明构建女性主体性的可能。在小说中，年轻时的杰西·巴特拉姆（Jesse Baltram）对妻子和两个女儿实施强权控制，是典型的权力人物形象。然而，当他年老生病时，他与妻子梅·巴特拉姆（May Baltram）的家庭地位发生反转，他的妻子替代他成为家庭中的绝对权力人物。对梅和两个女儿贝蒂娜（Bettina）和伊洛娜（Ilona）的刻画，揭示了默多克在夫妻关系中女性摆脱男性统治后对自我形成的探索。

虽然与亲生父亲素未谋面，但是爱德华在精神陷入困顿的时候，却寄希望于能从生父那里找到救赎的力量，这足以说明在故事开始，

---

① Ursula Tidd, *Simone de Beauvoir: Gender and Testimony*, Cambridge: Cambridge University Press, 1999, p. 57.
② Steven Cohan, "From Subtext to Dream: the Brutal Egoism of Iris Murdoch's Male Narrator", *Women and Literature*, Vol. 2, 1982, p. 226.

父权在爱德华心中是权威和力量的象征。故事以《圣经》中的《归回父家歌》开篇："我要起来，走到我父亲面前，对他说，父亲，我得罪了天，在你的面前，我不配得被称为你的儿子。"① 爱德华相信他的父亲，"隐居但臭名昭著的放荡画家杰西·巴特拉姆"②，可以减轻他对于朋友之死的自责，于是决定出发前往西加德（Seegard）拜访他的父亲。尽管"一座长而高、几乎没有窗户的建筑"③ 的怪异外观让爱德华感到有点沮丧，但当他第一次到达那里，西加德依然"像一个重要的命运，至少是一个新奇的事物，也许是一个避难所"④。在这里，穿着整齐的女人给爱德华留下了非常深刻的印象，因为"她们的美丽，她们的年轻，以及她们彼此的相似"⑤。这三位隐居的女人是素食者，过着简单而自足的生活，自己编织衣服，种植食物，做木工和刺绣，制作珠宝和圣诞卡出售。她们的生活"有规定的职责和仪式，就好像她们组成了一个小的宗教团体"⑥。她们似乎很享受这种静默、休息、阅读的日常生活，并宣称家里的男主人杰西是她们的榜样，他的秩序感和职业带来的规则感影响着她们的生活。虽然爱德华一直没有见到他的父亲杰西，只是被反复告知他很快就会回来，但杰西的缺席似乎并没有削弱他对这个家庭中其他人的控制。

　　西加德的三个女人给爱德华留下的第一印象是，她们矜持有序的传统生活方式以杰西为中心，她们将西加德视为"一个朝圣的地方"⑦，而杰西则是她们的圣人。虽然爱德华起初认为这三位女性平淡

---

① Iris Murdoch, *The Good Apprentice*, New York: Penguin Books, 2001, p. 1.
② Priscilla Martin and Anna Rowe, *Iris Murdoch: A Literary Life*, London: Palgrave Macmillan, 2010, p. 141.
③ Iris Murdoch, *The Good Apprentice*, New York: Penguin Books, 2001, p. 99.
④ Iris Murdoch, *The Good Apprentice*, New York: Penguin Books, 2001, p. 97.
⑤ Iris Murdoch, *The Good Apprentice*, New York: Penguin Books, 2001, p. 100.
⑥ David J. Gordon, *Iris Murdoch's Fables of Unselfing*, Columbia and London: University of Missouri Press, 1995, p. 168.
⑦ Iris Murdoch, *The Good Apprentice*, New York: Penguin Books, 2001, p. 119.

无奇，和自己毫无瓜葛，但第一印象还是美好的，"这些女人不仅在本质上与他有些特别的不同，而且是完美的：冷静、智慧、美丽，没有普通人类的缺点"①。然而，随着时间的流逝，他对这三位女子的第一印象却逐渐被颠覆。爱德华开始变得不安，因为他强烈地感受到这些女人并不完美，甚至有些匪夷所思，比如她们对绿化工人有着毫无理由的恐惧。而且，爱德华逐渐意识到这三位女人正向他施加控制，使他有了束缚感，不再想向她们倾诉心事。但她们的控制却使他渐渐从先前抑郁的状态中复原，虽然"她们没有治愈他的伤口，而是稍微平息了它一下"②。此外，作为"一个拥有最善良、最美丽、最可爱的捉拿者的囚徒，这些捉拿者给了他任务"③。在西加德的日常忙碌使爱德华感到更加健康和强壮，仿佛这些女人们正在尝试用汗水将他的痛苦榨干。爱德华愿意去完成这些分配给他的任务，因为这些任务在使他产生被奴役感的同时也给他带来满足和疲惫，使他没有精力思考之前发生的不幸。在这三个女人的奴役下，爱德华通过观察她们纯洁无邪的生活方式下言语的不连贯和精神的贫乏，对她们产生了不同的认知。尽管阅读是她们日常生活的一部分，但书架上的一堆堆书，包括从建筑和设计作品到英国19世纪的小说，依然"布满灰尘，岿然不动"④。白天工作时，她们都心不在焉：母亲梅一双漂亮的灰色眼睛空洞地缝补衣服，贝蒂娜忙着学习非洲工艺品，伊洛娜在大小不同的速写本上如梦似的涂涂画画。此外，她们貌似在杰西的安排下来来回回地在房子里穿梭，但一切行动都显得非常机械和空洞。

现实与表象相去甚远，日常的观察使爱德华意识到杰西如今已经成了女人们的傀儡，而杰西的现任妻子梅才是这个家庭的真正掌控

---

① Iris Murdoch, *The Good Apprentice*, New York: Penguin Books, 2001, p.153.
② Iris Murdoch, *The Good Apprentice*, New York: Penguin Books, 2001, p.152.
③ Iris Murdoch, *The Good Apprentice*, New York: Penguin Books, 2001, p.151.
④ Iris Murdoch, *The Good Apprentice*, New York: Penguin Books, 2001, p.126.

者。但令爱德华迷惑的是，伊洛娜向他诉说的情况与他自己观察到的情况矛盾重重。伊洛娜向他坦露说她们母女三人自我挣扎的生存状态，整个都在杰西的严格掌控之下，他阻止贝蒂娜和年轻异性相爱，也不许她上大学，禁止伊洛娜成为一个舞者，而且把她们都塑造成"糟糕的画家，冒牌的艺术家"[1]。母亲梅因杰西与许多女性的放荡生活而遭受了很多痛苦。伊洛娜这样回忆她们过去的生活：

> 有些事，就像记住历史，或者像很久之前通过工作来救赎，它是反宗教和反上帝的，有点像一种魔法，超越善与恶，超越自然和自由，这就是悲剧所在。事情不对头，我们却抗衡失败，因为对我们而言他太强大了——但这就是杰西一如往常地充满活力、充满力量和精彩的原因，仿佛他可以永远活下去。[2]

她们每天做的只是无聊地重复无意义的日常工作。从伊洛娜的描述来看，这个家庭似乎仍然处在传统的男性主导下，这一点甚至反映在杰西的画上，这些画充满了"女人的怪异大头，悲伤的，流泪的或怀恨在心的"[3]，西加德女人们的特征从画中依稀可辨。在这里，默多克通过伊洛娜对过去的描述与如今的现实进行对比，引起读者对这个家庭发生变化的原因产生好奇和兴趣，为通过在家庭中父权的去中心化来建立女性主体性的可能埋下了伏笔。

真相随着爱德华发现他被囚禁的父亲而揭开，事实让爱德华认清了这些女人真实的生活状态。好奇心驱使爱德华在母女们外出时在房子里到处搜寻，竟然意外发现父亲杰西被囚禁在一个隐秘的房间，身体虚弱无力，处于完全任人摆布的状态。梅一直宣称丈夫杰西是家中

---

[1] Iris Murdoch, *The Good Apprentice*, New York: Penguin Books, 2001, p. 200.
[2] Iris Murdoch, *The Good Apprentice*, New York: Penguin Books, 2001, p. 200.
[3] Iris Murdoch, *The Good Apprentice*, New York: Penguin Books, 2001, p. 180.

## 第八章　向善之路：《善的学徒》中的女性主体性建构

的权威和主宰者，而事实却截然相反，她才是此时这个家庭中真正的权力人物。梅起初看起来和她的女儿们一样迷人和天真，以至于爱德华难以判断她的年龄和揣度她的心理：

> 母亲梅的脸看起来和其他女人的脸一样，棱角分明，面色平静。她的美散发着静谧的光。有了这样的脸，也许很难分辨出这种平静是无意识的，还是自然的恩赐，抑或是某种成就或是智慧的结果，又或者是一种刻意培植的永葆青春的面具。①

尽管她外表的平静使她成为一个贤妻良母的形象，但是她"美丽平静的脸庞在阳光下显露出一些细小的皱纹，但也令人惊讶地年轻并表现出一种自信、内敛的权威"②。而当梅发现了爱德华已经知道了父亲被囚禁的真相时，她一改往日的温和，勃然大怒，以一家之主的姿态命令爱德华离开父亲的房间。这一冲突正应和了默多克在小说开头埋下的伏笔，梅作为复仇的妻子的形象也逐渐生动起来，她从被奴役者到奴役者的转变揭示了她在父权家庭中女性主体性确立的过程。

与以往默多克小说中的女性人物不同，梅的女性自我意识已经觉醒，她具有完全的自我决定力，也知道如何操纵局面以使得自己的利益最大化。即使在杰西的鼎盛时期，她不得不生活在杰西强大的约束之下，忍受着杰西的男女风流韵事，她仍然用自己的方式对杰西实施报复。她引诱了杰西的同性伴侣画家马克斯·普安特（Max Pointe），并生下女儿伊洛娜。当杰西对她和整个家庭的权力控制在身体和精神层面都日渐式微时，梅并没有离开杰西去开始新的生活，而是选择按照他以往的方式来维持生活秩序。不同的是，她取代杰西成为家庭中的权力人物，将杰西置于她的控制之下，并利用他作为自己后续计划

---

① Iris Murdoch, *The Good Apprentice*, New York: Penguin Books, 2001, p. 105.
② Iris Murdoch, *The Good Apprentice*, New York: Penguin Books, 2001, p. 128.

的一颗棋子。为了能保持家里旧的秩序,她给自己的两个女儿洗脑,强化杰西作为"一个伟大的画家,著名的雕塑家,伟大的建筑家,女人们的多情种子,杰出的艺术家,一个至高无上的人类"① 的类上帝形象并灌输给她们杰西似是而非的空虚哲学思想,使这两个姐妹能继续忍受无聊的生活。她和杰西如出一辙,限制女孩们的个人发展,让她们相信自己居住在天堂中,家庭生活充满自然真实的忙碌,是她们的身心都能得到锻炼的地方,她们应该继续秉承杰西的理想,并且"在简单的基础上为美好社会"② 而工作。梅一边笑着宣称女孩们都是自由人,一边劝说女儿们不要去伦敦一样的大城市,因为它们代表"世界上所有空虚、无聊和喧闹的事情"③。母亲梅的洗脑非常成功,以至于女孩们从不厌倦倾听母亲梅讲述过去的日子,并且深信自己的生活高人一筹。为了掩盖杰西身体正在老去、艺术上创造力正在枯竭、在家庭中失去对女人们的权力控制的事实,母亲梅在女孩的想象中神秘化杰西,让她们相信杰西的超能力,"他知道如何从生命中休息。……所以他的生命可以持续下去"④。至此,母亲梅绝对地掌控了女儿们的心理,控制了整个家庭,取代杰西成为家中新的权力中心。

　　默多克将女性角色梅描写成一个具有欺骗性的冷静和仁爱外表的复仇权力人物,体现了默多克对家庭生活中女性主体性构建的思考,即颠覆了家庭中的父权统治,女性家庭成员获得解放之后,两性家庭成员之间和同性家庭成员之间如何能构建新的平衡关系。在杰西的家中,虽然实际的家庭控制权已经掌握在女性手中,新型的既平衡又平等的家庭关系却并没有建立,不同的仅是一个女性家庭暴君代替了原来的男性家庭暴君。过往岁月中男性对她的统治和伤害使梅决心要不

---

① Iris Murdoch, *The Good Apprentice*, New York: Penguin Books, 2001, p. 186.
② Iris Murdoch, *The Good Apprentice*, New York: Penguin Books, 2001, p. 160.
③ Iris Murdoch, *The Good Apprentice*, New York: Penguin Books, 2001, p. 160.
④ Iris Murdoch, *The Good Apprentice*, New York: Penguin Books, 2001, p. 185.

择手段地复仇。对于阻碍爱德华与杰西会面，和为什么要囚禁杰西，梅给出的理由相互矛盾且难以令人信服，但是她依然尽全力否认杰西变老和风光不再的事实。她表面上维持杰西的形象，假装崇拜杰西，让他作为她们生活中高高在上的精神导师，实际上她虐待他的身体，不给他提供足够的食物，把他锁在缺乏必要医疗照顾的房间内限制他的人身自由。她拒绝爱德华把杰西送往医院的提议，理由是爱德华不知道杰西的影响力和"对他存在的伟大没有概念"①。面对爱德华的疑惑和不解，贝蒂娜解释道："他是我们生活中的神。……他变成一个残酷易怒的神，我们必须限制他。"② 与此同时，母亲梅和贝蒂娜表达了她们对杰西压抑的仇恨，因为"杰西是一个神，却变成一个孩子欺骗我们。这很难原谅。……他被囚禁得说不出话来，气得大哭起来。知道越多，越无话可说"③。在她们的眼里，杰西充满无力的愤怒，因为他征服世界的欲望没有任何理智的限制。对于杰西的憎恨，母女们认为其原因是她们"代表了他世界的萎缩，才能的丧失，对他人的依赖"④。因为杰西曾经试图毁坏自己的画作，砸碎创作的雕塑，所以母女三人的所作所为都是以保护杰西和他的作品。她们声称杰西是一位"至高无上的艺术家"⑤，为了保护这些艺术品，她们要参与到杰西创作的过程中，并且充当杰西作品的监护人。有了这些冠冕堂皇的借口，女儿们在遭受母亲控制的同时，也充当了母亲对父亲实施不人道控制的帮凶。

西蒙·韦伊有一句格言："痛苦和苦难就像一种货币，从一个人传递到另一个人，直到一天有人接收了它们但却不再传递给他人。"默多克在刻画权力人物时也深受此话的影响。梅在婚姻中是原本是受

---

① Iris Murdoch, *The Good Apprentice*, New York: Penguin Books, 2001, p. 198.
② Iris Murdoch, *The Good Apprentice*, New York: Penguin Books, 2001, p. 198.
③ Iris Murdoch, *The Good Apprentice*, New York: Penguin Books, 2001, p. 197.
④ Iris Murdoch, *The Good Apprentice*, New York: Penguin Books, 2001, p. 198.
⑤ Iris Murdoch, *The Good Apprentice*, New York: Penguin Books, 2001, p. 198.

害者，一直忍受着"与天才结婚带来的惩罚"①，她悲伤地抱怨丈夫杰西在婚姻生活中一直缺席，自己一直为了能在婚姻中获得慰藉而挣扎。但是她并没有停止把自己曾经的痛苦和困难以折磨他人的方式传递给他人，无论是对曾经对自己施暴的丈夫，还是无辜的女儿们，甚至连爱德华也不放过。当梅决心反击男性的压迫时，她对任何阻碍她完成复仇计划的绊脚石都冷酷无情。"梅暴露她自己是一个诡计多端、充满怨恨和嫉妒心的女性。"② 她邀请爱德华来西加德的原因是："我们当时很平静，这样不好。我们需要一种骚乱，一种催化剂，我们开始感到只有改变才能使我们的生活好过一些。"③ 她邀请爱德华来西加德的初衷只是出于她们的利益的考虑，为了维持她对丈夫和女儿们的操控，而不是帮助他走出自我责备的抑郁状态，更不是为了减轻他对于朋友意外死亡的罪恶感。

默多克探讨了在传统男性霸权被废除的家庭中，如何重构家庭秩序和女性主体性的问题。"导致他人受难，是恶的受难者化解自己的苦难最简便的方式。罪恶之链只有像基督那样情愿牺牲自己的人才能打断，他吸收罪恶，独自一人受难而不诱惑他人受难。"④ 作为家庭中真正的权力人物，母亲梅没有做任何事情来提高家庭中女性的地位，而是维持和延续父权对她们的压迫。尽管一切都在她的掌控之下，她仍然继续保持着自己作为杰西追随者的形象。当她发现枯燥的生活难以维持，对杰西情况的解释漏洞百出难以令人信服时，她渴望有"一个改变，任何改变"，贝蒂娜和伊洛娜"就像家里的猫"，无法帮助梅达成自己的目的，"从某种程度上，母亲梅就像佩内洛普，希望奥

---

① Iris Murdoch, *The Good Apprentice*, New York: Penguin Books, 2001, p. 418.
② Afaf Jamil Khogeer, *The Integration of the Self: Women in the Fiction of Iris Murdoch and Margaret Drabble*, New York: University Press of America, 2006, p. 128.
③ Iris Murdoch, *The Good Apprentice*, New York: Penguin Books, 2001, p. 240.
④ 何伟文、侯维瑞：《艺术和道德：从"迷惑"经过"关注"到达"善的真实"——论艾丽丝·默多克小说世界的理论框架》，《英美文学研究论丛》，2000 年，第 417—442 页。

德修斯离开，再次踏上他的旅途"①。她最终打算让爱德华在形式上取代他父亲杰西的地位，她自己仍然掌控全局。然而，爱德华偶然间发现了被囚禁的杰西，这使得母亲梅对杰西的怨恨和她雄心勃勃的复仇计划暴露无遗。为了使自己的计划免于流产，她尝试破坏杰西在爱德华心中的地位，她告诉爱德华，"纯粹的邪恶从来不是看起来邪恶，只有当它与善混合在一起时，才会显现出来。他是邪恶的化身"②。梅企图说服爱德华改变对杰西观点，同意她对待杰西的方式，因为杰西"只是一个坏老头的残骸"③。

默多克描述了梅在家庭男性的统治中心消失前和消失后的改变，以此探讨在现代社会的家庭生活中重构女性主体性的可能。当梅处于杰西强有力的控制下时，她对杰西爱恨交织的感情使她不堪重负，但是又心甘情愿深陷其中。当杰西变成虚弱无力的老人时，她将之前这种复杂的感情转化为纯粹的恨意。杰西曾是她的真理，当她的真理被证明已经变得虚假时，梅的心理受到沉重的打击，她很不愿意接受他已经年老体衰、需要像孩子一样被照顾的事实，认为这是杰西对她的背叛。她甚至认为比起自己的痛楚，爱德华所说的痛苦不值一提。在她全部的生命中，梅欣赏崇拜杰西的天赋和权力，为了得到杰西的偏爱不惜与他的同性或者异性的情人们争斗。即使爱德华的母亲已经去世多年，梅仍然在爱德华面前毫不掩饰对他母亲的敌意："你可怜的母亲是一个婊子，一个妓女……我恨你母亲。我祈祷她去死。仇恨能够杀人。可能我让她死去了"，她甚至相信爱德华的母亲死于"一种神秘的病毒。仇恨的病毒"④。当暮年的杰西变得衰弱和无力时，梅无法接受现实，她的失望和仇恨开始沸腾，与对过去想从她身边夺走杰

---

① Iris Murdoch, *The Good Apprentice*, New York: Penguin Books, 2001, p.199.
② Iris Murdoch, *The Good Apprentice*, New York: Penguin Books, 2001, p.238.
③ Iris Murdoch, *The Good Apprentice*, New York: Penguin Books, 2001, p.238.
④ Iris Murdoch, *The Good Apprentice*, New York: Penguin Books, 2001, p.240.

西的男男女女的恨意交织在一起。杰西对家庭的父权控制随着他的老去而消失了，获得自由的梅没有选择开始新的生活，而是化身为新的家庭专制者，决意要用她的余生去憎恨和复仇。默多克在杰西和梅的家庭生活的描写中融入了她对女性运动的思考，家庭中杰西父权统治式微的原因并不是女性地位的提高，而是杰西年老体衰所致。这说明在家庭关系中，女性主体性如果没有通过女性的自我提高和独立而确立，父权统治的家庭关系是否能被打破具有很大随机性。默多克也同时表明，确立女性主体性不能是以新的女性统治者去代替旧有的男性统治者，仇恨男性只会蒙蔽女性对现实正确的认识，做出错误的判断。

内心充满仇恨的梅不遗余力地以她自己的方式来确立自己的主体地位。尽管未能让爱德华疏远杰西，爱德华的继兄弟斯图尔特（Stuart）来西加德的拜访让梅在他身上发现了新的希望，她顿时精神振奋，容光焕发。新希望的出现使她心满意足，而接下来发生的事更是让她"激动得发抖"①。爱德华的继父、斯图尔特的父亲哈利·库诺（Harry Cuno）和爱德华的姑姑米吉·麦卡斯维尔（Midge McCaskerville）私通，在回家的路上车陷进泥里，使他们误入了西加德。令他们沮丧的是，他们巧遇了爱德华和拜访中的斯图尔特，此时两人对他们之间的不正当关系还毫不知情。但梅很快识破了他们的猫腻，因为她认出了米吉。米吉的姐姐克洛伊（Chloe）是爱德华的母亲，也是梅的情敌。主角们在西加德不愉快且意外的偶遇，这让她觉察到改变她生活的机会来了。然而，梅短暂的兴奋马上被杰西的闯入破坏了。杰西将米吉错认为她死去的姐姐克洛伊，将她轻拥入怀，然后如饥似渴地亲吻起来。这激怒了梅，她"以一种厌恶但并不强有力的语气"② 抱怨这混乱的情况，然后拉扯米吉，暴力地推她的后背，企图

---

① Iris Murdoch, *The Good Apprentice*, New York: Penguin Books, 2001, p. 287.
② Iris Murdoch, *The Good Apprentice*, New York: Penguin Books, 2001, p. 292.

分开两人。杰西对米吉狂热的爱恋和斯图尔特的离开让梅非常沮丧，以至于她瞬间暴露了自己作为女性的无助。她恳求爱德华帮助她，爱她，充分地爱她。但是她很快从脆弱中复原，再次变得"毫不尴尬"且"充满力量"，然后她"用坚持和权威"① 说服爱德华不要放弃她们，因为她们已经改变了他，并且他们需要彼此。无疑，梅在非常坚定地执行自己的复仇计划，却也在这个过程中深陷自我蒙蔽的境遇，接过父权主义的衣钵，由受害者摇身变成了施暴者，为了维持家庭中新形式的父权统治而不遗余力。

默多克通过刻画杰西和梅之间控制与反控制的爱恨交织的关系，引发读者关于两性关系的思考。作为一个性别不平等和男性至上思想的反抗者，梅无论作为被施暴者还是施暴者，都没有获得幸福的生活。这和默多克关于女性运动和女性解放的观点一致，她认为女性需要做的是加入人类，而不是成为男性的敌人。杰西的溺亡是整个事态发展的转折点，他的去世意味着梅所反抗的男性统治，也就是她的复仇对象消失了，她处心积虑的计划不必再实施下去了。然而，敌对势力的消失并没有给梅带来胜利的喜悦，她反而陷入"痛苦的混沌"②。在杰西的遗嘱中，他将所有的财产都留给了爱德华。爱德华没有泄露杰西遗嘱的内容就把它烧毁了，否则梅精心策划的复仇计划将被完全破坏。在这场妻子与丈夫，抑或是女性与男性的战争中，默多克没有安排胜利者。对现实缺乏认识的梅，在臆想的世界里越陷越深，她拒绝相信杰西已经死亡，而是认为"他隐身了，进入了另一个维度，他着迷了，变形了。他知道草药的知识，他像狗一样进入树林里去寻找和吃下能够恢复活力和治愈的草药"③。她不但自欺欺人，还企图蒙骗

---

① Iris Murdoch, *The Good Apprentice*, New York: Penguin Books, 2001, p. 315.
② Iris Murdoch, *The Good Apprentice*, New York: Penguin Books, 2001, p. 480.
③ Iris Murdoch, *The Good Apprentice*, New York: Penguin Books, 2001, p. 320.

其他人相信杰西有"不同的时间观念"①，他只是去了别的地方，以自己的方式重新聚集力量以获新生。

　　无论接受与否，杰西的离世给西加德家中每个人的生活都带来了巨大的影响。在此之前，虽然梅对家庭有着真正的控制权，但一直以来都是她假借杰西的名义来控制着整个家庭。杰西的死亡使梅之前编织的所有谎言都不攻自破，但也同样使梅作为女性的主体性地位从真正意义上有了构建的可能。她对杰西的死亡毫无悲伤之感，不论这个人在过去对她有多重要，在她当下的生活中都变得无足轻重了。她在多年的婚姻关系中已经逐渐拥有了女性意识，获得了自我成长，这使她足以面对未来的生活。梅极具经济头脑，善于精打细算，她依靠制作手工艺品艰难度日，却坚持不售卖杰西的作品，因为杰西死后，这些作品会更值钱。她冷静又充满理性，认为"为了树木伤春悲秋是荒谬的"，因为"这些树本就是为了赚钱而种植的"。② 除了保留杰西的画作以便他死后以高价出售外，写日记也是梅宣泄自己仇恨的一种方式，是向他者进行复仇的一种工具。在西加德意外重逢后，对杰西与米吉亲密关系的嫉妒驱使梅在报纸上出版了她日记的部分内容。这些内容展示了杰西"通过意志带来巧合，吸引人们到他身边"③ 的超自然力量，暗示了哈利和米吉之间的婚外情。在这部小说中，默多克刻画了一个次要人物，女性主义者埃尔斯佩斯·马克雷恩（Elspeth Macran），她从一个女性主义视角对梅的日记评论道，"这是轻率和复仇的狂欢。每一页都充满恶意"④。埃尔斯佩斯指出，梅的作品引发了相当大的争议，这无疑会促使读者更多地关注她日记的完整版本和杰西作品的出版，经济回报也随之而来。埃尔斯佩斯也从整体上揭示了

---

① Iris Murdoch, *The Good Apprentice*, New York: Penguin Books, 2001, p. 321.
② Iris Murdoch, *The Good Apprentice*, New York: Penguin Books, 2001, p. 197.
③ Iris Murdoch, *The Good Apprentice*, New York: Penguin Books, 2001, p. 405.
④ Iris Murdoch, *The Good Apprentice*, New York: Penguin Books, 2001, p. 418.

这些书写的社会价值：

> 无论现在或将来，有辨识力的社会学家毫无疑问会将这些漫无边际的言论视为一个女性心理学的文本，这些女人想象着她们被解放了，但很明显她们没有：这是我们这个时代的一个现象。①

在这里默多克暗示了许多女性没有被完全的解放，无论是从男性霸权，还是从她们根深蒂固的男权意识形态的思想中。更重要的是，许多女性取代男性成为最高权力的角色，并且将她们的女性自我与过去男性统治的延续相结合。梅对她生活故事的书写充满了"一堆堆恶意的东西"②，她对女儿们持续的约束揭示了她是一个冷酷的唯我主义者，虽然这使她成为一个完整的自我，却是一个没有善的女性主体。梅的女性主体性是构建于反抗男性统治和打击竞争者的基础之上，她有一套自己的处世哲学：

> 我们在生活中都有必须忍受的恐惧。对于我们对他者造成的伤害，我们必须硬起心肠，原谅自己，并且忘记自己的行为，就像那些正义的受害者会做的那样。③

她认为暴力必须还之以暴力，她把所有的注意力放在她自己在"许多极度痛苦的荆棘和箭矢"④ 中所遭受的痛苦，以及她对其他人的名气、吸引力、才华和所有她没有的一切的嫉妒之上。对自我的过度关注使她不能接受任何人与她相左的观点，沉浸于自己的臆想世

---

① Iris Murdoch, *The Good Apprentice*, New York: Penguin Books, 2001, p. 419.
② Iris Murdoch, *The Good Apprentice*, New York: Penguin Books, 2001, p. 468.
③ Iris Murdoch, *The Good Apprentice*, New York: Penguin Books, 2001, p. 241.
④ Iris Murdoch, *The Good Apprentice*, New York: Penguin Books, 2001, p. 419.

界，一切以自我为中心，这使得她没有可能走上向善之路。

杰西的死亡对这个家庭中的下一代女性也是一个巨大的打击和改变，促使了她们各自主体性的确立，去面对"有着独立的个人的未来"①。在杰西去世的那一刻，贝蒂娜和伊洛娜剪短她们的头发以庆祝她们的自由。但是除了剪发以外，其他的情况没有任何改变，至少没有变得更好。尽管她们的外貌不同，这两个女儿之前在行为和反应上几乎是母亲梅的复制品。但是，她们本质上的不同促使她们在杰西死后选择了不同的生活方式。贝蒂娜"有一种年轻男性的，或类似的气质"②，在她的爱情被母亲以杰西的名义禁止之后，她变成了和她母亲一样有魄力的人。没有意识到母亲梅已经取代杰西，并且成为家庭里真正的权力人物，贝蒂娜依然视杰西为整个家庭的掌控者，不能"忍受看着他在我们的眼前腐烂"③。然而，虽然同情杰西的衰老与溺亡，贝蒂娜仍然坚定地相信，"你能够绝对确定的一件事是，无论发生什么，它都是杰西想要发生的"④。因此，贝蒂娜选择和母亲留在西加德，继续如同以前一般生活。她和母亲梅甚至变得比以前更加相像：

> 今天梅和贝蒂娜梳了相同的发型，每个发夹都很相配，一头浓密的长发梳成整齐的长发髻，垂在脑后，露出后面的脖子。她们穿着白天穿的连衣裙和蓝色的长围裙。她们用同样年轻的面孔盯着他。⑤

然而，她看上去"更年轻，更聪明，更狡猾，如同一些可能会被

---

① Iris Murdoch, *The Good Apprentice*, New York: Penguin Books, 2001, p. 475.
② Iris Murdoch, *The Good Apprentice*, New York: Penguin Books, 2001, p. 200.
③ Iris Murdoch, *The Good Apprentice*, New York: Penguin Books, 2001, p. 477.
④ Iris Murdoch, *The Good Apprentice*, New York: Penguin Books, 2001, p. 478.
⑤ Iris Murdoch, *The Good Apprentice*, New York: Penguin Books, 2001, pp. 437–438.

第八章　向善之路：《善的学徒》中的女性主体性建构　❋　219

指认为让人印象深刻的休闲风格的男孩"①。"她的脸非常悲伤，但是伴随着一种美丽放松的静止"②，因为或多或少，杰西的离世在一定程度上让她摆脱了他生活原则的支配，有了自主生活的希望和可能性。

与贝蒂娜不同，伊洛娜感觉在家中不被需要，她想走一条自己的路。她带着成为舞者的梦想，选择离开西加德，去大城市开始她的新生活。但与成为真正舞者大相径庭的是，她成了一名裸体脱衣舞娘。虽然为了证明自己没有对此感到羞耻，她建议爱德华来看她的表演，但是她的表演让爱德华对她心生怜悯，因为她的新生活甚至比不上在西加德被奴役的生活。

> 她的赤身裸体，触碰着像一个孩子的裸体，苍白的、湿冷的、光秃秃的，这种人类形式展示出一切它的偶合无序的荒谬。这是可耻且悲惨的。……像一场畸形的展览，同时又显得矮小、可怜、肮脏和幼稚。③

伊洛娜安抚爱德华说以后会回去看望母亲和贝蒂娜，此时她的心情我们不得而知，也不确定她是否对自己的女性主体性有了更好的理解。但无论是好是坏，至少这是伊洛娜自由独立地开始新生活的第一次尝试。

通过对这三位女性的刻画，默多克描述了女性在家庭中对男性父权控制的反应，揭示了女性以自我为中心的服从和对男性统治复仇式反抗的不足。基于默多克的哲学，女性的幸福生活为什么没能在杰西死亡后随之到来，原因在于她们每一个人都仅仅关注自己，没能考虑和关注他者。她们对爱德华的邀请只是为了自己的利益，没有一个人

---

① Iris Murdoch, *The Good Apprentice*, New York: Penguin Books, 2001, p. 475.
② Iris Murdoch, *The Good Apprentice*, New York: Penguin Books, 2001, p. 479.
③ Iris Murdoch, *The Good Apprentice*, New York: Penguin Books, 2001, p. 464.

真正考虑到爱德华的处境和他饱受折磨的灵魂。她们彼此之间的相处也是将自己的利益放在首位。从中可以看出默多克关于女性的自我主体性建构的思想，即在完全孤立和自我中心的基础上，缺乏关注他者和独立能力的女性自我主体性的建构不能将她们引导向善。

## 第二节 关注现实：与真实世界的和解

当母亲梅为了构建女性自我而在家庭中与男性统治抗争的时候，玛格丽特·马卡斯科维（Margaret McCaskerville），绰号"米吉"（Midge），为了使自己的生活重回现实世界，与生活中的偶合无序和解，正经历着一场激烈的内心斗争。在默多克笔下，米吉拥有一位有文化修养的丈夫托马斯·马卡斯科维（Thomas McCaskerville），一名精神科医生，米吉"被他的威望、权力和年长所打动"[1]。不像杰西和梅那样，米吉和她的丈夫在家里和平相处，没有被父权控制的家庭困扰。尽管"她有得意扬扬的小表情"[2]，米吉是一个平易近人的美人，被周围人高度赞美。不幸的是，他者的赞美和体面的婚姻生活不能给自我困惑的米吉带来真正的幸福，以至于她和哈利在婚外情里纠缠。通过刻画米吉这个女性人物，默多克讲述了女性如何通过关注现实和遵循世界中的偶合无序来确立女性主体性，最终实现与真实世界的和解。

小说中，米吉一直在拼尽全力去获得他人的认可，把吸引更多的关注和赞美作为自我存在价值的证明。所以，起初她并不关注在教育和个人事业上的自我提升。她的朋友建议她接受教育来开阔视野，通过勤奋上进来避免因无知而抱怨，米吉对此置若罔闻。在作为时尚模

---

[1] Iris Murdoch, *The Good Apprentice*, New York: Penguin Books, 2001, p.171.
[2] Iris Murdoch, *The Good Apprentice*, New York: Penguin Books, 2001, p.22.

### 第八章 向善之路:《善的学徒》中的女性主体性建构

特的事业稍有起色之后,米吉立即"放慢了世界的脚步,走向绝对的休息"①,除了忙着用鲜花和服饰安慰自己以外什么也不做。但米吉自幼在姐姐克洛伊的阴影下成长,姐妹之间的竞争一直是"剑拔弩张,杀伤力十足"②,迫使她放弃安逸的生活,不断挑战自己。她对克洛伊的"美貌,美丽,聪慧和活泼"的嫉妒激发了她对她姐姐的恨意,驱使她"被一种残破的、几乎严重的自卑感所困扰"③。对米吉而言,胜过克洛伊是她的生活目标之一。米吉因克洛伊的情人杰西的无意一瞥产生性觉醒,使杰西在她的心中成为"一个伟大有统治力的男人"④,为此她花费数年时间"忙于投资自己"⑤,并最终成为一位比克洛伊更加有名的时尚模特,以此证明了她父亲和姐姐对她没有天赋的断言是完全错误的。对米吉来说,她和克洛伊的丈夫哈利的婚外情、克洛伊的离世和杰西对她的亲吻都表明她战胜了克洛伊,因为"她再也不能从这个可怜的女孩身上夺走什么了"⑥。在和姐姐克洛伊为获得关注和赞美的竞争中,米吉基于他者的肯定和与他人的比较来塑造自我认知。克洛伊光彩夺目而米吉默默无闻的日子已经过去,米吉相信她再也不是克洛伊的影子,"不是一个替代者,第二好的人"⑦。然而,当米吉感到自己已经完全超越了克洛伊的时候,她却感到过去那些年的竞争不但毫无意义,而且由于她盲目追求击败她的姐姐,她也被卷入现实世界里与丈夫和情人的纠缠之中。

在默多克笔下,吉米是为数不多拥有自己事业又长相出众的女性

---

① Iris Murdoch, *The Good Apprentice*, New York: Penguin Books, 2001, p. 135.
② Afaf Jamil Khogeer, *The Integration of the Self: Women in the Fiction of Iris Murdoch and Margaret Drabble*, New York: University Press of America, 2006, p. 126.
③ Afaf Jamil Khogeer, *The Integration of the Self: Women in the Fiction of Iris Murdoch and Margaret Drabble*, New York: University Press of America, 2006, p. 126.
④ Iris Murdoch, *The Good Apprentice*, New York: Penguin Books, 2001, p. 88.
⑤ Iris Murdoch, *The Good Apprentice*, New York: Penguin Books, 2001, p. 86.
⑥ Iris Murdoch, *The Good Apprentice*, New York: Penguin Books, 2001, p. 345.
⑦ Iris Murdoch, *The Good Apprentice*, New York: Penguin Books, 2001, p. 88.

人物，但她又和默多克笔下的大多数女性人物一样，无法摆脱男性居高临下、带有性别歧视的俯视。尽管她生活中的男人们，从她的丈夫托马斯到她的情人哈利，在表面上都对米吉表现出一定的尊重，但他们内心都鄙视女性"没有原则的精神"①，因为这动摇了男性传统的统治地位：

  女人永远都是一块试金石……就像石蕊试纸或地震前的狗……她们正在破坏你喜爱的旧秩序，男人们被吓坏了，难怪伊斯兰教是世界上最受欢迎的宗教！②

此外，他们依然坚信绝对话语权的必要性，这"将留给具有创造性的少数者……他们有全部的权力"③。通过米吉的女性朋友对哈利的评价，默多克总结了男人对女人的普遍态度："我无法忍受这些末日预言家，对文明的崩溃幸灾乐祸，他们总是反女人。我想哈利瞧不起女人，我想大多数男人都一样。整个古老的星球都一直如此。"④ 默多克在这里重新聚焦于对女人普遍存在的性别偏见在女性主体意识确立上的阻碍作用。

尽管一直受到丈夫和情人的宠爱，米吉却从没有摆脱男性的束缚。根据他们朋友的观点，米吉和她的丈夫不是完美的一对，因为"托马斯应该娶一个总是在厨房中忙碌的苏格兰式女人，而米吉应该嫁一个有钱的，拥有游艇的实业家，能让她举办一个充满名流与富豪的沙龙"⑤。托马斯察觉不出她微妙的心理变化和情感需求，这让米吉感觉他独断专制，根本没有真正在意她，他仅仅认为她的所有活动都

---

① Iris Murdoch, *The Good Apprentice*, New York: Penguin Books, 2001, p. 30.
② Iris Murdoch, *The Good Apprentice*, New York: Penguin Books, 2001, p. 30.
③ Iris Murdoch, *The Good Apprentice*, New York: Penguin Books, 2001, p. 30.
④ Iris Murdoch, *The Good Apprentice*, New York: Penguin Books, 2001, p. 34.
⑤ Iris Murdoch, *The Good Apprentice*, New York: Penguin Books, 2001, p. 362.

## 第八章 向善之路:《善的学徒》中的女性主体性建构

是一种游戏。不满足于她的婚姻生活,米吉为了追求自己的幸福感和打败克洛伊的感觉,转向她的情人哈利。然而,哈利对她的爱咄咄逼人,他喜欢"米吉像被囚禁的新娘一样在楼上等他"[1],并且敦促她和她的丈夫摊牌他们的婚外情,全然不顾他们之前要对托马斯保密此事的约定。沉迷于婚外情带来的幸福和来自家庭的安全感,米吉在选择哈利和托马斯之间犹豫不决。带着"一种逃避的、被追逐的愤怒……和恐惧"[2],米吉陷入两难境地。哈利指出了她生活的不真实性:

> 你过着一种永恒的双重生活,所有一切都是真的,但又不是真的。你和我在一起时,托马斯不存在,你和托马斯在一起时,我不存在。如果骗局完美地成功了,你可以梦想什么都没发生,你是无辜的。[3]

米吉尝试降低她丈夫在她心中的地位以减轻负罪感,欺骗她自己对托马斯的感情已经"变暗,在黑暗中慢慢消失,就像一只被遗弃在某处等待死亡的小动物。你每天都来,希望它已经死了,但它还在抽搐,还在呼吸"[4]。一方面,米吉完全了解她自己的状态和她想要的东西:"我不开心,我痛苦,我在地狱里,这全都错了,这不是我。我必须开心,这是我的本质,我的权力。"[5]另一方面,她又害怕打破她和托马斯之间惯常的温柔,而且她害怕把自己从一个被所有人喜爱和宠爱的人,变成一个造成"如此悲伤,丑闻和混乱"[6]的人。她的犹

---

[1] Iris Murdoch, *The Good Apprentice*, New York: Penguin Books, 2001, p. 168.
[2] Iris Murdoch, *The Good Apprentice*, New York: Penguin Books, 2001, p. 90.
[3] Iris Murdoch, *The Good Apprentice*, New York: Penguin Books, 2001, p. 170.
[4] Iris Murdoch, *The Good Apprentice*, New York: Penguin Books, 2001, p. 170.
[5] Iris Murdoch, *The Good Apprentice*, New York: Penguin Books, 2001, p. 205.
[6] Iris Murdoch, *The Good Apprentice*, New York: Penguin Books, 2001, p. 204.

豫不决使"她的脸庞在恐惧的，逃避的焦虑中起了皱纹"①，她陷入失去现有身份的焦虑之中，为了寻求安慰和解脱，她总想着"做点什么……像摔东西，跳河或从窗户跳下去，就像想要擦去什么，就像净化自己"②。米吉自我主体性形成的障碍来自把自我身份和自我认知建立在外界的评价之上，虽然有了自我认知，但无法真正成为拥有主体性的独立自我。

事实上，米吉对选择的恐惧根源于她对现实的逃避。西加德发生的意外事件被梅在日记中揭发，并登报公之于众，这让米吉和哈利不被社会所容的婚外情曝光，使米吉基于双重生活的自我认知和身份完全崩塌。"罪恶感、不忠、谎言、伤害和对他者的危害都必须被认为是真实的。但是米吉在试图把这些视为真相的时候，她觉得自己没有任何垫脚石，没有任何重建，改造，解释和疗愈的可能性。"③ 米吉应对自我身份危机的方式仍是从现实中逃离，把事情抛在脑后，以此来减轻负罪感，而不是鼓起勇气说出真相。作为一个米吉尴尬之事的见证者，从她与哈利不伦婚外情的曝光，到她与杰西在西加德的激情之吻，斯图尔特被米吉视为"一个偏执的形象"④，以可憎的见证者和评判者的身份进入她的视野中。在西加德的经历让米吉感到她渴望的所有一切都变得没有价值，仿佛她不再想要任何东西，她决定改变她的生活，并且在世界中做一些善事，就像斯图尔特一样。米吉通过和姐姐的竞争而存在的旧有的自我身份认同，已经随着她自以为的全面胜利而变得没有意义，她决定通过建立新的关系来重塑自我。因此，从西加德回来没多久，米吉认为她爱上了斯图尔特，这是她"打发他，打败他，并行之有效地表达她对他观点的蔑视"⑤ 的方法。缺乏

---

① Iris Murdoch, *The Good Apprentice*, New York: Penguin Books, 2001, p. 173.
② Iris Murdoch, *The Good Apprentice*, New York: Penguin Books, 2001, p. 203.
③ Iris Murdoch, *The Good Apprentice*, New York: Penguin Books, 2001, pp. 460–461.
④ Iris Murdoch, *The Good Apprentice*, New York: Penguin Books, 2001, p. 333.
⑤ Iris Murdoch, *The Good Apprentice*, New York: Penguin Books, 2001, p. 333.

第八章　向善之路：《善的学徒》中的女性主体性建构　✱　225

内省的米吉转而向斯图尔特寻求"某种宽恕……某种宽恕的理解"①。确立了新的寻找自我存在感的目标之后，米吉感到"很平静……好像她的整个身体都被重塑了，就像受到了辐射，连身体的原子也发生了变化"②。

　　默多克描写米吉逃避面对真实世界是"一种转移，另一种情感体验，一种体验或者说是维持关系的方式"③。米吉选择了依附于与她的关系来确立自身的主体性，这导致米吉无法看到生活的现实，注定她建立的只能是全新但不可靠的自我。米吉否定了自己之前的生活，认为"如此无聊，如此无用，如此充满虚荣"，她认为斯图尔特是拯救和安慰她的唯一希望，想强迫斯图尔特"对她负责……赞赏她并且承认她"④，以此来确立当下的自我认同感。斯图尔特不同意她"陷入爱情是生命的重生"⑤的主张，坚定地拒绝米吉的示爱，并提醒她认识到系统化的谎言会逐渐让一个人从现实中脱离，她应该认识到自己对儿子和丈夫的爱，勇敢地向丈夫说出真相，因为"告诉他真相会让一切变得清晰且真实"⑥。在这个基础上她才有可能重建她的生活。在斯图尔特的鼓励下，米吉痛下决心改变自己，向哈利坦白离开他的决定。尽管"爱和忠诚的旧习惯在与新的启示做斗争"⑦，吉米迈出了走向真实世界的第一步，也是她真正建立女性主体性的开端。在她坦白之后，她感到夹杂着痛苦的放松：

　　　　我可以说出真相。我总是害怕说出我的真实想法，一直回避直接的问题，总是隐藏在半真半假中。所有那些没完没了的谎言

---

① Iris Murdoch, *The Good Apprentice*, New York: Penguin Books, 2001, p. 368.
② Iris Murdoch, *The Good Apprentice*, New York: Penguin Books, 2001, p. 369.
③ Iris Murdoch, *The Good Apprentice*, New York: Penguin Books, 2001, p. 366.
④ Iris Murdoch, *The Good Apprentice*, New York: Penguin Books, 2001, p. 371.
⑤ Iris Murdoch, *The Good Apprentice*, New York: Penguin Books, 2001, p. 330.
⑥ Iris Murdoch, *The Good Apprentice*, New York: Penguin Books, 2001, p. 366.
⑦ Iris Murdoch, *The Good Apprentice*, New York: Penguin Books, 2001, p. 370.

进入了我的内心,所以我无法与任何人正常交谈,就像我根本没有真实的语言一样——它让我变成了一个木偶,一种不真实的存在,我们是不真实的,我经常这样觉得。①

然后,米吉向丈夫坦白她之前和哈利的婚外情,和目前想终止婚姻的决定,以及未来去和斯图尔特相爱的计划。坦白的结局是托马斯愤怒地离开了家。米吉的做法表明她其实没有真正理解斯图尔特对她提出要真诚面对现实的建议。

直到爱德华告诉米吉,她爱上斯图尔特只是一种逃避选择的方式,是为了防止她想起与托马斯和哈利的情感纠缠。爱德华一语中的,使米吉获得顿悟,意识到她和斯图尔特的爱只是一种将她自己与哈利分开的手段,她决定回归家庭。出乎米吉意料的是,离家出走的丈夫也回到了家中。"没有撒谎让所有事情变得完全不同,当然无法回到当初了。"② 米吉终于意识到在她的生活中什么是最重要的,她不可能扔下丈夫和儿子,然后和哈利过上新的、自由的生活,摆脱过去。认清并接受现实最终帮助米吉"逃离谎言和痛苦的笼子"③,并且回望她对托马斯的感情,发现了自己的成长,变得成熟优雅并富有力量。米吉终于把自我存在的意义和自己的内心联系起来,认清现实,不再通过在和别人的较量中胜出来证明自己的价值。

除了与现实世界的和解,默多克也强调了接受现实世界的偶合无序的重要性,关注个体如何面对形式与偶然性的关系,以及女性试图将生活中的形式与偶然性统一起来时,在确立自身主体性上所面临的困境。在默多克看来,对秩序或控制力而言,形式是必不可少的,是强加于他人的。偶然则被定义为"生活中的随机因素,这些因素不受

---

① Iris Murdoch, *The Good Apprentice*, New York: Penguin Books, 2001, p. 398.
② Iris Murdoch, *The Good Apprentice*, New York: Penguin Books, 2001, p. 488.
③ Iris Murdoch, *The Good Apprentice*, New York: Penguin Books, 2001, p. 204.

第八章　向善之路：《善的学徒》中的女性主体性建构　✳　227

个人控制"①，并且与"自由更真实的画面"有关联，因为偶然性"破坏了臆想，打开了想象的道路"②。尽管"对形式的满足可以阻止一个人更深入到矛盾或悖论或更痛苦的方面的主题"③，但是"偶然性必须被捍卫，因为它是人性的本质"④。威廉·霍尔、史蒂芬·科汉和黛博拉·约翰逊讨论了默多克小说中形式和偶然性的表现，分析了当男权世界中的形式在面对女性世界中的偶然性时，会受到其威胁；当女性人物在面对男权强加于之上的形式时，会陷入困境。基于这些分析，格里姆肖的质疑在默多克看来，偶然性是否与女性有主要的联系，并得出结论，默多克"对男性和女性参与偶发事件的表现都是令人信服的现实主义的例子"，因为她相信现实生活参与到"偶发事件的随机元素"之中⑤。由于男性和女性都有可能涉及形式和偶然性，这些分析导致人们质疑女性在摆脱传统的偶然性形象，拥有比以前更多的自由之后，如何在生活中平衡这两个因素。"所有的事情……纯属偶然的发生。在许多情况下，一件事情变了，其他的一切就都不同了。"⑥和梅与男性统治的斗争最终两败俱伤结局不同，米吉建立在他人视域中的自我认知，使她对现实缺乏根本的理解，无法建立真正的主体性。当她认清自己的内心和与他人的关系，她最终选择与充满偶合无序的现实世界和解，为实现女性主体性的确立又向前迈进了一步。

---

　①　Tammy Grimshaw, *Sexuality, Gender, and Power in Iris Murdoch's Fiction*, Madison and Teaneck：Fairleigh Dickinson University Press, 2005, p. 20.
　②　Iris Murdoch, *Existentialists and Mystics：Writings on Philosophy and Literature*, London：Chatto & Windus, 1997, pp. 294 – 295.
　③　Gillian Dooley, ed., *From a Tiny Corner in the House of Fiction：Conversations with Iris Murdoch*, Columbia：University of South Carolina Press, 2003, p. 10.
　④　Iris Murdoch, *Existentialists and Mystics：Writings on Philosophy and Literature*, London：Chatto & Windus, 1997, p. 285.
　⑤　Tammy Grimshaw, Sexuality, Geneler, and Power in Iris Murdoch's Fiction, Madison and Teaneck：Fairleigh Dickinson University Press, 2005, p. 19.
　⑥　Iris Murdoch, *The Good Apprentice*, New York：Penguin Books, 2001, pp. 517 – 518.

## 第三节　去自我：向善之路上的自我实现

在《善的学徒》中，默多克用了大量的笔墨来刻画女主角们认识自我和重塑自我的同时，也刻画了一些"在个性化方面比女主角好得多"[1]的女性配角。在这些女配角身上，默多克围绕这部小说的"精神力量的存在和善的本质"这两个主题，更深层次地探讨了女性主体性形成的可能性。在默多克的哲学中，善作为核心概念，是人类合乎道德的行为的终极境界。在她的作品《善的主权》中，默多克首次将善的概念视为"道德哲学的核心要素"，并且将其定性为"道德生活和终极现实的指导原则"[2]。数年之后，在她最具代表性的哲学著作《作为道德指南的形而上学》中，默多克再次阐释了善的概念。对默多克而言，"善即是现实，虽然难以定义，却是人类生活的决定性原则，这已经在生活的各个方面得到证实"[3]。在1988年和乔纳森·米勒的访谈中，默多克进一步解释了善的重要性和如何实现善：

> 更积极的善和美德……是人类的责任，是人类的功能，人类存在的需要，是一种改变，一种朝圣（如同柏拉图的洞喻中的朝圣，人们经历了一段时间的认知，发现他们认为是真实对象的东西实际上是影子、图标或图片，然后他们进入日光下，进入真实），这个人类朝圣之旅，是从幻想到真实，从谬误到真理，从

---

[1] Afaf Jamil Khogeer, *The Integration of the Self: Women in the Fiction of Iris Murdoch and Margaret Drabble*, New York: University Press of America, 2006, p.131.
[2] Heather Widdows, *The Moral Vision of Iris Murdoch*, Aldershot: Ashgate, 2005, p.71.
[3] Heather Widdows, *The Moral Vision of Iris Murdoch*, Aldershot: Ashgate, 2005, p.71.

恶到善。①

默多克认为，人类实现善的途径是"超越唯我主义，更开放地承认他者的现实和其他事物的重要性，超越幻想，走向现实；超越谬误，走向真理"②。

然而，在与芭芭拉·斯蒂文斯·休赛尔的采访中，当被问及她的小说和哲学著作中的"道德标准"有何不同时，默多克如是说：

> 哲学著作拒绝唯我主义，要求对自我之外的事物保持开放。这是应该发生的。小说关涉的是什么是天性中的自私，以及如何克服自私。小说不是道德手册。小说是艺术作品。但小说中存在和我的道德哲学一样的道德倾向。任何故事，任何传统小说都是关于此类冲突，诸如关于如何对待他人，关于权力，关于理解，关于权威，关于爱。③

当被问及为什么哲学作品中表达了对唯我主义的拒绝，而小说中却认为不可能将他者作为一个独立的现实加以分离和认可，默多克回应虽然"道德手册"和"艺术作品"的侧重点不同，但是"道德倾向"④ 在论文和小说都是一样的。随后，芭芭拉更进一步探寻这个问题，询问默多克小说中主要涉及的是人性的自私，那是否意味着只有很少的人可以实现善。默多克回应说她认为只有非常少的人能够实现

---

① Gillian Dooley, ed., *From a Tiny Corner in the House of Fiction: Conversations with Iris Murdoch*, Columbia: University of South Carolina Press, 2003, p. 212.
② Gillian Dooley, ed., *From a Tiny Corner in the House of Fiction: Conversations with Iris Murdoch*, Columbia: University of South Carolina Press, 2003, p. 213.
③ Gillian Dooley, ed., *From a Tiny Corner in the House of Fiction: Conversations with Iris Murdoch*, Columbia: University of South Carolina Press, 2003, p. 199.
④ Gillian Dooley, ed., *From a Tiny Corner in the House of Fiction: Conversations with Iris Murdoch*, Columbia: University of South Carolina Press, 2003, p. 199.

善，在她小说创作的人物中也证明了这一点，因为"即使被称为所谓的圣人，也是不完美的。但是回到实现善这个理想上，人类的任务是变成无私的，去自我的"，无私是"一种必将成为一种生活方式的东西"。① 而且，

> 在这种追求中，存在某种自我关涉。将要被"摧毁"的是一个人的利己主义，而不是他的自我。问题是停止私欲。这是非常困难的。在小说中，这个问题有时在前景中，有时没有。有时书里也有好人。更多的时候是各种利己者，就像生活中一样。②

在默多克的小说中，虽然以去自我的方式来实现善非常困难，但是作者依然创作了一些过着道德崇高的生活并以实现善为追求的男性角色，以及一些有意识地不仅仅关注自己的事情，还在确立女性主体性过程中关注他者的女性角色。

在这部小说中的女性角色里，布兰达·威尔斯登（Brenda Wilsden）是一个在自我实现的过程中为数不多的能认真实践默多克所倡导的思想，向善迈进的女性角色。默多克也努力地讲述生活的真理和善，以及在实现过程中的困难：

> 生活是一个整体，它必须作为一个整体来对待。抽象的好与坏都只是虚构。我们必须生活在我们自己具体的、已实现的真理中，这必须包括我们深深渴望的东西，让我们感到满足、感到快乐的东西。这就是美好的生活，不是每个人都有能力过，也不是

---

① Gillian Dooley, ed., *From a Tiny Corner in the House of Fiction: Conversations with Iris Murdoch*, Columbia: University of South Carolina Press, 2003, p. 200.

② Gillian Dooley, ed., *From a Tiny Corner in the House of Fiction: Conversations with Iris Murdoch*, Columbia: University of South Carolina Press, 2003, p. 200.

每个人都有勇气过。①

被人们昵称为布朗尼（Brownie）的布兰达无疑属于既有能力又有勇气去追求美好生活的女性人物，具有"乐于助人，彬彬有礼和关心他人的美德"，她是"一个成熟而绝对务实的年轻女性，作为马克的妹妹，她在爱德华寻求净化的过程中发挥了重要作用"②。在第一次和爱德华的会面中，布朗尼只以坚定、简洁和严肃的语气询问了她弟弟去世那晚发生了什么，而没有谴责爱德华间接杀害了她唯一的弟弟。虽然非常悲痛，布朗尼反而敦促爱德华停止自我毁灭的生活，开导他这些无用的悔恨行为不能挽救她的弟弟。此外，她还劝爱德华"回去继续你的工作……在未来帮助他人，不要老是想着自己，停止罪恶感"③。当他们互相道别的时候，永远失去弟弟的巨大悲痛让她失声痛哭。与梅和米吉只沉湎于她们自己的世界，只关心自己的悲欢离合不同，布朗尼能充分站在他人的立场上思考，这正是默多克在她的哲学中通往善的进路。布朗尼对自我有完全的了解，清楚地知道自己的需求，以及自己如何在悲剧事件中得以生存。尽管弟弟的意外离世施加在她身上的痛苦让布朗尼看上去"更年老和更不堪一击，头发失去光泽，脸庞因为疲惫或悲伤而变得混乱"④，她仍然只是非常小心翼翼地问了爱德华三个问题，并且不断劝慰他，减轻了外界的责备和恨意给他造成的心理负担。布朗尼和爱德华之间"痛苦但必需的、特别的关系"⑤对他们走出马克悲剧性死亡的阴影发挥了巨大的安慰作用。

布朗尼认为仇恨只能杀死仇恨者，她决定停止无意义且无结果的

---

① Iris Murdoch, *The Good Apprentice*, New York: Penguin Books, 2001, p. 91.
② Afaf Jamil Khogeer, *The Integration of the Self: Women in the Fiction of Iris Murdoch and Margaret Drabble*, New York: University Press of America, 2006, p. 131.
③ Iris Murdoch, *The Good Apprentice*, New York: Penguin Books, 2001, p. 230.
④ Iris Murdoch, *The Good Apprentice*, New York: Penguin Books, 2001, p. 308.
⑤ Iris Murdoch, *The Good Apprentice*, New York: Penguin Books, 2001, p. 410.

对他者犯下的错误的恨意。尽管他们犯了使人痛苦的错误,她仍然站在对方的立场上为他们思虑。她安慰爱德华:"我能想象你经历了多么可怕的时刻,不仅仅是因为人们谴责你,还有你的自我谴责。"① 最终,布朗尼写了一封充满爱的谅解和承载她最美好祝愿的信给爱德华:

> 我也祝愿你,亲爱的爱德华,希望你获得平静,不为过去感到内疚或者自毁。没有人将被谴责。生活总是充满糟糕的事,而一个人必须看向未来,并思考他能够为自己和他者创造什么样的幸福。这里有如此多我们都能做的善事,而我们必须有精力去做。②

布朗尼对他者的宽容和关注,根植于她对周围人的爱,帮助她自己和爱德华走出困境,并且能够在失去所爱之人的悲剧中生存下来。默多克赋予她完整的自我意识、超越自我主义的境界、关注他者的意识以及爱的能力,这让她向善的朝圣之旅成为可能。

# 结　语

在涉及女性人物的主体性构建时,默多克认为身份的形成超越了刻板的性别边界,所以对女性身份的讨论应该"包含对平等和差异的更切实际的评价",因为"性别只是身份的一个组成部分"。③ 身份的

---

① Iris Murdoch, *The Good Apprentice*, New York: Penguin Books, 2001, p. 280.
② Iris Murdoch, *The Good Apprentice*, New York: Penguin Books, 2001, p. 507.
③ Susan Stanford Friedman, *Mappings: Feminism and the Cultural Geographies of Encounter*, Princeton: Princeton University Press, 1998, p. 23.

复杂性决定了它具有流动性和相关性，不是处在一个固定的状态，而是处在一个流动的状态。在"自我与他人的融合"中，个体变得更加清楚彼此之间的区别，同时承认他们的共性，也就是费尔斯基所言的"同中存异，异中求同"①。默多克对女性人物的塑造有着清晰的观点：

> 我笔下的女性角色是各种各样的个体，有着各种各样的问题，就像问题小说中提出的那样。……我不是以女性的身份写作。我不认为我的写作仅仅是为了写"女性案例"。……在我的故事中的女性——和男性一样——是有着自我命运的个体。②

然而，她又不得不同时承认，"作为一个男人，你所处的世界比作为一个女人更自由"③。在这部小说中，默多克向读者展现了三种典型的女性主体性构建的方式。这些在自我建构路上不同的方式使女性们分别进入不同的生活状态，拥有不同的幸福程度和道德境界。在刻画母亲梅和米吉的时候，默多克有意识地指向她们女性自我的局限性，因为在她们全面了解了自己在家庭与社会中的地位之后，她们只关心自己的需求，欲望和感情。与此同时，让读者耳目一新的是，默多克笔下的布朗尼作为能够在构建了女性主体性之后，到达去自我的境界，拥有了爱他人的能力。在默多克的小说里，女性对男性统治态度和应对方式的变化揭示了她对女性地位随时间变化的洞察，以及尝试在解构主义时代如何构建女性主体性的思考。

---

① Susan Stanford Friedman, *Mappings: Feminism and the Cultural Geographies of Encounter*, Princeton: Princeton University Press, 1998, p. 19.
② Afaf Jamil Khogeer, *The Integration of the Self: Women in the Fiction of Iris Murdoch and Margaret Drabble*, New York: University Press of America, 2006, p. 211.
③ Gillian Dooley, ed., *From a Tiny Corner in the House of Fiction: Conversations with Iris Murdoch*, Columbia: University of South Carolina Press, 2003, p. 82.

# 结　　语

　　默多克是富有洞察力的哲学家和杰出的小说家。默多克的哲学和文学创作都以道德理论为核心，她借鉴了过去的理论和文化实践并将它们重新架构以适应当下的时代环境。默多克的小说以现象学的方式涉及了她的道德哲学所涉及的内容。她的小说通过对想象个体和现代社会环境的关注承载了默多克对现代世界道德生活的理解。默多克认为，在 20 世纪之前，宗教以提供教义和仪式的方式来增强人类的无我意识，以减轻以自我中心的纯粹利己主义。祷告和忏悔的目的就是把个体同外部世界的他者联系起来。进入 20 世纪，特别是二战之后，对上帝的信仰和相关的超自然教义的式微促使了以自我为中心的道德哲学的兴起。默多克反对这些现代道德哲学对于自我的理解，认为这些道德理论中的自我是被过度关注的自我，个体的抽象性和孤立性滋生了对现实扭曲的认识。对默多克来说，道德取决于道德视野和对他人的关注，道德进步关乎我们如何反思以及如何看待他者和外部世界。默多克提出把关于善的理念作为上帝的替代物，即用符合生活经验的形而上学的概念来取代超自然的上帝。个体应该把关注从自我投向他者，并在善的光芒下践行美德。她提出自然或者艺术中对美的沉思可以帮助个体实现无我的状态，提供一种超越自我关注的现实感。

　　默多克借鉴柏拉图的思想来构建一种完美主义道德，主张个体通过使自我与善达成一致，通过对事物采取充满真实和爱的观点来培养美德。[1] 在追随柏拉图的过程中，默多克虽然反对现代道德哲学对个体的自由发展的过分强调，但是对个体自由本身给予肯定。对默多克来说，自由取决于个体能否使他们的行为与善的完美主义概念相一致，但这并不意味强迫个体去按照所谓的道德标准来行事。默多克的形而上学赋予了善一种特权地位，认为善是超验真理和价值的源泉，是一种潜在的经验。虽然善没有任何特定的表现形式并且难以实现，但是善在个体与他人的爱的关系中得到实现的可能性。

个体的自我中心主义是默多克小说中反复出现的焦点问题之一。默多克很多小说中的人物都只从自己的角度看待问题和理解世界，他们过度关注自我的狭隘思维模式导致了一系列的道德沦丧现象。小说刻画了当个体沉溺于自己的欲望和幻想以至于对别人的需求和现实视而不见时，这种对自我的过度关注如何压倒个体并摧毁其道德生活。默多克的小说中，表征个体走向道德完美的要素不太明显。她的现实主义渗透在她的文学想象中，她的小说关注道德问题，小说中的角色或是由于忽视他人的利益和观点而造成灾难性后果，或是为善而斗争。一系列主要人物和次要人物被刻画成理想落空的形象，他们之中很少有人最终接近了默多克所倡导的善。然而，默多克哲学中的完美主义道德与其小说中对经验的不完美的现实解读是一致的。个体对不完美的自我的批判能力正是默多克认为的实现完美的能力之一。因此，默多克的小说确实更倾向于处理生活中的失败和不完美，而不是个体在完美和善上的明显进步。她的小说展现了道德的本质以及道德进步的艰难之处在于个体是否愿意以更真实的眼光看待世界，以及是否愿意接受他者的差异性。默多克的道德理论倡导道德完美主义，认为个体应该努力从善的角度看待事物，而不是从自我利益的角度，但

---

[1] Simon Weil, *Gravity and Grace*, trans., E. Crawford and M. Von Der Ruhr, Abingdon: Routledge, 2002.

是默多克在小说中却没有提出个体可以遵循的实现善的途径。人物们的行为取决于他们理解世界的方式，个体在不同境遇下做出不同的道德选择，在向善的路上没有单一的路线可供个人遵循，这些也正是默多克只有通过小说才能表达出的道德思想。

在默多克创作的关于艺术和文学本质的文章中，她对文学与哲学之间的关系做了哲学式的阐释。默多克注重文学的本质，她对文学和艺术的哲学态度是以历史为导向的，认为哲学理解本身可以通过对事物和个人的密切关注而产生，这种关注可以在好的艺术和文学作品中进行。作为一名善于建立概念联系的哲学家，默多克将小说中萎靡不振的现代社会环境与20世纪的破坏性文化联系起来。她在小说中以典型的现代社会环境为背景，突出了现代性的种种特征，比如"上帝已死"的社会中道德标准的危机、虚无的人生和追求过度自由的个体等。默多克的小说拥有开放式结局，虽然人物常常表达的自己的哲学思想，却没有明显的说教的色彩。小说人物的哲学认识来源于他们的生活经验，这些哲学思想从内部展示了在现代生活中个体如何试图妥协于令人不安的欲望和使人迷茫的处境。因为现代世界的生活经验是哲学分析的对象，所以这种对现代世界的文学探索对哲学具有重要的意义。默多克的形而上学分析了生活经验的意义，她对现代经验进行了哲学式的理解和解读，理论化了她的小说中想象的现代世界。

默多克阐述了小说从19世纪的鼎盛时期到战后动荡状态的转变，以及对20世纪后期小说的弊病提出了补救措施。她小说的书写策略是把小说作为人们娱乐的方式和理解世界的方式。对默多克而言，小说不是作者传播其哲学的方式，不应把人物挤压进作者预先设定结构中，而是应该展示人物之间的自由互动，并开放性地表征个体的经验。如果个体沉迷于审视自己的身份，其道德生活就会受到影响。因此，个体需要看到自我之外的东西，看到他者并能与之换位思考，这一点对于读者同样适用。小说可以展示人的本性，因此一本优秀小说应该帮助读者避免沉浸在自己的欲望和幻想中，能够从他者的角度理解世界并领会其中的道德准则，进而拓宽读者对自我之外的世界的认识。在默多克看来，小说家通过创造真实的想象世界，塑造具有差异性的人物，来加深读者对世界的理解，从而促进读者的道德发展。作者和读者都需要将他们的视野引向自身之外。

默多克的哲学思想使她在小说家中与众不同，因为她对小说的本质和发展提供了哲学视角。默多克的哲学对道德的本质进行了理论研究，将现代概念与过去的概念联系起来，并强调了反对利己主义和关注他人的重要性。与现代标准的主观主义观点相反，默多克致力于道德生活的完美主义观点，个体的目标是实现善。她为道德构建了更广泛的经验背景，这让我们意识到道德生活不仅仅是狭隘地关注容纳相互冲突的主观选择。泰勒深刻地指出，默多克将关于个人权利的道德词汇转化为一种实现善或公正生活方式所需的美德，以及超越这一美德的无条件承诺。[1] 默多克的形而上学是道德生活的指南，其中文学艺术关注的是真理和现实，价值在于使读者以清晰的方式感知真实，摆脱臆想的束缚，使更高的道德追求成为可能。

默多克的小说以道德哲学为基础，虽然实际上也可以说她的小说近似一种道德哲学。二者的区别在于，前者是受到哲学理念影响的写作，后者是本身就近似于哲学表达的写作。默多克拒绝为自己的小说贴上"哲学小说"的标签，因为哲学小说由哲学兴趣而不是艺术想象力塑造的，形式过于简单。而且，因为这类小说的主要内容源于某种哲学思想而使其文学性受到损害。在战后的现代世界里，价值观被低估为个体的主张，而不是与对他者和社会道德体系的广泛的认可相关联。与之相反，默多克在小说中建构了一个开放且不被哲学规则约束

---

[1] Charles Taylor, "Iris Murdoch and Moral Philosophy", in Maria Antonaccio and William Schweiker, eds., *Iris Murdoch and the Search for Human Goodness*, Chicago: The University of Chicago Press, 1996, p.5.

的世界。对默多克而言，经验是偶然的和开放的，作者应该允许独特的人物现实存在，而不是将自己的观点进行公式化的投影。对默多克来说，小说要回应经验本质，在现实的背景中塑造出可信的人物和行动。

  对默多克来说，19世纪伟大的现实主义小说把握了社会现实的整体性真实，而现代小说虽然反映出社会道德和政治概念的丧失，赋予了个体的生活意义，但是小说中的个体是孤立的，不是沉浸在惯例中，就是沉浸在无休止的自我分析中。现代小说缺乏对客观世界的艺术再现，其中能够赋予个体身份意义的道德世界不复存在，客观事物和社会总是与个体作对，时时威胁着自我。其结果是，现代小说宣扬了以自我为核心的主观唯心主义和个人主义，否认了人的社会属性，认为个人的价值高于一切。默多克指出了现代小说要么是报刊体式的，要么是水晶体式的，这两种范式都和19世纪的作品不同。报刊体式的小说充满了细节，其人物迷失在常规中，牺牲了可以展现个人品质的可能，对人际关系缺乏深层次的唤起。而水晶体式的小说在严格控制的情节中掌控个体，展示作者的创作理论。在这些标准形式的小说中，个体人物被标准地刻画出来。报刊体式小说在阐述理论或观点时是信息式的，而水晶体式小说则是说教式的。这两种形式的小说都忽视了个体人物的道德发展，禁锢了他们自由地与他人交往的可能。为了解决这些小说的弊端，默多克提出将道德世界以更复杂的结构进行复原，由文学接管一些哲学自身的任务。她推崇的小说形式是一种能使读者认识到现实不是一个既定的整体而是充满偶然性。默多克在小说创作中注重采用多样性的叙事策略来描绘经验世界中的人物和情境，旨在唤起读者对个体和现代社会环境的现实解读，以激起读者对小说中行动的思考。虽然她在20世纪后期使用这些手段，似乎符合文学的后现代转向，但她对各种观点和手段的使用并不是出于后现代的怀疑主义的动机。

本书的第一部分通过对默多克作品中叙事伦理的研究，阐释了默多克小说创作中的哲学思想。

自我概念是现代哲学和文学理论探讨的重要问题，也是默多克的哲学思想与文学实践的出发点和落脚点。默多克考察现代哲学对实体性自我的解构及其后果，分析现代小说再现自我的困境，尝试挽救现代自我的危机，形成了独特的道德哲学思想。考察默多克关于现代哲学和现代小说中自我危机的系列论述，第一章探讨默多克对现代自我危机的哲学反思、对现代小说之再现困境的文学诊断，凝练了默多克挽救现代自我的文学和哲学努力，认为通过批判现代哲学提供的还原性的自我概念、挑战现代文学刻画的不真实的自我形象、重塑自我、语言和世界的关联，默多克重构了实体性自我，强调了文学艺术的道德性。

善是艾丽丝·默多克文学哲学思想的核心。结合小说《相当体面的失败》对善的诠释，第二章从善的存在、善的经验方式、向善的路径三方面分析了默多克思想中善的双重性，善的存在具有超验和现实的双重性。两者相辅相成，展现出默多克对至善和一般意义的善的区分。善的经验方式带有形而上学和经验主义双重特征。善是个体的主观认知对象，也是超越个体的认知的、不可定义的真实。意识参与个体道德判断的形成、确保道德行为的开展，形成以"去除自我"和"关注他者"特征的向善之路的双重性。

现代哲学对作者的主体认知、再现能力、道德感知和判断力的质疑，导致了作者的写作主体危机。默多克对现代哲学中的自我概念进行批判，突出作者的主体性和文学想象的道德性，形成了独特的叙事伦理。第三章结合默多克三部艺术家小说中的写作主体形象，从重构写作主体的缘由、误区和策略三个方面探讨默多克的叙事伦理，揭示了她对自我概念的哲学反思，对自我意象的理论批判，以及对写作主体自我嬗变的文学想象。指出通过重塑自我，恢复自我、语言和世界的关联，重构具备他者意识的写作主体，默多克构建了以消除自我为核心的叙事伦理，突出了文学创作的道德性。

　　默多克强调文学阅读的道德品性。第四章以默多克对现代哲学的自我概念的反思为进路，结合小说《黑王子》，分析默多克对理解主体的重构，从重构之由、之误、之路三方面揭示默多克的阅读伦理。首先，重构理解主体始于默多克对存在主义和经验主义哲学刻画的还原性自我的批判。还原性自我在理解活动中表现为以自我为中心的读者，使理解活动成为个体意志的投射。其次，结构主义哲学彻底消解了实体性自我，构成了重构理解主体的误区。实体性自我不再，使得理解活动成为中性的语言符号借助读者显现自身的游戏。再次，重塑实体的、具有内在生命的自我概念是重构理解主体之路。默多克重塑的自我作为理解主体，在理解活动中对作者、作品、虚构人物和自身做出积极的道德判断，同时借助艺术作品消除自我、修正前在的道德判断，使得对文学作品的阅读和阐释成为个体读者的道德训练。

　　本书的第二部分通过分析默多克小说中的道德性，诠释了默多克如何在文学实践中演绎哲学思想。

　　第五章通过解读小说《黑王子》中创伤的源起、表征和救赎方式，分析默多克的道德哲学思想中对"爱"和"艺术"的理解，阐释默多克是如何在作品中通过人物的创伤描写来表现爱和艺术在个体自我救赎和向善之路上的重要作用。家庭中的暴力和社会上对特定群体的偏见会导致创伤的产生，造成个体的认知困境，使其沉溺于臆想之中，无法认清他人和真实的世界。正向的爱和好的艺术能真实地再现生活，引导个体关注自我以外的他人和世界、打破臆想，给个体带来启迪和教诲，使善的实现具有可能性。同时，默多克还通过布拉德利坠入爱河后，在创作观上发生的戏剧性改变，探讨了爱和艺术的关系。爱具有双面性，既能使人向善，也能使人变恶。艺术创作过程也是一个不断走向真实的过程，是艺术创作者摆脱臆想，看清外在事物的必然性，探索世界真实秩序的过程。好的艺术源自对美好的热爱和追求，使创作个体进入"无我"的状态，净化自己对真实的臆想。默多克通过小说中人物自我疗愈创伤的努力，说明过度关注自我既会造成他人的创伤，也会使受创者无法得到疗愈进而深陷困境。只有用正向的爱和伟大的艺术提升个人的道德，使个体进入无我状态并有能力充满爱地去关注他者，才有可能真正减少创伤的产生和实现受创者的救赎，最终踏上通往善的道路。

默多克的作品关注个体遭遇的伦理困境和道德完善的历程。第六章以基于他者面容的列维纳斯伦理学和基于行为者的美德伦理学理论为支撑，结合柏拉图的洞穴喻言和默多克的伦理主张，通过对默多克代表性小说《大海啊，大海》中自我与他者关系的细致分析，指出主人公查尔斯因缺乏作为"内在力量""普遍仁慈"和"关怀"的道德品质而陷入道德困境，以此来解读自我如何在与他者的面对面关系中，接受他者的伦理召唤，逃脱自我中心的伦理困境，继而回应他者，承担为他人的责任，实现自我的伦理重构，最终走向"善"之路的历程，实现默多克道德哲学中个体道德发展的终极目标。

第七章研究了默多克在其早期小说《独角兽》中具身流动和流动景观的描写，指出小说中的具身流动和流动景观蕴含了默多克道德哲学思想，是对默多克所呈现的偶合无序现实世界以及臆想世界的回应。一方面，默多克通过具身流动说明理性自我主义者试图逃离偶合无序的现实世界，他们的过分自我阻碍了他们对周围的人和事物形成正确认知。自我主义者一直受理性认知的制约，他们不仅活在自己构建的臆想世界中，而且还借此想摆脱偶合无序的现实世界。另一方面，默多克通过景观流动说明自我主义者深陷自我构建的臆想世界，无法摆脱自我中心主义。这些自然景观的流动、人为景观的流动以及盖兹内部景观的停滞对于构建流动主体的臆想世界以及自我主义的展现具有重要作用。从具身流动和景观流动两个方面分析默多克在《独角兽》中关于自我与他人、环境和世界之间的关系,揭示了小说中的哲学内涵,即我们生活的世界本身就是一个偶合无序的世界,只有走出臆想世界,才能克服自我中心主义,才能形成对自我、他人和世界的正确认知。

默多克的道德哲学是以个体自我的实现为前提的,关注的是关系中的自我。主体性建构是默多克小说的核心主题之一。第八章从女性主义的角度,探讨了默多克小说《善的学徒》中女性主体性的建构,指出默多克关注男人和女人是如何形成"自我",以及完整的自我如何实现善的问题。默多克通过刻画女性角色的自我意识的产生来展示女性自我的个人成长,以及随之而来与他者关系的变化。默多克详述了女性如何通过瓦解父权家庭中男性的权力,与真实世界和解,在通往善的道路上实现自我,最终建构了女性主体性的过程。对默多克小说中的女性角色来说,女性主体性的建构可以被解读为女性的自我意识使她们知道自己与他者,特别是与男性他者的区别,而女性主体性的确立使她们在男性主导的人际关系中拥有了自我的立场。

作为道德哲学家的默多克批判现代主流道德理论将关注点缩小到个体和个体选择之上,而忽视了更广阔的外在世界以及他人的存在。她为此提出了一种可信的、易于理解的、不同于战后道德标准的道德理论。[1] 默多克的道德理论具有历史性,是对现代西方社会特定的历史现状的回应。某种意义上,道德是普遍的、绝对的,但它也是变化的、历史的,因为就像其他经验一样,随着世界的变化,道德在现代世界中也呈现出与过去不同的实践方式。同时,默多克的道德理论具有辩证性,将道德开放到一个更广阔的辩证的经验视野,将个体的道

---

[1] Justine Broackes, "Introduction", in Justine Broackes, ed., *Iris Murdoch, Philosopher: A Collection of Essays*, London: Oxford University Press, 2012, p. 78.

德与外在世界的经验相联系,而不是仅仅限定在个人的选择范围之内。辩证法是默多克以形而上学的方式解读经验之间相互关系的核心。她的完美主义道德理论要求个体实现去自我,关注他者的存在,用反思和爱的力量引导个体走上向善之路。正如约翰·斯特罗克所言,对默多克来说,"最高的道德价值"是"完全关注除自己以外的事物"。[1] 默多克似乎为小说塑造了一种哲学,这种哲学包含了对他者的责任、对自由的理解、对当下的反思以及与过去的联系,将道德与其他方面的经验联系起来。

默多克的小说创作理论寻求建立小说的道德能力和社会身份,使得小说创作本身成为一种道德过程:小说正是以其形式承载了以前被视作属于哲学范畴的理念。这实际上使把真正成熟的"哲学小说"和仅仅受哲学理念影响的小说区分开来的做法有所改观。根据默多克的理解,人们可以根据一部小说整体的形式属性将其称为哲学小说,即使小说文本本身无法达到哲学话语般的严谨。然而,同样地,如果小说已经具备了哲学的社会功能,那么"哲学小说"这个词就会显得有限,甚至多余:从定义上讲,所有成功的小说都会解决默多克所发现的哲学问题,并在某种程度上具有可识别的社会特征。默多克追求的小说创作实践是一种认为个人既是自由且独立,同时又作为道德存在融入社会的理论。

默多克的小说是对"上帝已死"的现代世界经验的想象性表达,警示了自我主义的危害和向善之路的艰难。她的道德哲学对此做出了回应,对现代世界的经验进行了整体性的概况,旨在拓展读者对个体、真实、善的认识。默多克的道德哲学和她的小说相配合,共同展示了现代世界的道德危机和向善的可能性。默多克的创作思想在战后英国小说发展中发挥了重要的作用,她的道德哲学承前启后地将各种

---

[1] John Sturrock, "Reading Iris Murdoch", *Salmagundi*, Vol. 80, 1988, pp. 144–160.

现代道德思想中不同的批评视角加以辨别并坚信人类意识的运作方式就是不断地发生道德困境，通过持续的努力在团结和歧视之间寻求平衡，她对小说和小说家在发展道德观的过程中所扮演的角色上审慎的思考对后来的英国小说创作产生了深远的影响。

# 参考文献

## 一 中文文献

艾仁贵：《塑造"新人"：现代犹太民族构建的身体史》，《历史研究》2020年第5期。

曹晓安：《论默多克小说〈独角兽〉的后现代性》，《外国语文研究》2020年第4期。

陈李萍：《波伏娃之后——当代女性批评理论中的女性主体性批判》，《宁夏社会科学》2011年第1期。

陈榕：《西方文论关键词：崇高》，《外国文学》2016年第6期。

段道余、何宁：《从沉沦在世到自由存在——〈大海啊，大海〉与海德格尔的真理观》，《外语教学》2017年第6期。

段道余：《"批评"之后的对话与和解——论艾丽丝·默多克的创作与海德格尔的真理思想》，《外国文学》2017年第2期。

范岭梅：《默多克小说〈黑王子〉的爱欲主题探究》，《外国文学评论》2012年第2期。

范岭梅：《善之路：艾丽斯·默多克小说的伦理学阐释》，中国社会科学出版社2010年版。

范岭梅、尹铁超：《时间、女性和死亡——〈大海啊，大海〉的列维纳斯式解读》，《外国文学研究》2012年第1期。

范希春：《论法兰克福学派文化批判理论》，《山东师大学报》（社会科学版）2000 年第 6 期。

方刚：《当代西方男性气质理论概述》，《国外社会科学》2006 年第 4 期。

富晓星：《疾病、文化抑或其他？——同性恋研究的人类学视角》，《社会科学》2012 年第 2 期。

何伟文：《艾丽丝·默多克小说研究》，上海外语教育出版社 2012 年版。

何伟文、侯维瑞：《艺术和道德：从"迷惑"经过"关注"到达"善的真实"——论艾丽丝·默多克小说世界的理论框架》，《英美文学研究论丛》，2000 年。

何伟文：《解读〈独角兽〉：在偶然世界里对真和善的求索》，《外国文学研究》2005 年第 1 期。

何伟文，《论默多克小说〈黑王子〉中的形式与偶合无序问题》，《外国文学评论》2006 年第 1 期。

贺鸽、粟迎春：《国内外主体性研究综述》，《新疆社科论坛》2015 年第 5 期。

寇世忠：《默多克的〈网下〉与维特根斯坦哲学》，《郑州大学学报》（社会科学版）2005 年第 6 期。

李海峰：《臆想与关注的对立——从〈大海啊，大海〉看艾丽斯·默多克的伦理道德哲学》，《绥化学院学报》2005 年第 4 期。

李维屏、宋建福等：《英国女性小说史》，上海外语教育出版社 2011 年版。

刘小枫：《沉重的肉身：现代性伦理的叙事娓语》，华夏出版社 2004 年版。

刘晓华：《失落与回归：人的本质视域下的默多克小说研究》，南开大学出版社 2014 年版。

刘晓华：《世俗神秘主义——艾丽丝·默多克小说的神秘主义诗学》，《国外文学》2014 年第 1 期。

刘英：《流动性研究：文学空间研究的新方向》，《社会科学文摘》2020年第8期。

刘英：《流动性与现代性——美国小说中的火车与时空重构》，《南开学报》（哲学社会科学版）2017年第3期。

刘英：《西方文论关键词：文化地理》，《外国文学》2019年第2期。

刘英：《现代化进程与美国现代主义文学的文化地理学阐释》，《国外社会科学》2014年第2期。

骆郁廷：《马克思主义主体性理论的三个维度》，《武汉大学学报》（人文科学版）2009年第1期。

马惠琴，《虚构事实——小说〈大海啊，大海〉的不可靠叙事策略分析》，《当代外国文学》2011年第3期。

马惠琴：《重建策略下的小说创作：爱丽斯·默多克小说的伦理学研究》，对外经贸大学出版社2008年版。

区林、陈燕：《历史视域中的同性恋法令、大事件及其社会认同》，《云南民族大学学报》（哲学社会科学版）2016年第33期。

阮炜、徐文博、曹亚军：《20世纪英国文学史》，青岛出版社2004年版。

盛小弟：《20世纪早期大众文化语境下的英国文学与出版》，《出版广角》2020年第17期。

史婉婷：《"主体性"视角下的"绝对知识"之辩——基于黑格尔〈精神现象学〉一书的解读》，《求是学刊》2021年第4期。

宋建福：《自由话语背后的真实与歧义——评〈黑王子〉叙事结构的言说功能》，《外国语》2012年第1期。

孙九霞等：《跨学科聚焦的新领域：流动的时间、空间与社会》，《地理研究》2016年第10期。

王宏维：《论他者与他者的哲学——兼评女性主义对主体与主体性哲学的批判》，《江西社会科学》2004年第4期。

王桃花、程彤歆：《论〈黑王子〉中的女性意识及婚姻观》，《长春大学学报》2019 年第 29 期。

王桃花、林武凯：《论〈独角兽〉中驯顺的肉体与臣服的主体》，《解放军外国语学院学报》2021 年第 6 期。

吴先伍：《列维纳斯哲学中的"欲望"概念》，《哲学动态》2011 年第 5 期。

夏莹：《拜物教的幽灵：当代西方马克思主义社会批判的隐性逻辑》，江苏人民出版社 2014 年版。

徐明莺：《艾丽丝·默多克小说中女性自我的嬗变研究》，厦门大学出版社 2016 年版。

许健：《自由的存在 存在的信念：艾丽丝·默多克哲学思想的类存在主义研究》，暨南大学出版社 2010 年版。

阳幕华：《从身体认知视角析艾丽丝·默多克〈独角兽〉对理性的批判》，《国别文学研究》2016 年第 4 期。

杨春时：《文学理论：从主体性到主体间性》，《厦门大学学报》（哲学社会科学版）2002 年第 1 期。

岳国法：《类型修辞与伦理叙事：艾丽丝·默多克小说研究》，黑龙江人民出版社 2008 年版。

张广利、陈耀：《主体建构性和主体行为宣成性——一种后现代女权主义理论》，《妇女研究论丛》2003 年第 6 期。

张腾欢：《后大屠杀时代基督教对犹太教态度的演变》，《史学集刊》2018 年第 2 期。

赵小华：《女性主体性：对马克思主义妇女观的一种新解读》，《妇女研究论丛》2004 年第 4 期。

赵一凡、张中载、李德恩主编：《西方文论关键词》，外语教学与研究出版社 2006 年版。

左景丽：《试析小说〈黑王子〉的戏仿和元小说艺术手法》，《作家》

2012年第24期。

［德］彼得·毕尔格：《主体的退隐》，陈良梅等译，南京大学出版社2004年版。

［德］黑格尔：《法哲学原理》，范扬等译，商务印书馆1961年版。

［德］马丁·海德格尔：《人，诗意地安居》，郜元宝译，上海远东出版社1995年版。

［法］西蒙娜·德·波伏娃：《第二性》，陶铁柱译，中国书籍出版社1998年版。

［法］雅克·德里达：《马克思的幽灵》，何一译，中国人民大学出版社2008年版。

［美］朱迪斯·赫尔曼：《创伤与复原》，施宏达、陈文琪译，北京机械工业出版社2015年版。

［英］艾丽丝·默多克：《大海啊，大海》，孟军等译，译林出版社2004年版。

［英］艾丽丝·默多克：《独角兽》，邱艺鸿译，译林出版社2000年版。

［英］艾丽丝·默多克：《黑王子》，萧安溥、李郊译，上海译文出版社2016年版。

## 二　外文文献

Adam Z. Newton, *Narrative Ethics*, Cambridge: Harvard University Press, 1995.

Afaf Jamil Khogeer, *The Integration of the Self: Women in the Fiction of Iris Murdoch and Margaret Drabble*, New York: University Press of America, 2006.

Anne Rowe and Avril Horner, eds., *Iris Murdoch and Morality*, London: Palgrave Macmillan, 2010.

Anne Rowe and Martin Priscilla, eds., *Iris Murdoch: A Literary Life*, New

York: Palgrave Macmillan, 2010.

Anne Rowe, ed., *Iris Murdoch: A Reassessment*, London: Palgrave Macmillan, 2007.

Anne Whitehead, *Trauma Fiction*, Edinburgh: Edinburgh University Press, 2004.

A. S. Byatt, *Degrees of Freedom: Early Novels of Iris Murdoch*, London: Vintage, 1994.

Bart Nooteboom, *Beyond Humanism: The Flourishing of Life, Self and Other*, Hampshire: Palgrave Macmillan, 2012.

Bran Nicol, *Iris Murdoch: The Retrospective Fiction*, New York: Palgrave Macmillan, 2004.

Bran Nicol, "Murdoch's Mannered Realism: Metafiction, Morality and the Post–War Novel", in Anne Rowe and Avril Horner, eds., *Iris Murdoch and morality*, London: Palgrave Macmillan, 2010.

Bran Nicol, "The Curse of *The Bell*: The Ethics and Aesthetics of Narrative", in Anne Rowe, ed., *Iris Murdoch: a Reassessment*, London: Palgrave Macmillan, 2007.

Bryan Magee, "Literature and Philosophy: A Conversation with Bran Magee", in Peter Conradi, ed., *Existentialists and Mystics: Writings on Philosophy and Literature*, London: Chatto & Windus, 1997.

Cathy Caruth, *Unclaimed Experience: Trauma, Narrative, and History*, London: The Johns Hopkins University Press, 1996.

Charles Taylor, "Iris Murdoch and Moral Philosophy", in Maria Antonaccio and William Schweiker, eds., *Iris Murdoch and the Search for Human Goodness*, Chicago: The University of Chicago Press, 1996.

Cheryl K. Bove, *Understanding Iris Murdoch*, Columbia: University of South Carolina Press, 1993.

Christopher Mole, "Attention, Self and the Sovereignty of Good", in Anne Rowe, ed., *Iris Murdoch: A Reassessment*, London: Palgrave Macmillan, 2007.

David Carr, "Love, Truth and Moral Judgement", *Philosophy*, Vol. 94, No. 4, 2019.

David J. Gordon, *Iris Murdoch's Fables of Unselfing*, Columbia and London: University of Missouri Press, 1995.

Dippie Elizabeth, *Iris Murdoch: Work for the Spirit*, London: Methuen, 1982.

Dominican Head, *Modern British Fiction*, 1950-2000, London: Cambridge University Press, 2002.

Donald E. Hall, *Subjectivity*, London: Routledge, 2004.

Donald William Meinig, "The Beholding Eye: Ten Versions of the Same Scene", in Donald Willaim Meinig, ed., *The Interpretation of Ordinary Landscapes: Geographical essays*, New York: Oxford University Press, 1979.

Donna J. Lazenby, *A Mystical Philosophy: Transcendence and Immanence in the Works of Virginia Woolf and Iris Murdoch*, London: A&C Black, 2014.

Doreen Massey, *Space, Place and Gender*, Minneapolis: University of Minnesota Press, 1994.

Douglas Brooks-Davies, *Fielding, Dickens, Gosse, Iris Murdoch and Oedipal Hamlet*, Basingstoke and London: Macmillan, 1989.

Elaine Showalter, *A Literature of Their Own: British Women Novelists from Bronte to Lessing*, Beijing: Foreign Language Teaching and Research Press, 2004.

Elizabeth A. Dolan, *Seeing Suffering in Women's Literature of the Romantic*

Era, Aldershot: Ashgate, 2008.

Emmanuel Levinas, Tamra Wright, Peter Hughes and Alison Ainley, "The Paradox of Morality: An Interview with Emmanuel Levinas", in Robert Bernasconi and David Wood, Andrew Benjamin and Tamra Wright, trans., eds., *The Provocation of Levinas: Rethinking the Other*, London: Routledge, 1988.

Emmanuel Levinas, *Totality and Infinity*, trans,. Alphonso Lingis, The Hague: Martinus Nijhoff Publishers, 1979.

Gary Browning, "Introduction", in Gary Browning ed., *Murdoch on Truth and Love*, London: Palgrave Macmillan, 2018.

Gary Browning, *Why Murdoch Matters*, London: Bloomsbury Publishing Plc, 2018.

George Steiner, "Forward", in Peter Conradi, ed., *Existentialists and Mystics: Writings on Philosophy and Literature*, London: Chatto & Windus, 1997.

Gillian Dooley, ed., *From a Tiny Corner in the House of Fiction: Conversations with Iris Murdoch*, Columbia: University of South Carolina Press, 2003.

Gillian Dooley, "Iris Murdoch's Use of First – person Narrative in *The Black Prince*", *English Studies: A Journal of English Language and Literature*, Vol. 85, No. 2, 2004.

Gregory M. Herek, "Confronting Sexual Stigma and Prejudice: Theory and Practice", *Journal of Social Issues*, Vol. 63, No. 4, 2007.

Hannah Marije Altorf, "Iris Murdoch and Common Sense or, What Is It Like to Be a Woman in Philosophy", *Royal Institute of Philosophy Supplement*, Vol. 87, 2020.

Hannah Marije Altorf, *Iris Murdoch and the Art of Imagining*, London:

Continuum, 2008.

Hayriye Avara, "Combat of Voices: Female Voices in Iris Murdoch's *Nuns and Soldiers*", *Moment Dergi*, Vol. 4, No. 2, 2017.

Heather Widdows, *The Moral Vision of Iris Murdoch*, Aldershot: Ashgate, 2005.

Herbert Marcuse, *Eros and Civilisation*, Boston: Beacon Press, 1974.

Hilda D. Spear, *Iris Murdoch*, London: Macmillan Press Ltd., 1995.

Iris Murdoch, *A Fairly Honourable Defeat*, New York: Penguin Books, 2001.

Iris Murdoch, *Existentialists and Mystics: Writings on Philosophy and Literature*, Peter Conradi, ed., London: Chatto & Windus, 1997.

Iris Murdoch, *Living on Paper: Letters from Iris Murdoch 1934 – 1995*, Avril Horner and Anne Rowe, eds., London: Chatto and Windus, 2015.

Iris Murdoch, *Metaphysics as a Guide to Morals*, New York: Penguin Books, 1993.

Iris Murdoch, *The Good Apprentice*, New York: Penguin Books, 2001.

Iris Murdoch, *The Philosopher's Pupil*, New York: Open Road Integrated Media, 2010.

Iris Murdoch, *The Sea, the Sea*, London: Vintage, 2009.

Iris Murdoch, *The Sovereignty of Good*, London: Routledge, 1970, 1989, 2001.

Iris Murdoch, *Under the Net*, London: Vintage, 2002.

James Antony Riley, "Lacan, Jouissance, and the Sublimation of Self in Iris Murdoch's *The Black Prince*", *Iris Murdoch Review*, 2018.

Jeffiner Spencer Goodyer, "The Black Face of Love: The Possibility of Goodness in the Literary and Philosophical Work of Iris Murdoch", *Modern Theology*, Vol. 25, No. 2, 2009.

Jeffrey Meyers, "Iris Murdoch's 'Maysyas'", *The New Criterion*, January 2013.

Jeffrey Meyers, *Remembering Iris Murdoch: Letters and Interviews*, New York: Macmillan, 2013.

Jennifer Backman, *Bodies and Things: Iris Murdoch and the Material World*, Ann Arbor: UMI ProQuest, 2011.

Jessy E. G. Jordan, *Iris Murdoch's Genealogy of the Modern Self: Retrieving Consciousness Beyond the Linguistic Turn*, Waco: Baylor University Press, 2008.

Jessy E. G. Jordan, "Thick Ethical Concepts in the Philosophy and Literature ofIris Murdoch", *The Southern journal of philosophy*, Vol. 51, No. 3, 2013.

Joanna Jarzab, "The Significance of Space in Iris Murdoch's *The Unicorn* as a Twentieth – Century Iris Gothic Novel", *Studia Anglica Posnaniensia*, Vol. 49, No. 4, 2014.

Johnson Deborah, *Iris Murdoch*, Brighton: Harvester Press, 1987.

John Sturrock, "Reading Iris Murdoch", *Salmagundi*, Vol. 80, 1988.

John Urry, *Mobility*, Cambridge: Polity Press, 2007.

Judith Butler, "Sex and Gender in Simone de Beauvoir's *Second Sex*", *Yale French Studies*, Vol. 72, 1986.

Judith Kegan Gardiner, "Men, Masculinities, and Feminist Theory", in Michael Kimmel, Jeff Hearn and Raewyn W. Connell, eds., *Handbook of Studies on Men and Masculinities*, Newbury Park: Sage Publications, 2005.

Julia Driver, "Love and Unselfing in Iris Murdoch", *Royal Institute of Philosophy Supplement*, Vol. 87, 2020.

Julia Kristeva, *Language: The Unknown: An Initiation into Linguistics*, trans., Anne M. Menke, New York: Columbia University Press, 1989.

Justine Broackes, "Introduction", in Justine Broackes, ed., *Iris Murdoch, Philosopher: A Collection of Essays*, London: Oxford University Press, 2012.

Lawrence Stone, *Road to Divorce: England 1530 – 1987*, London: Oxford University Press, 1990.

Lisa M. Fiander, *Fairy Tales and the Fiction of Iris Murdoch, Margaret Drabble, and A. S. Byatt*, New York: Peter Lang, 2004.

Luce Irigaray, *Speculum of the Other Woman*, trans., Gillian C. Gill, Ithaca: Cornell University Press, 1985.

Macarena García – Avello, "Re/Examining Gender Matters in Iris Murdoch's *The Black Prince*", *Critique: Studies in Contemporary Fiction*, Vol. 60, No. 5, 2019.

Maria Antonaccio, *A Philosophy to Live by: Engaging Iris Murdoch*, New York: Oxford University Press, 2012.

Maria Antonaccio, "Form and Contingency in Iris Murdoch's Ethics", in Maria Antonaccio and William Schweiker, eds., *Iris Murdoch and the Search for Human Goodness*, Chicago: University of Chicago Press, 1996.

Maria Antonaccio, *Picturing the Human: The Moral Thought of Iris Murdoch*, New York: Oxford University Press, 2000.

Maria Antonaccio, "The Virtue of Metaphysics: A Review of Iris Murdoch's Philosophical Writings", *Journal of Religious Ethics*, Vol. 29, No. 2, 2001.

Maria Root, "Reconstructing the Impact of Trauma on Personality", in Laura S. Brown and Mary Ballou, eds., *Personality and Psychopathology: Feminist Reappraisals*, New York: The Guilford Press, 1992.

Mark Creamer, "A Cognitive Processing Formulation ofPosttrauma Reactions", in Rolf J. Kleber, Charles R. Figley and Berthold P. R. Gersons, eds., *Beyond Trauma: Cultural and Societal Dynamics*, New York: Plenum Press, 1995.

Mark Hopwood, "'The Extremely Difficult Realization That Something Other Than Oneself Is Real': Iris Murdoch on Love and Moral Agency", *European Journal of Philosophy*, Vol. 26, No. 1, 2018.

Martha Nussbaum, "Review of *The Fire and Sun: Why Plato Banished Artists* by Iris Murdoch", *Philosophy and Literature*, No. 2, 1978.

Maurice Merleau-Ponty, *Phenomenology of Perception*, London: Routledge, 2005.

Megan Laverty, *Iris Murdoch's Ethics: A Consideration of Her Romantic Vision*, London and New York: Continuum, 2007.

Michael Levenson, "The Religion of Fiction", *New Republic*, Vol. 209, No. 5, 1993.

Michael Slote, *From Morality to Virtue*, New York: Oxford University Press, 1992.

Michael Slote, *Moral Sentimentalism*, New York: Oxford University Press, 2010.

Michael Slote, *Morals from Motives*, New York: Oxford University Press, 2001.

Miles Leeson, *Iris Murdoch: Philosophical Novelist*, New York: Continuum, 2010.

Nicol Bran, *Iris Murdoch: The Retrospective Fiction*, London: Palgrave MacMillan, 2004.

Niklas Forsberg, *Language Lost and Found: On Iris Murdoch and the Limits of Philosophical Discourse*, London: Bloomsbury, 2013.

Nora Hämäläinen, "Iris Murdoch and the Descriptive Aspect of Moral Philosophy", *Iris Murdoch Review*, No. 9, 2018.

Nora Hämäläinen, "What is a Wittgensteinian Neo – Platonist? —Iris Murdoch, Metaphysics and Metaphor", *Philosophical Papers*, Vol. 43, No. 2, 2014.

Nora Hämäläinen, "What is Metaphysics in Murdoch's *Metaphysics as a Guide to Morals*?", *SATS*, Vol. 14, No. 1, 2013.

Ole B. Jensen, *Staging Mobilities*, Routledge: Taylor & Francis Group, 2013.

Pamela S. Nadell, " 'Examining Anti – Semitism on College Campuses' United States House of Representatives Committee on the Judiciary", *American Jewish History*, Vol. 105, No. 1, 2021.

Patricia Waugh, *Feminine Fictions: Revisiting the Postmodern*, London: Routledge, 1989.

Paul S. Fiddes, "Murdoch, Derrida and *The Black Prince*", in Anne Rowe and Avril Horner, eds., *Iris Murdoch: Text and Context*, New York: Palgrave Macmillan, 2014.

Peter Adey, et al, eds., *The Routledge Handbook of Mobilities*, London: Routledge, 2014.

Peter Adey, *Mobility*, London: Routledge, 2009.

Peter Conradi and John Bayley, *The Saint and the Artist: A Study of the fiction of Iris Murdoch*, London: HarperCollins Publishers, 2001.

Peter Conradi, *Iris Murdoch: A Life*, London: HarperCollins Publishers, 2001.

Peter Conradi, *Iris Murdoch: The Saint and the Artist*, London and Basingstoke: Macmillan, 1986.

Peter Merriman, et al, "Landscape, Mobility, Practice", *Social & Cultur-*

*al Geography*, Vol. 9, No. 2, 2008.

PhyllisChesler, *Woman's Inhumanity to Woman*, Chicago: Lawrence Hill Books, 2009.

Plato, *Phaedrus*, trans., James H. Nichols Jr., New York: Cornell University Press, 1998.

Priscilla Martin and Anna Rowe, *Iris Murdoch: A Literary Life*, London: Palgrave Macmillan, 2010.

Roland Barthes, "The Death of the Author", in David Lodge and Nigel Wood eds., *Modern Criticism and Theory: A Reader*, New York: Routledge, 1999.

Rolf J. Kleber, et al, "Introduction", in Rolf J. Kleber, et al, eds., *Beyond Trauma: Cultural and Societal Dynamics*, New York: Plenum Press, 1995.

Sabina Lovibond, "Iris Murdoch and the Quality of Consciousness", in Gary Browning, ed., *Murdoch on Truth and Love*, London: Palgrave Macmillan, 2018.

Sabina Lovibond, I*ris Murdoch, Gender and Philosophy*, London and New York: Routledge, 2011.

Samantha Vice, "The Ethics of Self-Concern", in Anne Rowe, ed., *Iris Murdoch: A Reassessment*, London: Palgrave Macmillan, 2007.

Sara Soleimani Karbalaei, "Iris Murdoch's The Black Prince: A Valorization of Metafiction as a Virtuous Aesthetic Practice", *Brno Studies in English*, Vol. 40, No. 2, 2014.

Scott H. Moore, "Murdoch's Fictional Philosophers: What They Say and What They Show", in Anne Rowe and Avril Horner, eds., *Iris Murdoch and Morality*, London: Palgrave Macmillan, 2010.

Shadi Shakouri and Rosli Talif, "What Plato and Murdoch Think About

Love", *International Journal of Applied Linguistics and English Literature*, Vol. 1, No. 3, 2012.

Silvia Caprioglio Panizza, *The Ethics of Attention: Engaging the Real with Iris Murdoch and Simone Weil*, London: Routledge, 2022.

Simone de Beauvoir, *The Second Sex*, trans., H. M. Parshley, London: Jonathan Cape, 1953.

Simon Weil, *Gravity and Grace*, trans., E. Crawford and M. Von Der Ruhr, Abingdon: Routledge, 2002.

S. Kizildag Sahin, "Counselor Candidates' Perception of Heterosexism", *Current Psychology*, 2021.

Stephanie Nettell, "An Exclusive Interview", *Books and Bookmen*, 1966.

Steven Cohan, "From Subtext to Dream: The Brutal Egoism of Iris Murdoch's Male Narrator", *Women and Literature*, Vol. 2, 1982.

Suguna Ramanathan, *Iris Murdoch: Figures of Good*, London: Palgrave Macmillan, 1990.

Sungwon Park, "Mediating Effect of a Health – promoting Lifestyle in the Relationship Between Menopausal Symptoms, Resilience, and Depression in Middle – aged Women", *Health Care for Women International*, Vol. 41, No. 9, 2020.

Susan Stanford Friedman, *Mappings: Feminism and the Cultural Geographies of Encounter*, Princeton: Princeton University Press, 1998.

Tammy Grimshaw, *Sexuality, Gender, and Power in Iris Murdoch's Fiction*, Teaneck: Fairleigh Dickinson University Press, 2005.

Tim Cresswell, *On the Move: Mobility in the Modern Western World*, Routledge: Taylor & Francis Group, 2006.

Tim Ingold, *Lines: A Brief History*, London: Routledge, 2016.

Tony Milligan, "Iris Murdoch and the Borders of Analytic Philosophy", *Ratio*, Vol. 25, No. 2, 2012.

Tony Milligan, "Murdoch and Derrida: Holding Hands under the Table", in Anne Rowe and Avril Horner, eds. *Iris Murdoch, Text and Context*, New York: Palgrave Macmillan, 2014.

Ursula Tidd, *Simone de Beauvoir: Gender and Testimony*, Cambridge: Cambridge University Press, 1999.

Valerie Purton, *An Iris Murdoch Chronology*, London: Palgrave Macmillan, 2007.

Yael Danieli, "Foreword", in Rolf J. Kleber, Charles R. Figley and Berthold P. R. Gersons, eds., *Beyond Trauma: Cultural and Societal Dynamics*, New York: Plenum Press, 1995.

Yozo Moroya and Paul Hullah, eds., *Occasional Essays by Iris Murdoch*, Okayama: University Education Press, 1998.

# 致 谢

本书是教育部人文社会科学研究"现代道德哲学的文学化：艾丽丝·默多克文学哲学思想研究"（19YJA752021）项目的成果。本书的部分内容以论文的形式先后发表于《外语与外语教学》《英美文学研究论丛》《复旦外国语言文学论丛》《江苏外语教学研究》《外语教育研究》等国内学术期刊和辽宁省高等学校外语教学研究会学术年会论文集，这里要特别感谢李正财博士、林诗雨、刘璐、黄舒怡、刁颖同学的学术贡献，同时感谢韦春兰、司文畅、车盈、于乐、徐珂欣、张超博同学的文献收集和校对工作。